Christine Fehér • Anders frei als du

Foto: © Random House/Isabelle Grubert

DIE AUTORIN

Christine Fehér wurde 1965 in Berlin geboren. Neben ihrer Arbeit als Lehrerin schreibt sie seit Jahren erfolgreich Kinder- und Jugendbücher und hat sich einen Namen als Autorin besonders authentischer Themenbücher gemacht. Für ihr zuletzt veröffentlichtes Jugendbuch »Dann mach ich eben Schluss« wurde sie 2014 mit dem Buxtehuder Bullen ausgezeichnet.

Von der Autorin sind außerdem bei cbt erschienen:

Dann mach ich eben Schluss (30951)
Ausgeloggt (30740)
Vincent, 17, Vater (30658)
Elfte Woche (30390)
Dann bin ich eben weg (30170)

Schwarze Stunde (04527)
Dornenliebe (05003)

Christine Fehér

Anders frei als du

Mit Nachworten von
Dr. Martin Mahmud Kellner
und Sabine Stierle

cbt

Kinder- und Jugendbuchverlag
in der Verlagsgruppe Random House

FSC
www.fsc.org
MIX
Papier aus verantwortungsvollen Quellen
FSC® C014496

Verlagsgruppe Random House FSC® N001967
Das für dieses Buch verwendete
FSC®-zertifizierte Papier *Pamo House*
liefert Arctic Paper Mochenwangen GmbH.

1. Auflage
Originalausgabe Januar 2016

Umschlaggestaltung: init | Kommunikationsdesign, Bad Oeynhausen
Umschlagmotiv: © Gettyimages/Eduardo Estéllez
mi · Herstellung: kw
Satz: KompetenzCenter, Mönchengladbach
Druck und Bindung: GGP Media GmbH, Pößneck
ISBN: 978-3-570-30900-1
Printed in Germany

www.cbt-buecher.de

1.

»Malina fehlt«, stellt Herr Bischoff, der Englischlehrer, fest, als er seinen Blick über die 11b schweifen lässt und seine Augen an dem leeren Stuhl neben Nele hängen bleiben. Er schreibt einen entsprechenden Vermerk ins Klassenbuch. »Weiß jemand etwas von ihr, ist sie länger krank? Nele?«

Allgemeines Schulterzucken. Die Sommerferien sind noch nicht lange vorbei, die Schule nervt, fast alle sind in Gedanken noch im Urlaub. Wieder am Strand liegen, das wäre es jetzt. Englisch reden, okay, aber lieber mit der Sommerliebe oder anderen Jugendlichen, die man auf dem Campingplatz oder im Hotel getroffen hat. Locker vor sich hin plaudern über Themen, die alle interessieren, oder einfach nur Blödsinn labern, ein wenig stolz darauf sein, wie gut das schon klappt. Englisch ist cool, solange es sich nicht um das dreht, was im Buch steht.

»Klar ist sie krank«, tönt Marvin aus der letzten Reihe. »Die ist doch nicht mehr normal, ganz komisch ist sie geworden, seit sie mit Kopftuch herumläuft. An die kommt keiner mehr ran.« Zustimmendes Nicken von allen Seiten.

»Nesrin fehlt auch. Die Moslems sind heute alle nicht da«, weiß Jannik zu berichten. »Heute ist doch das Ende des Ramadan, da haben sie Fastenbrechen und feiern den ganzen Tag. Malina ist bestimmt bei irgendwelchen Türken zu Gast oder kriecht in der Moschee auf dem Teppich rum.«

»Es heißt Muslime, nicht Moslems«, korrigiert Nele. Früher war Malina ihre beste Freundin. Eine Ewigkeit scheint das her zu sein, manchmal erscheinen Monate wie Jahre. Die alte Malina fehlt ihr, manchmal fehlt sie ihr so sehr, dass sie schreien könnte. Wenn sie sich neue Klamotten gekauft hat und sie ihr gern zeigen würde. Wenn ein süßer Junge ihr auf Facebook eine Freundschaftsanfrage geschickt hat, aber keine Nachricht dazu sendet. Wenn die zickige Bemerkung einer Mitschülerin sie verletzt oder wenn sie sich über ihre Eltern nur noch aufregen könnte. Aber nicht mit der neuen, so sehr veränderten Malina. Mit ihr geht nichts mehr, zwischen ihnen ist eine Mauer entstanden, die jedes unbefangene Miteinander unmöglich macht. Und eine neue beste Freundin findet sich nicht so leicht. Es stimmt nicht, dass jeder Mensch ersetzbar ist, auch wenn das oft behauptet wird. Die alte Malina, Neles engste Vertraute, kann niemand ersetzen.

Der Lehrer nickt nachdenklich und legt seinen Kugelschreiber hin.

»Dass sie sich verändert hat, ist mir auch aufgefallen«, sagt er. »Nicht nur äußerlich. Auch auf mich wirkt sie unnahbar. Im Unterricht macht sie allerdings so gut mit wie immer. Habt ihr schon mal versucht, mit ihr zu reden?«

»Wie denn, wenn sie sich so isoliert?«, ereifert sich Lydia und knetet mit der Hand ihre langen roten Locken. »Malina ist so anders geworden. Ausgerechnet sie, der früher kein Rock kurz genug sein konnte. Jetzt rennt sie dauernd in die Moschee und verhüllt ihren Körper.«

»Ihren *sexy* Körper«, witzelt Enzo, der in der Klasse das Sagen hat, und formt mit den Händen weibliche Rundungen nach.

»Halt die Klappe, du Wichser«, faucht Nele. »Solche Typen wie du sind vielleicht mit schuld daran. Es steht nun mal nicht jede auf Typen, die nur an das Eine denken. Vielleicht hat Malina eure dusseligen Sprüche einfach nur satt.«

»Hör mal, auf wessen Seite stehst du eigentlich?«, ereifert sich Noel, der vor Monaten mal mit Malina zusammen war, ganz kurz nur, kaum der Rede wert. Damals war sie ein bisschen flatterhaft gewesen, hatte es nie lange mit jemandem ausgehalten. Zumindest glaubten das alle.

»Können wir bitte sachlich bleiben«, mahnt der Lehrer. »Ihr meint also, Malina fühlt sich zum Islam hingezogen? Oder wird sie da von ihrem Freund bevormundet?«

»Hingezogen? Sie ist konvertiert, gehört längst zum Islam. Wussten Sie das nicht?«, wundert sich Neles Zwillingsbruder Luca, der die gleichen blonden Haare und graublauen Augen hat wie seine Schwester, aber viel sanfter und ruhiger in seinem Wesen ist. Herr Bischoff schüttelt den Kopf.

»So weit ist es schon? Nein, das war mir nicht klar. Ich habe damit gerechnet, dass das ein Thema werden wird«, gibt er zu. »Dass sie schon konvertiert ist … nein, das wusste ich nicht. Hat denn keiner von euch vorher mit ihr reden können? Ihr Zwillinge kennt sie doch näher, seid ihr nicht Nachbarn? Aber die Frage geht natürlich an die ganze Klasse.«

Nele sieht ihn an, als ob er ihr die erste Mondlandung als Neuigkeit vermitteln wollte.

»Sie liest im Koran, hat sich einer islamischen Gemeinde angeschlossen und geht regelmäßig in die Moschee«, antwortet sie. »Andere Musliminnen bezeichnet sie als Schwestern. Noch Fragen?«

»Mit Malina kann man nicht reden«, springt Bastian ihr bei. Er spielt an seinem Kreuz aus Edelstahl herum, das er an einem Lederband um den Hals trägt. »Die hat 'ne Gehirnwäsche hinter sich, mindestens. Drehung um hundertachtzig Grad. Ein ganz anderer Mensch ist sie geworden.«

»Man kommt nicht an sie ran«, meint auch Luca. »Wir sind alle mit unserem Latein am Ende. Malina hat sich da in was ganz Schlimmes verrannt. Irgendwann haut sie vielleicht noch ab nach Syrien, es soll ja immer mehr Mädchen geben, die so drauf sind. Die finden es toll, die Frau eines islamistischen Selbstmordattentäters zu sein, der sich im Dschihad in die Luft sprengt. Ich mache mir echt Sorgen.«

»Dann gibt sie die trauernde Witwe, während ihr Kerl sich im Paradies mit zweiundsiebzig Jungfrauen amüsiert«, tönt Marvin wieder von hinten. »Schön blöd.« Ein Blick von Nele lässt ihn verstummen.

»Das glaube ich nicht.«, widerspricht sie. »Dazu kenne ich Malina zu gut und sie ist viel zu intelligent, um sich diesen Typen zu unterwerfen, die in der heutigen Zeit Regeln aufstellen, die im Islam vielleicht vor 1400 Jahren galten. Trotzdem wissen wir nicht weiter, Herr Bischoff. Sie hat sich von uns allen total entfremdet und isoliert und gibt sich nur noch mit Muslimen ab. Jetzt noch mit ihr reden – wie soll das gehen?«

»Sie demonstriert doch längst, was Sache ist«, meint auch Laura, die Klassensprecherin. Mit Malina hatte sie nie besonders viel zu tun, es stand aber auch keine Abneigung zwischen ihnen. »Deutlicher als durch ihre Kleidung kann sie kaum zeigen, dass sie nichts mehr mit uns zu tun haben will. Sie redet mit keinem von uns mehr, außer im Unterricht, wenn es nicht anders geht. Bei Gruppenarbeiten und so. Die einzige Ausnahme ist Nesrin, aber die ist ja selbst Muslimin.«

»Sie zeigt es auch sonst im Verhalten«, bemerkt Nele düster und Luca nickt. »Glaubt mir, ich weiß, wovon ich rede.«

»So abwegig finde ich es nicht, was Marvin sagt«, wirft Laura ein. »Sonst müsste sie sich nicht so von allem abschotten, was ihr mal wichtig war. Natürlich will sie nicht, dass jemand versucht, ihr den Islamismus auszureden, ist doch logisch.«

»Scheiß-Salafisten«, flucht Bastian. »Die breiten sich immer weiter aus, aber Deutschland kuscht vor ihnen, weil wir ja schließlich am Zweiten Weltkrieg und an Auschwitz schuld waren. Davon, dass durch den IS schon tausende Christen ermordet wurden, redet kaum jemand.«

»Es geht vor allem um *Menschen*«, erinnert die schmale, hübsche Jasmin. »Egal welcher Religion sie angehören oder ob sie Atheisten sind.«

»Okay, okay.« Herr Bischoff legt seine Fingerspitzen gegen die Schläfen und versucht sichtlich, sich zu sammeln. »Das führt uns jetzt zu weit, darum zurück zu Malina bitte, sie sollte unser Hauptthema bleiben. Wenn sie wirklich in den Fängen von Islamisten ist, dürfen wir sie nicht einfach aufgeben! Wir können nicht zusehen, wie sie in etwas Fatales hineingezogen wird, mitten aus einem ganz normalen Berliner Gymnasium heraus! Ich verstehe nicht ganz, warum ihr da noch nicht weiter gekommen seid, immerhin seid ihr alle jeden Tag mit Malina zusammen, sitzt gemeinsam im Unterricht, verbringt die Pausen in ihrer Nähe … ich meine, ein

Mensch, den man jeden Tag um sich hat, jemand aus der eigenen Klasse … man muss doch irgendwas tun können!«

»Reden *Sie* doch mit ihr«, kontert Enzo. »*Sie* sind doch der Vertrauenslehrer hier.«

»Genau!« Lydias Gesicht erhellt sich, auch die Augen der anderen Mädchen blicken den Lehrer hoffnungsvoll an, nicht voller Vorwürfe und Trotz wie Enzo. »Auf Sie hört Malina vielleicht. Auf jeden Fall findet Sie sie nett, so viel weiß ich. Wenn sie morgen oder übermorgen wieder da ist … in der Freistunde vielleicht …«

»Moment, Moment«, sagt Herr Bischoff. Er versucht, sich sein Unbehagen nicht anmerken zu lassen. Mit Malina reden – was für eine Aufgabe. Niemand erklärt einem im Lehramtsstudium, wie man sich in einem solchen Gespräch verhält, und auch jetzt, nach über zwanzig Berufsjahren, weiß er es nicht. Konvertiert zum Islam, ja sogar offensichtlich in islamistischen Kreisen zugange – das ist etwas ganz Existenzielles. Da öffnet sich jemand nicht innerhalb einer ausgefallenen Mathestunde. »Was ist denn mit den Eltern? Ich meine, noch ist Malina nicht volljährig, da haben die doch das Sagen. Haben die denn nie versucht …«

»Mit vierzehn ist man religionsmündig«, unterbricht ihn Bastian. »Malina ist sechzehn.«

»Ihre Mutter hat nicht daneben gestanden und zugesehen«, sagt Luca. »Das können Sie mir glauben. Und Vater gibt es sowieso keinen.«

»Sie sucht nach dem großen Helden«, glaubt Noel zu wissen. »Nach Allah, nach Mohammed – oder einfach nur nach irgendeinem Typen, den sie anhimmelt, weil er ihr endlich sagt, wo der Hammer hängt, statt alles durchgehen zu lassen. Irgend so ein dämlicher Gotteskrieger, einer dieser gefährlichen Dummschwätzer.«

Herr Bischoff atmet aus. »Wir wollen jetzt bitte nicht in Klischees verfallen«, betont er. »Eine allein erziehende Mutter – und das gilt für Väter natürlich nicht weniger – bringt noch lange nicht automatisch leicht beeinflussbare Kinder hervor. So habe ich Malina bislang auch nicht eingeschätzt. Im Gegenteil, bisher wirkte sie auf mich sehr selbstständig.«

»Bisher«, spottet Marvin. »Da hat sie auch noch ihr eigenes Gehirn zum Denken benutzt. Jetzt benutzt sie dazu nur noch das islamische Glaubensbekenntnis und irgendwelche Suren aus dem Koran.«

»Jetzt übertreibst du«, wendet Lydia ein. »In der Schule interessiert sie sich sogar mehr für die Themen als vorher.«

»Den Eindruck habe ich auch«, pflichtet Herr Bischoff ihr bei. »Außerdem kann das alles doch nicht von einem Tag auf den anderen passiert sein, oder? So was geschieht doch in kleinen Schritten. Keiner wechselt die Religion von heute auf morgen, egal wie stark der Einfluss von außen ist. Malina muss doch darüber nachgedacht, sich mit der Materie beschäftigt haben.«

»Sie hat sich mit nichts anderem mehr beschäftigt. Deshalb hat sie sich ja so abgeschottet. Das ging schon schnell.« Luca presst die Fingerspitzen gegeneinander.

Laura nickt. »Zuerst hatte sie nur so ein lockeres Kopftuch, aber das war nur ein paar Tage so. Es fiel auf, aber keiner hat sie drauf angesprochen, weil wir dachten, sie macht das aus Spaß, weil sie so oft mit Nesrin zusammen war. Als sie sich dann immer mehr wie eine Türkin angezogen hat, war es schon zu spät. Auf einmal hieß es, sie sei jetzt Muslimin.«

»Puh«, macht Herr Bischoff. »Das ist heftig. Also gut, ich werde darüber nachdenken. Vielleicht fällt mir ein Aufhänger ein, wie ich mit ihr reden kann.« Er schüttelt den Kopf. »Meine Güte, die Mutter muss ja vollkommen verzweifelt sein.«

»Und ratlos«, bestätigt Nele. »Schockiert und ratlos. Sie hat Angst um Malina, so viel ist mal klar. Und null Einfluss mehr auf sie.«

»Einfluss hat keiner«, meint Laura resigniert. »Nur noch die Islamisten.«

Herr Bischoff schlägt das Englischbuch auf, dort, wo sie in der letzten Stunde stehen geblieben sind. Er weiß nicht weiter. Erst mal mit dem Unterrichtsstoff vorankommen, Zeit gewinnen. Die Schüler erwarten so viel von ihm, dass er sich fühlt wie mit dem Rücken zur Wand. Sie sind der Vertrauenslehrer, tun Sie was. Befreien Sie unsere Mitschülerin vom Islam. Beweisen Sie Kompetenz.

»Erst mal spreche ich mit eurer Klassenlehrerin Frau Krüger, eventuell auch mit der Schulleitung. Denen muss Malinas Veränderung auch aufgefallen sein. Danach wende ich mich auf jeden Fall an sie selbst. Ich erzähle euch dann, wie es gelaufen ist«, verspricht er. »Schlagt bitte Seite sechsundfünfzig auf. Wer liest?«

2.

»Malina«, flüstert Nele vorsichtig aus der Reihe hinter ihr, damit Frau Krüger nichts mitbekommt. »Malina, fang auf!«

Die letzte Schulstunde hat soeben erst angefangen, doch schon jetzt sehnen die Schülerinnen und Schüler der 10b das Ende dieses langen Vormittags herbei. Niemand hat Lust, sich bei dieser Wärme damit zu befassen, wie man eine Erörterung schreibt. Die Fenster im Klassenraum stehen weit offen und ein milder Frühlingswind, der den Duft nach frisch gemähtem Gras und blühendem Flieder in den Klassenraum weht, bauscht die hellgrünen Vorhänge auf. Malina dreht sich um, im selben Moment landet ein zusammengefalteter Zettel auf ihrem aufgeschlagenen Hefter. Instinktiv legt sie ihre Schlamperrolle drauf und beginnt darin nach einem Tintenlöscher zu wühlen, damit es nicht auffällt. Erst als sie sicher ist, sich nicht im Fokus der Lehrerin zu befinden, nimmt sie den Zettel und faltet ihn unter dem Tisch auseinander.

»Freibad Wilmersdorf um 16 Uhr?«, steht dort in Neles großer, runder Schrift. Mist, denkt Malina, ausgerechnet heute geht es nicht, dabei ist so tolles Wetter. Mindestens der halbe Jahrgang wird hingehen.

»Sorry, Friseurtermin«, schreibt sie also zurück. »Danach ist es wohl zu spät. Aber wenn ihr alle hinterher noch weggeht, komme ich nach.«

Frau Krüger stellt vorn eine Frage, die Malina überhört, dabei meldet sie sich in diesem Fach fast immer, vor allem wenn zeitgenössische Literatur behandelt wird. Oft muss sie die Situation retten, wenn sonst niemandem aus der Klasse etwas einfällt. Malina tut, als überlege sie angestrengt, und schiebt den Zettel unter ihr enges Top. Erst im nächsten unbeobachteten Moment reicht sie ihn hinter sich zu Nele zurück. Diese verdreht die Augen, ungeduldig wippt sie mit den Füßen unter dem Tisch und blickt immer wieder auf die Wanduhr über der Tafel. Ist sie stehen geblieben? Malina ist froh, als die Lehrerin vorn eine schriftliche Aufgabe stellt; wenn es ihr gelingt, sich ganz darauf zu konzentrieren, verstreicht die Zeit schneller. Aber an diesem Vormittag ist es wie verhext; immer wieder schweift ihr Blick zum Fenster hin, sie sehnt sich nach der Sonne draußen, nach Meloneneis, nach dem Geruch von Sonnencreme und Chlorwasser, dem Gefühl von Gras unter ihren Fußsohlen und dem Anblick glitzernder Tropfen auf ihrer Haut. Den Termin absagen und doch mit zum Baden fahren?

Wie kann eine einzige Stunde, noch dazu in ihrem Lieblingsfach, so schleichen?

Nach einer gefühlten Ewigkeit ist sie endlich vorbei.

»Der Lehrer schließt die Stunde, nicht das Klingelzeichen«, ruft Frau Krüger halbherzig in den Klassenraum, als alle Schüler gleichzeitig aufspringen, erleichtert aufstöhnen und nach draußen drängen, ins Freie, in die Sonne, um wenigstens einen Nachmittag lang zu glauben, es wären schon Ferien.

»Kannst du den Friseurtermin nicht verschieben?«, mault Nele, sobald Malina und sie zusammen mit Neles Zwillingsbruder Luca auf der Straße stehen. »Bei dem Wetter in so einem Laden hocken, wo es nur nach Chemie stinkt – also Spaß sieht anders aus!«

»Da kannst du auch noch hingehen, wenn es stürmt und schneit«, meint auch Luca, der für Malina fast wie ein Bruder ist, da sie sich schon seit dem Kindergarten kennen und Nachbarn im selben Mietshaus sind. »Dein Hairstylist ist bestimmt auch froh, wenn er mal Pause hat oder früher Feierabend machen kann.« Wie um seinen Satz zu unterstreichen, fährt er sich selber mit der Hand durch seinen herausgewachsenen blonden Surferschnitt. Wenn man alle naselang ins Becken hüpft, ist die Frisur egal.

»Ich hab mir das nicht ausgesucht«, erwidert Malina. »Der Termin steht seit drei Wochen. Als ich ihn vereinbart habe, hatten wir gerade die Eisheiligen.«

»Komm mit, Malina«, versucht auch Lydia sie zu überreden. »Wenn du dabei bist, ist es einfach lustiger. Außerdem sitzen deine Haare noch top.«

Nele, die dicht neben ihr steht, wickelt sich eine von Malinas langen dunkelblonden Wellen um den Zeigefinger. »Traumhaare sind das doch, beneidenswert. Einmal schütteln und sie liegen perfekt. Die darfst du nicht schneiden lassen, ist doch überhaupt kein Spliss drin.«

»Ich wollte nur neue Strähnchen«, erwidert Malina, jedoch schon weniger bestimmt. Die Farbe einwirken lassen, dazu Spitzen schneiden und föhnen – zwei Stunden ist sie bestimmt im Laden. Das geht auch an einem bedeckten, kühlen Tag, da haben Nele und Luca recht.

»Ohne dich macht es keinen Spaß«, bekräftigt Lydia, mit der sie manchmal nach der Schule zum Bus gehen. Lydia versucht sich immer ein wenig an Malina und Nele zu hängen, meist ist sie aber mit Laura zusammen, etwas seltener mit der türkischstämmigen Klassenkameradin Nesrin. Bei gemeinsamen Aktivitäten am Nachmittag oder Schwimmbadbesuchen kommt Nesrin allerdings nie mit. Eigentlich schade, denkt Malina. Es würde Spaß machen mit ihr.

Nesrin lächelt sie an und Malina denkt, wie leid sie ihr tut, bei dieser Hitze mit einem langen Rock, Strumpfhosen und sogar langärmeligem Shirt herumlaufen zu müssen, ganz zu schweigen vom Kopftuch, unter dem Nesrin eine Art eng anliegende Kappe aus schwarzem Stretchstoff trägt. Die Arme muss sich ja totschwitzen, denkt sie. Nie kann sie die Sonne auf der Haut spüren, nie fühlen, wie ihre Haare im milden Sommerwind flattern, sich nicht einmal an den heißesten Julitagen im kühlen Nass erfrischen. Schade, dass es so schwer ist, sie im Alltag näher kennenzulernen, denkt Malina; auf der letzten Klassenfahrt war sie auch nicht dabei.

»Vor allem will ich sehen, was für einen Bikini du diesen Sommer trägst, Malina«, witzelt mitten in ihre Gedanken hinein Enzo, der schon öfter versucht hat, mit Malina zu flirten. Bisher hat sie ihm immer die kalte Schulter gezeigt, obwohl er nicht schlecht aussieht mit seinen modisch kurz geschnittenen hellbraunen Haaren und dem schlanken, nicht zu muskulösen Körper. Niemand weiß, dass Malina seit ein paar Wochen heimlich für jemand ganz anderen schwärmt, bisher nicht einmal Nele.

»Pass auf, dass dir nachher nicht die Augen aus dem Kopf fallen«, kontert sie. Dann überlegt sie kurz und nickt. »Okay, überstimmt. Wer weiß, wie lange das schöne Wetter jetzt im Mai noch anhält. Die Eisheiligen haben wir hinter uns, was kommt da noch alles? Schafskälte, Siebenschläfer ... an einen verregneten Sommer darf ich gar nicht denken. Also um 16 Uhr an der Kasse?«

Die anderen nicken, ehe sich alle voneinander verabschieden und in verschiedene Richtungen davonströmen, einige mit dem Fahrrad, der Rest zu Fuß oder mit dem Bus. An der Straßenecke parkt ein Eiswagen, zielstrebig steuern Malina, Nele, Luca, Lydia und Nesrin darauf zu, um sich eine Erfrischung zu gönnen. Malina und Nesrin sind die ersten in der Reihe; beide bestellen je eine Kugel Melone und Pistazie im Becher.

»Kommst du nachher auch mit zum Schwimmen?«, fragt Malina, nachdem sie den ersten Löffel des kalten, cremigen Eises genossen hat. Wenigstens versuchen will sie es.

»Das geht leider nicht«, entschuldigt sich Nesrin. »Ins Schwimmbecken darf ich nicht mit meinen langen Sachen, und im Bikini ... das ist erst recht nicht drin.«

»Du kannst einen Badeanzug anziehen, einen Einteiler, es muss ja kein Bikini sein«, schlägt Malina vor. »Ich glaube, ich habe einen zu Hause, den ich dir leihen könnte. Im Hallenbad fühle ich mich darin wohler als im Bikini, aber man kann so was natürlich auch im Freibad tragen.«

»Das ist nett von dir. Aber ich kann trotzdem nicht. Das ist bei uns eben so, und es stört mich nicht. Mach dir keine Gedanken darüber.«

Enzo und Marvin umkreisen Malina und Nesrin mit den Fahrrädern, Malina sieht das Spiel ihrer Oberarmmuskeln beim Lenken unter den weißen Shirts, Enzos leicht arroganten Zug um die Lippen. Die beiden haben ihr gerade noch gefehlt.

»Ist doch bescheuert, dass du nie mitkommst, wenn wir alle zusammen was machen«, sagt Enzo. »Ihr Türken wollt immer, dass wir euch akzeptieren und dass ihr dazugehört, dabei sondert ihr euch dauernd ab. Was willst du denn den ganzen Nachmittag machen? Zu Hause sitzen und im Koran lesen? Oder Deckchen sticken?«

»Blödsinn.« Nesrin geht schneller.

»Auf deine kleinen Geschwister aufpassen«, vermutet Marvin.

»Das geht dich nichts an«, weist ihn Nesrin zurecht.

»Du musst ja nicht allein kommen«, klinkt sich jetzt auch noch Luca ein, der die kleine Gruppe zusammen mit seiner Schwester wieder eingeholt hat. »Du kannst deinen Bruder mitbringen, falls du nicht alleine raus darfst. Je mehr wir sind, desto lustiger wird es.«

»Ist nett gemeint, Luca, aber es bleibt dabei.«

»Dann fahr doch nach Mekka und bete«, stöhnt Enzo. »Und danach kannst du weiter an deiner Aussteuer häkeln, für deinen Cousin in Anatolien, den du bestimmt bald heiratest. Euch Moslems ist echt nicht zu helfen.«

»Spinnst du, sie so blöd anzumachen?« Malina versetzt Enzo einen so heftigen Stoß gegen die Schulter, dass sein Fahrrad zu kippen droht. »Wenn Nesrin nicht mitkommt, dann kommt sie nicht mit, das gibt dir nicht das Recht, sie zu beleidigen!«

»Bleib cool, Malina«, mischt sich Marvin ein. »Enzo wollte bei Nesrin bloß mal Haut sehen, und weil er das nicht darf, hat er schlechte Laune.«

»Ihr seid so kindisch«, zischt Malina. »Jeder ist frei zu tun und zu lassen, was er will. Lasst sie in Ruhe.«

»Danke, Malina. Bis morgen also.« Nesrin schenkt ihr ein flüchtiges Lächeln, dann hebt sie ihre Hand zum Gruß und steuert mit eiligen Schritten die Bushaltestelle an. Malina verfolgt die schwingende Bewegung ihres langen Rocks mit den Augen, bis Nesrin eingestiegen ist. Enzo und Marvin treten in die Pedale und düsen um die Ecke, der Appetit auf Eis scheint ihnen vergangen zu sein. Malina bemerkt Tarik, der eine Straßenecke weiter mit einigen Kumpels zusammensteht, wild gestikulierend irgendetwas zu erzählen scheint und immer wieder laut lacht. Zum Glück hat er das blöde Gesülze von Enzo und Marvin nicht gehört, denkt sie. Was Tarik wohl sonst gemacht hätte? Er wirkt überhaupt nicht, als ob er aus einer altmodischen türkischen Familie kommt und seine Freundin oder Schwester ein Kopftuch tragen müsste und nicht zum Schwimmen gehen darf. Tarik ist einer von uns, denkt Malina, er ist süß, schon verliert sie sich in Tagträumen über seine ansteckende, fast immer gute Laune, seine lebendigen braunen Augen, die gepflegten weißen Zähne, die modischen Jeans und Shirts, den dunklen Wuschelkopf und sportlichen Körperbau. Früher ist er ihr nie aufgefallen, er war immer nur einer von vielen Jungs für sie. Erst auf der letzten Schulparty im Club Annabelle's wurde sie darauf aufmerksam, wie fabelhaft er tanzen kann. Tariks Bewegungen sind fließend, harmonisch, fast als ob er nie etwas anderes täte, er scheint nicht einmal darüber nachzudenken, wie er wirkt, Tarik verschwindet in der Musik, wenn er tanzt. Immer wieder hat Malina versucht, auf der Tanzfläche seine Aufmerksamkeit zu erringen, hat seine Nähe gesucht, ihn angelächelt, sie tanzt selbst für ihr Leben gern. Tarik jedoch hat nicht mehr reagiert als bei anderen

Mädchen auch. Er hat sie angelacht, sie jedoch nicht angetanzt, ist nicht mit ihr zur Bar gegangen, um gemeinsam etwas zu trinken, nicht nach draußen an die frische Luft, um mit ihr allein zu sein. Es war, als sähe er durch sie hindurch. Vielleicht hat er längst eine Freundin, aus einer anderen Schule oder so. Vielleicht ein türkisches Mädchen.

»Wie schmeckt das Meloneneis?« Neles Stimme, dicht neben Malinas Ohr. Sie selbst hat noch nicht bestellt, Luca hingegen löst sich gerade mit einer Waffeltüte aus der Schlange vor dem Eiswagen. Malina zuckt zusammen.

»Was? Ach so, gut ... nach Honigmelone, nicht nach Wassermelone.«

»Nanu, so abwesend«, wundert sich Nele »Sag bloß, Enzo hat dir mit seinen dämlichen Sprüchen die Laune verhagelt.«

»Quatsch, der doch nicht.« Malina nimmt gedankenverloren ein wenig Pistazieneis in den Mund, ebenso gut könnte sie an einem Stück Pappe lecken. »So ein Fan von Nesrin bin ich nun auch wieder nicht«, stellt sie klar. »Um ihr Kopftuch und diese ganzen Regeln habe ich mir nie groß Gedanken gemacht, das ist doch Alltag für uns. Am besten, wir vergessen es einfach, ich fand es nur unfair von ihm. So wie er muss man sich echt nicht aufführen.«

»Er hat aber recht«, erwidert Nele, ihre Stimme klingt entrüstet. »Klar ist Nesrin eine aus unserer Klasse wie jede andere auch, aber durch ihre religiösen Vorschriften auch wieder nicht. Im Schulalltag spielt das keine Rolle, aber in der Freizeit macht sie sich zur Außenseiterin.«

»Stimmt nicht«, entgegnet Lydia. »Ich war schon oft mit ihr Shoppen oder im Kino.«

»Wenn sie nicht halb nackt vor den Jungs herumhüpfen

will, ist das eben so«, meint Malina und blickt in die Richtung, in die Nesrins Bus verschwunden ist. Den nächsten Löffel nimmt sie aufmerksamer, behält das Eis länger im Mund, spürt es auf ihrer Zunge schmelzen, genießt das Aroma. »Es scheint sie nicht mal zu stören. Irgendwie ist es cool, wie sie in sich ruht.«

»Das glaubst aber auch nur du«, ereifert sich Laura. »Welches Mädchen, das hier lebt und uns alle sieht, würde wohl freiwillig auf das alles verzichten, nur wegen einer Religion? Du vielleicht? Glaubst du ernsthaft, die Musliminnen würden nicht gern in kurzen Röcken und Spagettitops rumlaufen, einen Freund haben und am Wochenende abends auf Partys oder Tanzen gehen?«

»Nesrin wirkt nicht unglücklich dabei. Vielleicht braucht sie das alles nicht.«

»Das sagt die Richtige«, erwidert Nele und lacht. »Du bist doch *die* Partymieze überhaupt. Immer mittendrin, wenn irgendwo was los ist. Außerdem hat Nesrin keine Wahl. Sie wird schon wissen, was ihr blüht, wenn sie zu Hause versuchen würde, mal aufzumucken und mehr Freiheiten einzufordern. Du kannst ihr nicht helfen, also zerbrich dir nicht ihren Kopf.«

»Mach ich nicht«, verspricht Malina. »Verflixt, den Friseur muss ich noch anrufen, aber dann sollten wir uns beeilen. In der Mall of Berlin hat diese neue günstige Modekette aus den USA aufgemacht! Glaubst du, ein roter Bikini würde mir stehen?«

Wenig später hat Malina ihre Gedanken um Nesrin verscheucht. Nele und sie probieren in der Stadt einen Bikini nach dem anderen an, jetzt im Mai ist die Auswahl noch groß.

Sie lachen und reden zusammen in der Umkleidekabine, geben sich gegenseitig Stylingtipps und raten einander ehrlich ab, wenn ein Bikini nicht gut aussieht. Nele entscheidet sich schließlich für einen blau-weiß gepunkteten, Malina für einen schwarzen mit roten Applikationen. Anschließend kaufen sie im Drogeriemarkt noch Sonnenspray und Zopfgummis.

»Der Sommer kann kommen! Jetzt aber nichts wie los«, drängt Malina mit einem Blick auf die Uhr ihres Handydisplays. Tarik, denkt sie, wirst du auch da sein? Sie verrät Nele nicht, dass sie versuchen möchte, ihr Badetuch in seine Nähe zu legen. Ich muss es unauffällig anstellen, überlegt sie. Hoffentlich ist er nicht schon von lauter anderen Mädchen umlagert, wenn wir ankommen. Bei seinem Aussehen wäre das kein Wunder.

3.

Die ganze Schule scheint im Freibad versammelt zu sein. Neben dem Sprungbecken haben alle ihre Handtücher und Decken zu einem riesigen Lager zusammengelegt, das fröhliche Stimmengewirr der vielen Jungen und Mädchen mischt sich mit dem ausgelassenen Kreischen hunderter Kinder, die nebenan im Nichtschwimmerbecken tollen. Malina schirmt ihre Augen mit der Hand ab, verschafft sich einen Überblick und hält heimlich Ausschau nach Tarik. Sie entdeckt ihn fast am Rand des Handtuchlagers, gerade legt er den Kopf in den Nacken und leert die letzten Tropfen einer Coladose in seinen Mund. Seine dunklen Locken fallen nach hinten und wirken so noch dichter, sein Oberkörper ist bereits ein wenig gebräunter als die der anderen Jungs. Nachdem Tarik seine Dose in hohem Bogen in einen Müllkorb geschleudert hat, dreht er sich um und seine Augen treffen Malinas Blick. Zum ersten Mal, seit sie begonnen hat für ihn zu schwärmen, hält er ihn fest und lächelt. Er nimmt mich wahr, denkt sie; Tarik sieht mich. Endlich.

»Sonne«, seufzt Nele neben Malina und streckt sich auf ihrem mitgebrachten Badetuch aus. »So könnte es meinetwegen bis Oktober weitergehen. Wer holt mir Pommes?«

»Kommt auf die Gegenleistung an«, erwidert Enzo, sieht

aber dabei Malina an statt Nele, die ohnehin ihre Augen geschlossen hält.

»Vergiss es.« Malina lacht und wirft mit ihrem Top, das sie gerade ausgezogen hat, nach ihm. Sie fühlt sich wohl in ihrem neuen Bikini; das Oberteil bringt ihre Brüste zur Geltung, ohne billig zu wirken, das Höschen sitzt schön eng und betont Malinas schlanke Taille und ihren flachen Bauch. »Entweder bist du ein Gentleman oder eben nicht. Mir ist noch nicht nach Pommes. Kommt jemand mit ins Wasser?«

»Ich will braun werden«, mault Lydia.

»Du kriegst sowieso nur Sommersprossen und Brandblasen.« Nele rappelt sich wieder hoch, ebenso Laura, Jasmin, Enzo, Luca, Marvin und einige andere Mädchen und Jungs. Aus dem Augenwinkel bemerkt Malina, dass auch Tarik aufsteht. Alle zusammen steuern das Ein-Meter-Brett am Sprungbecken an. Zuerst nimmt Enzo Anlauf und springt ins Becken, dass es nur so spritzt; als er auftaucht, blickt er sich Beifall heischend um. Marvin protzt mit einer »Arschbombe«, Luca gelingt ein lupenreiner Kopfsprung. Malina und Nele springen ganz gerade, wobei besonders Malina auf ihre Körperspannung achtet. Kaum ist sie im Wasser gelandet, spürt sie einen Körper dicht neben sich und erschrickt. Beim Auftauchen erkennt sie, dass es Tarik ist, er muss gleich hinter ihr gesprungen sein.

»Ich ruf gleich den Bademeister«, scherzt sie, packt seinen Kopf und drückt ihn unter Wasser, um ihn gleich darauf wieder loszulassen. Als Tarik auftaucht und prustet, versucht er sie in der Taille zu packen, aber Malina windet sich aus seinem Griff und krault zur Treppe, hechtet nach draußen und eilt mit Lydia und Nele zum Schwimmerbecken. Dort zieht sie mit ruhigen, gleichmäßigen Brustschwimmzügen ihre Bahnen, ungeachtet der anderen, die nur wenige Augenblicke später nachkommen und erneut miteinander im Wasser herumalbern, indem Jungs und Mädchen sich gegenseitig necken. Nele versucht, Enzos Aufmerksamkeit auf sich zu ziehen, kreischt laut und schrill, als er sie am Beckenrand packt und ins Wasser schmeißt. Lydia bleibt draußen und lässt nur ihre Beine ins Wasser baumeln und kommt dabei mit Jan aus der Parallelklasse ins Gespräch, der ebenfalls nicht zu den eifrigsten Wasserratten gehört. Lange sitzen die beiden dort. Im Vorbeischwimmen zwinkert Malina ihnen zu, Lydia zwinkert zurück.

Wenig später bemerkt Malina, dass Tarik erneut in ihre Nähe kommt. Dieses Mal scheint er ihr keine Beachtung zu schenken und neckt sie auch nicht, sondern durchpflügt mit raumgreifenden Delfinzügen das Becken. Am anderen Ende angekommen, klettert er über den Rand und strebt erneut das Sprungbecken an, erklimmt den Sprungturm und hechtet mit einem gelungenen Salto vom Fünfmeterbrett. Zum Glück hat er keinen Bauchklatscher hingelegt, denkt Malina. Der hätte wehgetan.

Sie bleibt lange im Wasser, genießt es, beim Schwimmen ihren Gedanken nachhängen zu können, unterhält sich eine Weile mit Luca, der sich ihr angeschlossen hat, statt sich wie die meisten anderen Jungen wieder und wieder unter lautem Gejohle in eines der Becken zu stürzen. Ich mag Luca, denkt Malina und sieht ihn verstohlen von der Seite an. Verknallen könnte ich mich nie in ihn, er ist einfach nicht mein Typ. Aber es ist gut, dass es ihn gibt. Mit einem Jungen nur befreundet zu sein, ist sonst nicht leicht, weil sich oft doch einer mehr erhofft. Zwischen Neles Zwillingsbruder und Malina besteht keine Gefahr. Mit ihm kann sie über alles reden, manchmal fast besser als mit Nele. Luca hört geduldig zu, bis Malina alles erzählt hat, was ihr auf der Seele liegt, unterbricht sie nicht, zwingt ihr nicht vorschnell seine Meinung oder eine Lösung auf. Jetzt, im Schwimmerbecken, erzählt er ihr von einem blinden Mädchen, das er neulich im Bus gesehen hat.

»Etwas an ihr hat mich fasziniert«, gesteht er. »Ich werde sie nie wiedersehen, aber seitdem mache ich mir Gedanken darüber, wie es sein muss, wenn man dem Menschen, den man liebt, nie in die Augen sehen kann. Besser gesagt, wenn kein Blick zurückkommt. Glaubst du, man kann sich trotzdem genauso heftig verlieben?«

»Warum nicht?«, gibt Malina zurück. »Bei Blinden müssen die anderen Sinne die Aufgaben der Augen mit übernehmen und werden dadurch besonders geschärft. Das erklärt, weshalb Blinde selbst ohne Stock nur selten gegen eine Wand oder andere Gegenstände laufen, wenn sie nur lange genug geübt haben. Sie entwickeln eine andere Wahrnehmung. Schwingungen, die wir Sehenden nicht bemerken. Warum sollte das nicht auch in der Liebe funktionieren?«

»Aber ich selber bin ja nicht blind«, wirft Luca mit gespielter Verzweiflung ein. Dann wird er wieder ernst. Sie schwimmen zum Beckenrand und halten sich daran fest, rausgehen will noch keiner von beiden.

»Ich würde mich gern für Benachteiligte engagieren«, sagt Luca. »Blinde, Behinderte, die Ärmsten der Armen in fernen Ländern. Irgendwas Sinnvolles tun.«

Malina nickt und öffnet die Lippen, um zu antworten, doch nun sieht sie, dass Nele im Fußbecken steht und ihr zuwinkt, die Geldbörse in der Hand.

»Dein Schwesterchen wird ungemütlich, wenn sie jetzt nicht ihre Pommes bekommt«, stellt sie fest. »Kommst du mit?«

Der ganze Pulk wandert zum Imbissstand, und als die ersten ihre Portion schon fast vertilgt haben, stehen die letzten noch immer an. Malina schlendert bereits mit Nele zur Decke zurück, beide haben Currywurst mit Pommes rot-weiß genommen.

»Vielleicht hätte ich das lieber lassen sollen«, jammert Nele, als sie ihre Wurst bereits verputzt hat. »Das reine Fett. Eigentlich wollte ich abnehmen.«

»Ich auch«, gibt Malina zu. »Aber man muss sich auch mal was gönnen.«

»Leider stehen die meisten Jungs auf schlanke Mädchen. Aber Typen, die nur nach dem Aussehen gehen, kann man auch gleich zum Mond schießen.«

»So?« Malina grinst ihre beste Freundin an. »Was ist dann mit Enzo, hast du die Rakete für ihn schon bestellt?«

»Sehr witzig.« Nele blickt düster. »Enzo steht auf *dich*, falls dir das entgangen ist.«

»Ich aber nicht auf ihn«, erwidert Malina.

»Sondern?«

»Ich finde Tarik ganz süß«, gesteht Malina mit gedämpfter Stimme. »Der ist irgendwie cool und hat ein tolles Lachen. Aber ich habe keinen blassen Schimmer, ob er mich auch gut findet.«

»Tarik«, wiederholt Nele. »Gut sieht er ja aus. Aber findest du nicht, dass die Türken ganz anders drauf sind als wir? Siehe Nesrin.«

»Tarik nicht. Der ist hier geboren und aufgewachsen, in die Türkei fährt er bloß in den Sommerferien. Das machen auch viele Deutsche. Tarik spricht nicht mal mit Akzent und Nesrin übrigens auch nicht.«

»Stimmt schon«, lenkt Nele ein. »Na dann: Viel Erfolg beim Erobern.«

»Spinnst du? Der soll *mich* erobern! Ich muss es nur so geschickt einfädeln, dass er denkt, es wäre seine Idee. Ein kleiner Macho steckt bestimmt in ihm.«

»Eben doch Türke«, kichert Nele und Malina stimmt ein.

»Achtung«, flüstert Nele plötzlich. »Er kommt.« Tatsächlich erscheint Tarik als einer der letzten wieder beim Deckenlager. Er lächelt den Mädchen zu, wieder bleibt sein Blick an Malina hängen. Einen Augenblick lang scheint er über etwas nachzudenken, dann kommt er zu den Mädchen herüber.

»Lust auf eine Runde Beachvolleyball?«, fragt er und deutet hinüber zum anderen Ende des Schwimmbades, wo ein Feld mit Netz angelegt ist, dann lässt er scheinbar unauffällig seinen Blick über Malinas Körper wandern.

So einfach mache ich es ihm nicht, denkt sie sich.

»Weiß nicht«, überlegt sie laut. »Hast du Lust dazu, Nele?«

»Klar.« Ihre Freundin setzt sich bereits auf. »Wenn man sich bewegt, wird man schneller und gleichmäßiger braun und gut für die Figur ist es auch.«

»Um eure Figuren müsst ihr euch keine Sorgen machen«, bemerkt Tarik. »Schon gar nicht in den süßen Bikinis. Also, Malina, was ist?«

Malina spürt ihr Herz schneller klopfen und steht auf.

»Okay«, willigt sie ein. »Aber ich bin eine Niete in der Angabe, das sag ich dir gleich. Wenn es hoch kommt, gelingt mir jede fünfte.«

»Ist alles Übungssache«, versucht Tarik sie zu beruhigen. »Und ein bisschen Technik gehört auch dazu.«

Als sie beim Beachvolleyballfeld angekommen sind, besorgt sich Tarik einen Ball und lotst Malina in eine ruhige Ecke außerhalb des Spielfelds, während Nele eine Spielerin ablöst, die keine Lust mehr hat.

»Du musst die Beine leicht beugen und das Gewicht auf beide Füße verteilen«, erklärt er. »Dann bildest du mit der rechten Hand einen Brunnen, siehst du, so hier.« Tarik nimmt Malinas Hand und legt die Fingerspitze ihres Daumens auf die des Zeigefingers, die anderen Finger krümmt er zur Faust. Seine Berührung ist angenehm, denkt Malina; angenehm und elektrisierend zugleich. Schöne Hände hat er, wie sein Körper bereits leicht gebräunt. Sie sieht die dunklen Härchen auf seinem Handgelenk, die leicht hervortretenden Adern, Tariks gepflegte Fingernägel. Spürt seine dunklen Locken dicht neben ihrem Haar.

»So hat der Ball eine Fläche, über die du ihn sicher führen kannst. Mit der Linken hältst du ihn in Hüfthöhe leicht rechts vor deinen Körper, gehst in Schrittstellung und holst mit dem rechten Arm von unten aus. Dein rechter Arm muss gestreckt sein, erst wenn du den Ball getroffen hast, lässt du ihn ausschwingen. Versuch's mal!«

Malina versucht, Tariks Rat zu befolgen, und tatsächlich klappt ihr Aufschlag um einiges besser als sonst.

»Super«, lobt er sie, »gleich noch mal!« Malina übt einige Male, dann ist sie ziemlich sicher, dass sie sich ins Spiel wagen kann. Inzwischen haben sich auch Luca, Enzo, Lydia, Laura und einige andere aus der Clique eingefunden, eine gute halbe Stunde lang spielen sie. Anfangs ist Malina noch nervös und verpatzt einige Punkte, mit der Zeit jedoch wird sie sicherer, bis ihr auch die Aufschläge fast ausnahmslos gelingen. Im Schmettern ist sie wegen ihrer Größe von einem Meter zweiundsiebzig recht geschickt; Tarik strahlt sie jedes Mal an, wenn ihr ein Punkt gelingt.

Als alle wieder zurück zu den Handtüchern gehen, weicht er nicht von ihrer Seite. Er verwickelt sie in ein lockeres Gespräch, lacht mit ihr, neckt sie, kitzelt sie in der Taille. Ganz selbstverständlich setzt er sich mit Malina auf ihr Badetuch, langt in seinen Rucksack und bietet ihr etwas von seinem mitgebrachten Studentenfutter an. Später gehen sie erneut zu mehreren ins Wasser, albern herum, schwimmen. Malina spürt, dass Tarik sich immer wieder wie zufällig in ihrer Nähe aufhält. Den ganzen Nachmittag hofft sie darauf, dass er endlich den ersten Schritt macht, sie vielleicht um ein Date bittet, stellt sich vor, wie Tarik ihr tief in die Augen sähe, seinen gebräunten freien Oberkörper langsam zu ihr vorbeugen würde, um seine Lippen behutsam auf ihre zu legen …

»He, Malina, träumst du?«, reißt Nele sie aus ihren Gedanken. Malina fährt zusammen. Heftig schüttelt sie den Kopf. »Wieso?«

»Das Freibad macht gleich zu«, bemerkt Nele und deutet auf die anderen, die ringsum bereits ihre Handtücher zusammenrollen, sie zurück in die Taschen und Rucksäcke stopfen und sich anziehen. Nun beeilt sich auch Malina, streift ihr Top über den trockenen Bikini und schlüpft in ihre Hotpants und die hübsch verzierten Zehensandalen, kämmt ihre Haare durch, wirft sie kopfüber nach vorn und wieder zurück. Sie beobachtet Tarik, der seinen Rucksack bereits auf den Schultern trägt und seine letzte Coladose mit einem Zischen öffnet. Tolle Sneakers hat er an, denkt sie; ob es die auch für Mädchen gibt, vielleicht in Weiß mit rotem Label drauf?

Schließlich steuern alle zusammen den Ausgang an, Malina und Nele gehen dicht nebeneinander, wie fast immer hat sich Lydia angeschlossen. Ihr Schwarm Jan scheint bereits vorgegangen zu sein, jetzt unterhält er sich mit Laura.

»Was macht ihr heute Abend noch?«, fragt Malina. »Wollen wir irgendwo hin, in der Stadt abhängen, was trinken oder ins Freiluftkino?«

4.

Sie fahren mit der U-Bahn zum Halleschen Tor, es ist gerade Karneval der Kulturen. Weil nicht genug Sitzplätze frei sind, setzt sich Malina kurzerhand auf Marvins Schoß, er stößt einen leisen Pfiff aus und legt seine Hände an ihre Hüften. Wenn er etwas zu ihr sagt, muss Malina ihren Kopf drehen, um ihn ansehen zu können, dabei berühren ihre Haare sein Gesicht. Ab und zu blickt sie hinüber zu Tarik, der in der Nähe der Automatiktür steht, jetzt beachtet er sie nicht mehr. Auf dem Fest versucht sie, sich ins Geschehen fallen zu lassen und nicht zu viel zu grübeln; komm, sagt sie sich im Stillen, es ist Sommer und du hast niemandem was getan, mach dich locker, schließlich bist du nicht mit Tarik zusammen.

Beim Karneval der Kulturen fühlt sich Malina sofort wohl. In Berlin leben Menschen aus so vielen verschiedenen Nationalitäten wie in keiner anderen deutschen Stadt, außer Frankfurt vielleicht, und bei diesem Fest zeigen alle ihre Trachten, Musik und Volkstänze, bieten Speisen aus ihrer Heimat an, feiern miteinander. Man spürt nichts von Rassismus und Fremdenfeindlichkeit, alle feiern friedlich zusammen. So müsste es immer sein, denkt Malina und versucht im Vorübergehen zu erraten, aus welchem Teil der Erde die Menschen wohl kommen mögen, die sie beobachtet.

Neben verschiedenen Imbissbuden und Kunsthandwerkständen sind mehrere Bühnen aufgebaut, auf denen Bands aus der Umgebung spielen. Bei einer Britrock-Band bleiben sie länger stehen, die Musik geht sofort in die Beine. Malina und ihre Freunde beginnen zu tanzen; gecoverte Songs, die sie kennen, singen sie mit, nur Luca, der selbst Gitarre in einer Combo spielt, bleibt am Rand stehen, um die Musiker zu beobachten. Malina spürt die Blicke des Sängers auf sich. Nachdem er eine Pause angekündigt hat und der letzte Song verklungen ist, setzt er sich auf den Bühnenrand und winkt sie zu sich heran.

»Zwei Sets spielen wir noch, danach sind wir frei«, sagt er und stellt sich als Jeffrey vor. »Seid ihr dann noch da? Ich würde dich gern auf einen Drink einladen.«

Malina blickt sich verstohlen nach Tarik um und entdeckt ihn lachend und redend inmitten seiner Kumpels, neben ihm steht ein Mädchen, das Malina nicht kennt, und blickt ihn bewundernd an. Tarik legt seine Hand in ihren Nacken und sagt irgendetwas, das Malina auf die Entfernung nicht verstehen kann, dennoch fühlt sie, wie etwas in ihr zusammensackt. Die Typen sind alle gleich, denkt sie, nie im Leben meint dieser Jeffrey es ernst.

»Sexy Hotpants übrigens«, sagt er, und Malina hat das Gefühl, nackt vor ihm zu stehen. Sie blickt sich um und will wieder zurück zu Nele, da fällt ihr Blick auf eine Frau mit einem Jungen an der Hand, der den Gesichtsmerkmalen nach am Down-Syndrom leidet. Malina hört, dass die Mutter »Daniel« zu ihm sagt, er ist bestimmt mindestens vierzehn Jahre alt, lacht und strahlt jedoch wie ein kleines Kind angesichts der vielen bunten Stände und der Musik, die aus allen Richtungen schallt. Soeben entdeckt er in der Sackgasse am Ende der Straße eine aufgeblasene Hüpfburg und zieht seine Mutter dorthin. Jeffrey folgt Malinas Blick, dann verdreht er die Augen und blickt sie abwartend an. Sie haben noch keinen Treffpunkt vereinbart.

»Nach dem Gig müssen wir das Equipment abbauen und verladen«, meint er ungeduldig und versucht Malina an sich zu ziehen, berührt ihren Po. »Gegen halb elf an der Hauptbühne?«

»Spinnst du, mich anzutatschen«, fährt Malina ihn an und stößt ihn von sich. »Außerdem ist halb elf zu spät, so mitten in der Woche.« Noch immer beobachtet sie Daniel, es sind nur noch wenige Kinder auf der Hüpfburg. Günstig für ihn, so kann er sich ungestört austoben, ohne dass ihn jemand ärgert oder abdrängt. Die Mutter hilft ihrem Daniel hoch, er krabbelt ein paar Meter, dann richtet er sich auf und steuert zielstrebig die hintere Seitenwand an. Einige Male hüpft er auf und ab, dann wirft er sich gegen die Wand und lacht laut glucksend, als er dagegenfällt. Die Wand gibt nach. Malina begreift sofort.

»Was heißt hier antatschen?« Jeffrey lässt seine Augen genüsslich über ihren Ausschnitt, den kurzen Rock und die langen Beine wandern. »Wer sich so anzieht wie du … musst du wirklich schon in die Heia? Ich komm gerne mit.«

»Quatsch nicht so blödes Zeug!«, faucht ihn Malina an. »Siehst du nicht, was da hinten passiert?« Sie rennt los und dreht sich dabei zu Nele um, auch Lydia ist noch da. »Bei der Hüpfburg wird schon die Luft rausgelassen, obwohl noch Kinder drauf sind, das ist saugefährlich!« Schon will sie Daniels Mutter etwas zurufen, aber die hat inzwischen selbst erkannt, in welcher Gefahr ihr Sohn schwebt. Wieder und wieder ruft sie seinen Namen, aber von der Bühne ein paar Meter weiter ertönt gerade der Song »Lemon Tree« von Fool's Garden; Daniel scheint das Lied zu kennen und schmeißt sich noch ausgelassener gegen die immer schlaffer werdende Wand, versucht auf dem nachgebenden Boden zu tanzen, scheint die Rufe seiner Mutter nicht zu hören. Wie gejagt blickt sich Malina nach dem Schausteller um, der für die Hüpfburg verantwortlich ist, kann jedoch niemanden entdecken. Also rennt sie selbst darauf zu und kommt fast gleichzeitig mit Daniels Mutter an. Zwei Mädchen, die eben noch gehüpft sind, versuchen ihn von der Wand wegzuziehen. Daniel lacht laut und springt, die Seitenwand hält ihn nicht mehr, er stürzt mit dem Kopf voran darüber und metertief zu Boden, Malina sieht ihn nicht mehr, seine Mutter schreit gellend auf, in den Refrain von »Lemon Tree« hinein.

Was dann passiert, nimmt Malina wahr wie hinter einer Wand aus Watte. Daniels Mutter, die ihren Sohn kaum halten kann und doch auf ihren Armen nach vorn zerrt. Das viele Blut auf seiner Jacke, nass und dunkelrot, irgendjemand schreit, er habe sich im Sturz die Zunge abgebissen, Malina fleht stumm, es möge nicht stimmen. Seine kehligen, gurgelnden Laute, die Feuerwehrsirenen, das Blaulicht. Wieder die Schreie der Mutter, man möge endlich ihrem Kind helfen. Nele übergibt sich neben einem Stromkasten.

Daniel wird in den Rettungswagen verfrachtet. Ehe die Tür geschlossen wird, sieht Malina noch, wie ihm die Mutter, nun endlich etwas ruhiger, einen Kuss auf die Wange drückt und ihm zärtlich übers Haar streicht. Als der Wagen weg ist, muss sich Malina an einem Straßenbaum abstützen, ihre Beine zittern unkontrolliert. Luca eilt herbei und legt ihr den

Arm um die Schultern, Nele hat sich aufgerichtet, atmet tief durch und trinkt etwas aus einem Plastikbecher, den der Zwillingsbruder ihr gereicht hat. Erst jetzt bemerkt Malina die Menschenmenge um sich. Blaulicht und Sirene haben fast alle Besucher als Schaulustige angezogen. Erst allmählich löst sich der Pulk wieder auf. Das Beben in Malinas Beinen lässt nach. Die Party ist vorbei.

»Warum passiert sowas gerade Menschen, die nie jemandem etwas getan haben? Der Kleine ist doch ein Engel«, sagt sie mehr zu sich selbst als zu ihren Freunden, die versuchen, sie von der Unfallstelle wegzuziehen.

»Es war ein Unfall«, betont Enzo. »Das Kind wird operiert, der Schausteller verklagt und gut ist. Wir sind hergekommen, um Party zu machen, schon vergessen? Der Cocktailstand da hinten hat noch auf. Einen Absacker auf den Schrecken und die Welt ist wieder pink. Kommt ihr?«

»Super Idee«, meint Nele und greift nach seinem Arm. »Ich kann jetzt noch nicht schlafen.«

»Dass ihr jetzt an Party denken könnt.« Malina schüttelt sich und geht schneller, lässt die anderen hinter sich. »Wie oberflächlich ist das denn, ihr habt doch alle einen Knall. Ich gehe nach Hause.« Sie blickt sich um, doch fast alle haben sich bereits auf den Weg Richtung Cocktailstand gemacht, ihr überlautes Lachen und Durcheinanderreden verrät das krampfhafte Bemühen, den Schrecken abzuschütteln, was geht uns das an, Unfälle passieren überall, nur nicht zu viel drüber nachdenken. Der Einzige, der ihr folgt, ist Luca. Beide schweigen lange, erst kurz bevor sie zu Hause sind, kommt zögernd ein Gespräch in Gang.

»Warum hast du mit deiner Band nicht beim Karneval der

Kulturen gespielt?«, fragt Malina, um sich und ihn ein wenig abzulenken. »Ihr seid so lange nicht mehr aufgetreten, das finde ich schade.«

»Das ist 'ne Nummer zu groß für BwithU«, antwortet Luca. »Ich würde sowieso lieber Benefiz-Konzerte spielen. Für Behinderte wie Daniel zum Beispiel. Oder andere gute Zwecke.«

»Super Idee«, findet Malina. »Dann machst du wenigstens was Sinnvolles. Danach sehne ich mich auch manchmal: ein richtiges Ziel zu haben, nicht nur den Schulabschluss und ansonsten Party, Party, Party. Irgendwas für andere machen, mich engagieren. Das würde mich weitaus mehr ausfüllen.«

»Wenn du willst, überlegen wir uns zusammen was«, schlägt Luca vor, kramt seinen Schlüssel aus der Tasche seiner Jeans und öffnet die Haustür. Malina drückt den Lichtschalter, er funktioniert nicht. Lucas Wohnungstür erreichen sie zuerst, Malina wohnt zwei Etagen darüber. »Uns fällt bestimmt was ein.«

»Ich bin dabei«, verspricht sie. »Wer zuerst eine Idee hat, sagt Bescheid. Und noch was, Luca.« Sie sieht ihm ins Gesicht.

»Ja?« Seine Stimme klingt plötzlich rau.

»Danke, dass du immer da bist. Mich immer verstehst.«

Luca lächelt, seine Zähne glänzen im Schein der Straßenlaterne, die ins Treppenhaus scheint.

»Immer wieder gerne«, sagt er. »Gute Nacht.«

* * *

Als Malina die Wohnungstür aufsperrt, hört sie fröhliche Stimmen aus der Küche. Ihre Mutter Simone und deren beste Freundin Angela sitzen vor einem Glas Rotwein, auf dem Küchentisch steht ein Teller mit verschiedenen Käsesorten, Oliven und Schinken neben einem Korb mit frischem Roggenbaguette. Die Frauen rauchen Zigarillos, Malina hasst den Gestank in der Wohnung, verdreht die Augen und wendet den Kopf ab, als Simone sie auf die Wange küssen möchte. Typisch, denkt sie; jedes Mal, wenn sie einen Nachtdreh hatte, muss sie diese stinkenden Dinger qualmen, nur weil sie sich damit extravagant vorkommt. Dabei sind die Gift für ihre Haut; sie als Schauspielerin müsste das eigentlich wissen, auch wenn sie meistens nur Nebenrollen hat. Malina tritt ans Fenster und reißt es auf, schiebt einen Blumentopf so in die Ecke, dass es nicht zufallen kann, und atmet tief durch.

»Setz dich«, sagt Simone lächelnd und rückt für Malina einen Stuhl zurecht. »Deine Cousine Hanna hat angerufen, du sollst ihr mal wieder schreiben, hat sie gesagt. Tauscht ihr immer noch regelmäßig Mails aus?«

Malina nickt. Stimmt, die Hanna, denkt sie und bestreicht sich eine Scheibe Baguette mit Butter. In letzter Zeit ist sie ein bisschen langweilig geworden, weil sie fast nur noch von der Kirche erzählt. Was sie da alles macht, welche Fahrten sie mit Kindern unternommen hat, wie der letzte Sonntagsgottesdienst war und so. Von Jungs gar nichts. Man könnte meinen, nach ihrer Firmung letztes Jahr wäre Hanna direkt ins Kloster gegangen. Aber vielleicht muss Malina nur mal richtig nachhaken.

Erst jetzt spürt sie, wie hungrig sie ist, auf dem Karneval der Kulturen hat sie sich nichts zu essen gekauft, zu beschäftigt waren ihre Gedanken. Angela mustert sie.

»Kurz vor elf, mitten in der Woche«, sagt sie, in ihrem

Blick eine Mischung aus Besorgnis, Vorwurf und Unverständnis. »Da wird aber jemand morgen in der Schule durchhängen, oder?«

Malina schiebt sich ein Stück Chili-Camembert und eine schwarze Olive gleichzeitig in den Mund und gießt sich ein Wasserglas halb voll Rotwein. Auf andere Gedanken kommen. Immer noch sieht sie das viele Blut.

»Morgen muss ich erst zur zweiten Stunde«, kontert sie. »Wo ist also das Problem?«

»Du bist sechzehn«, gibt Simone zurück. Wenn sie Besuch hat, macht sie ganz gern einen auf streng. »Und damit noch lange nicht volljährig. Schon mal was von Jugendschutzgesetz gehört? In dem Alter ist um zweiundzwanzig Uhr Schicht im Schacht.«

Malina verdreht die Augen. »Als ob das eine Rolle spielt. An manchen Tagen bin ich schon um acht hier, da kann es an anderen Abenden auch mal etwas später werden.« Sie setzt ihr Glas an die Lippen und nimmt erneut einen tiefen Schluck.

»Bei mir gäbe es das nicht«, meint Angela. »Meine Lisa hat ihre festen Zeiten, und nach denen muss sie sich richten. Am Wochenende kann ich dann auch mal ein Auge zudrücken. Unter der Woche muss sie vormittags fit sein, da gibt es kein Wenn und kein Aber und keine Ausnahmen.«

»Verstehen kann ich Malina durchaus«, springt Simone ihrer Tochter doch noch bei. »Wenn es die Gesetze nicht gäbe – hättest du zu unserer Zeit zum Beispiel auf unser legendäres Festival bei Hamburg verzichtet, nur um irgendeine Note zu verbessern? Wohl kaum, und damals waren wir auch nicht älter. Wir haben uns nur älter geschummelt.«

»Danke, Mama«, bemerkt Malina trocken. Simone drückt ihren Zigarillo aus und setzt sich aufrechter hin.

»Zum Glück ist Malina mit Leuten zusammen, bei denen ich mir keine Sorgen um ihre Sicherheit machen muss«, bekräftigt sie. »Den Zwillingen von nebenan zum Beispiel, Nele und Luca. Und bislang hat es mit den schulischen Leistungen immer noch hingehauen. Oder, mein Schatz?«

»Bis zu den Zeugnissen ist noch Zeit«, weicht Malina aus und blickt auf ihre Hände. Nach dem Rotwein fühlt sie sich schlagartig müde und hat keine Lust auf nervenaufreibende Diskussionen.

»Was meinst du damit?«, mischt sich Angela erneut ein. Die will nur wieder mit ihrer Supertochter Lisa angeben, denkt Malina wütend; zum Glück ist die nur in der Parallelklasse, sonst müsste ich mir jeden Tag ihr Grinsen ansehen, wenn sie wieder eine Eins nach der anderen kassiert. Letzten Monat sechzehn geworden, aber noch nie mit einem Jungen geknutscht. Dann lieber ein blauer Brief, ehrlich.

»In Ethik habe ich mich verbessert. Das meine ich damit«, antwortet sie.

»Schön zu hören. Aber ist Ethik ein Ausgleichsfach? Wir haben Mai, und ich muss dir nicht erzählen, dass die Notenkonferenzen nicht erst drei Tage vor den Sommerferien stattfinden. Im Juni ist Torschluss, aber hallo.« Angela hat ihre Brille bis auf die Nasenspitze geschoben und blickt Malina über den Rand hinweg an. Wie eine Lehrerin, denkt sie. Aber ihr richtiger Job, Finanzbuchhalterin, passt auch. Bloß zu Mama passt sie nicht. Wenn die beiden sich nicht schon dreißig Jahre aus der Theatergruppe ihrer Schule kennen würden, wüsste Malina nicht, was sie gemeinsam haben.

Angela hat da bestimmt nur die Souffleuse gegeben, Schauspielern kann die doch nie.

»Weiß ich«, entgegnet sie knapp. Nun horcht auch Simone auf.

»Du meinst damit nicht, dass du in ernsthaften Schwierigkeiten steckst, was die Versetzung angeht, oder?«

Malina zuckt mit den Schultern. »Was wäre so schlimm daran, wenn ich die Zehnte wiederhole? Das ist anderen auch passiert, ohne dass davon die Welt untergegangen wäre. In Mathe läuft es beschissen, aber das ist nichts Neues.«

»Das kannst du nicht wollen, Malina. Wenn Mädchen wie du freiwillig sitzenbleiben, können sie den Laden dichtmachen.«

Im selben Moment steckt ihr zwei Jahre älterer Bruder Lasse den Kopf zur Tür herein, in Boxershorts und T-Shirt steht er da, also war er schon im Bett oder will gerade schlafen gehen.

»Habe ich was verpasst?«, fragt er, strubbelt sich durch seine blonden Locken, bis sie in alle Richtungen abstehen, und gähnt. »Fetzt ihr euch mal wieder?«

»Was soll das sonst sein, wenn Mama mich plötzlich bei fünfundzwanzig Grad und knallblauem Sommerhimmel in meinem Zimmer einsperren will, weil sie glaubt, einzig und allein an so einem Tag kann ich meine Versetzung retten?«

»Für diese Frechheit hättest du alleine schon Stubenarrest verdient«, bemerkt Angela. »Meine Lisa ...«

»Dann gehe ich zum Jugendamt«, erwidert Malina kühl. »Erpressen lasse ich mich nicht.«

Lasse schüttelt den Kopf. »Mädels, entspannt euch mal«, äußert er gedehnt. »Wo stehst du auf der Kippe, Lina: Mathe?

Den Mist kann ich dir doch erklären. Meine Jungs und ich fahren morgen auch ins Lochow, leg dich einfach für ein, zwei Stunden zu uns und bring deinen Hefter mit. Bis der Bademeister uns rausschmeißt, bist du ein As in deinem Stoff.«

»Die ganze Zeit bei euch und du spielst den Oberlehrer. Ich kann mir nichts Besseres vorstellen.« Malina verschränkt die Arme vor der Brust.

»Das ist doch eine super Lösung«, findet Simone. Angela wirft einen Blick auf ihre Armbanduhr, steht auf und nimmt ihre Tasche, die über der Stuhllehne gehangen hat.

»Meine Jungs finden das sicher auch«, witzelt Lasse. »Da gibt es bestimmt einige, die dir gerne den Satz des Pythagoras erklären würden.«

»Das ist nicht witzig, Lasse«, wirft Simone ein, die Angela zur Tür gebracht hat. »Ich muss sagen, ich bin ziemlich enttäuscht von dir, Malina. Kaum eine Mutter lässt ihren Teenies so viele Freiheiten wie ich, da kann ich doch wohl ein Mindestmaß an Eigenverantwortung verlangen. Nie hätte ich gedacht, dass du die Schule so schleifen lässt.«

»Ist doch mein Leben«, bockt Malina weiter. »Außerdem mache ich mündlich immer gut mit, egal ob ich gerade peile, worum es geht, oder nicht. Die Lehrer merken nie, wenn ich nur bluffe, nicht mal Herr Bischoff. Weder in Englisch noch in Mathe. Zieht euch das mal rein, daran merkt man doch, wie wenig die selber wissen.«

»Im Schriftlichen fällt die Diskrepanz aber auf«, mahnt Simone. »Da nützt dir deine Wortgewandtheit nicht mehr viel, wenn es nur so von Wissenslücken wimmelt.«

»Worin bist du noch schwach?«, fragt Lasse und sieht Malina unbeirrt an.

»Physik und Chemie. In Chemie ist es am schlimmsten, der alte Baxmeyer könnte genauso gut Chinesisch reden.«

»Dann halte in Physik ein Referat«, rät Lasse. »Das zieht immer, wenn du es gut machst. Ich hatte in der Zehnten den Röpke, du hast Frau Malinowski, oder? Du nimmst einfach meines über atomare Strahlung, ich hatte damals 'ne Zwei minus, dann fällt es nicht *zu* positiv auf. Aber die Fünf kriegst du damit locker weg.«

»Du machst es ihr viel zu leicht.« Simone steht ebenfalls auf und leert den vollen Aschenbecher in den Mülleimer, ehe sie Käse, Schinken und Oliven zurück in den Kühlschrank stellt. Malina fällt ihrem Bruder um den Hals und drückt ihm einen dicken Schmatzer auf die Wange.

»Du hast uns so erzogen, dass Geschwister zusammenhalten müssen«, erinnert sie ihre Mutter. »Außerdem wird Lasse bestimmt was einfallen, womit er mich auch mal ausnutzen kann. Aber das mit deinen Jungs kannst du vergessen, Bruderherz. Ich stehe nur auf Tarik.«

Lasse schiebt seine Schwester von sich. »Auf Tarik? Den Türkenspacko? Nicht dein Ernst. Tarik ist ein Angeber. Hält sich für den coolsten Typen unter der Sonne, dabei ist er nichts weiter als ein aufgeblasener Macho.«

»Ich hoffe, das hast du jetzt nicht aus einer ausländerfeindlichen Haltung heraus gesagt, Lasse.« Simone wirft ihrem Sohn einen skeptischen Blick zu und runzelt die Stirn.

Lasse schüttelt den Kopf. »Solange er nichts mit meiner Schwester anfängt, ist alles gut. Ich geh pennen«, sagt er. »Gute Nacht allerseits.«

»Ey, du spinnst!«, schreit Malina und stellt sich Lasse in den Weg. »Bist du jetzt unter die Nazis gegangen oder was?

Tarik hat dir nichts getan, du bist nur neidisch, weil du nicht so gut aussiehst wie er!«

»Du wirst schon sehen, was du davon hast«, entgegnet er ungerührt.

»Nun reg dich doch ab, Lasse«, versucht Simone, ihn weiter zu beschwichtigen. »Noch hat Malina nichts mit ihm. Vielleicht kommt alles ganz anders, zur Liebe gehören schließlich immer zwei.«

»Ihr seid krank.« Malina starrt beide fassungslos an. »Hört ihr euch eigentlich ein einziges Mal selber zu? Wie ihr hier herumsteht und versucht mir einzureden, dass ich nicht mit einem türkischen Jungen zusammenkommen soll? Ihr seid so peinlich. Lasst das bloß niemanden hören.« Sie stürmt in ihr Zimmer und knallt die Tür zu, hört Lasse und Simone vom Flur her aufgebracht weiter reden. Malina wirft sich aufs Bett. Es dauert lange, bis sie einschlafen kann.

5.

E-Mail vom 16. Mai, 21:27 Uhr
Von: malina.teschke@e-mail.de
An: hanna.teschke@e-mail.de

Liebe Hanna,
heute will ich mir endlich mal wieder die Zeit nehmen, um meiner Lieblingscousine in Bayern zu schreiben. Sorry, dass ich mich so lange nicht gemeldet habe – ist niemals böse gemeint, das weißt du und denk bitte auch nicht, ich hätte kein Interesse mehr. Ich will immer wissen, wie es dir geht und was du machst. Bei mir ist im Moment so viel los, dass ich gar nicht weiß, wo ich anfangen soll … Am besten erst mal bei der Ethikstunde von gestern. Vielleicht hilft mir das, meine Gedanken zu sortieren.
Leider bin ich zehn Minuten zu spät gekommen, hätte mich echt ohrfeigen können. Warum passiert mir das in meinem Lieblingsfach (neben Deutsch) und nicht in Mathe? Jedenfalls war meine Klasse schon heftig mit Frau Kraft am Diskutieren, als ich in den Raum gehuscht bin. Nele schob mir ein Blatt mit einem Text zu, den ich nur kurz überflog, es ging um irgendeine Theorie, wie man die Existenz Gottes angeblich beweisen kann. Ich dachte, ich bin im falschen Film: Gott? Beweisen? Die beiden Wörter schließen sich gegenseitig schon aus, oder nicht? Ich glaube nicht an ihn. Ich glaube nur, was ich sehe. Deshalb habe ich den Wisch auch gar

nicht erst gründlich gelesen, sondern gleich losgelegt: Wenn es Gott gibt, wo war er denn, als gestern dieser behinderte arme Tropf, der absolut niemandem was getan hat, auf dem Karneval der Kulturen verunglückt und vielleicht jämmerlich verblutet ist? Oder noch krasser: Als der junge Pilot von Germanwings offenbar so verzweifelt (oder so krank, so egoistisch, so brutal, so skrupellos ... nenn es, wie du willst) war, dass er den Airbus mit 150 Leuten in den Bergen zerschellen ließ? Oder kurz danach bei dem Erdbeben in Nepal, das tausende Menschenleben gefordert hat? Ich sag dir, da waren die anderen still, als ich das gesagt habe. Viele haben mir zugestimmt. Nicht alle. Nele und Luca (die kennst du ja) fingen natürlich gleich wieder von ihrem kirchlichen Kindergarten an, in den wir vor gefühlten hundert Jahren zusammen gegangen sind. Wir wären doch mit dem christlichen Glauben aufgewachsen, meinten sie alle beide. Hallo? An den Weihnachtsmann glauben sie wohl auch noch? Nele sagte, damit hätte das gar nichts zu tun, sondern sie würde immer wieder staunen, welche Wunder Gott vollbracht habe, ich müsse mich doch nur mal in der Natur umsehen. Wie vollkommen alles aufeinander abgestimmt ist, wie jedes Lebewesen ein anderes braucht und auf es reagiert, von der Bakterie bis zum Menschen. Überhaupt der Mensch mit all seinen Fähigkeiten, seinem freien Willen, seiner Fähigkeit zu tiefer Liebe (Enzo machte dazu natürlich gleich anzügliche Gesten, typisch). Luca nickte zu allem, was Nele sagte, immer brav wie ein Wackeldackel. Am krassesten aber war Basti, der sonst fast nie was sagt – der meinte allen Ernstes, er würde sein ganzes Leben Gott widmen, sich in der Kirche engagieren und jeden Tag beten. Vielleicht will er später Theologie studieren. Vielleicht auch noch Mönch werden, in welchem Jahrhundert leben wir denn?

Ich habe alles versucht. Allein die Tatsache, dass man an Gott GLAUBEN muss, also selbst der überzeugteste Mensch niemals genau WISSEN kann, also beweisen, dass es Gott gibt, ja eigentlich schon ein Argument gegen ihn ist. Ich sag dir, Hanna, selten sind bei uns in der Klasse so die Fetzen geflogen wie in dieser Stunde. Ab und zu habe ich nach unseren Muslimen gelinst und immer noch extra gegen Gott argumentiert, um sie anzustacheln und zu sehen, wie sie reagieren. Ob sie jetzt nicht mal ausrasten und ihren Allah verteidigen, vor allem Nesrin, unsere Kopftuchträgerin. Und Tarik. Habe ich dir von Tarik erzählt, dem todessüßesten Jungen aus meiner Klasse? In den ich seit Wochen verknallt bin und der mich neuerdings auch beachtet, aber trotzdem weiß ich nicht, ob er für mich etwas empfindet, das über das übliche »Malina ist heiß« hinausgeht, das mich seit langem schon sooooo was von nervt …?

Tarik blieb ganz cool. Ich wetterte und zeterte gegen die Existenz Gottes, bis ich das Gefühl hatte, ich könnte sogar Zeugen Jehovas noch vom Glauben abbringen. Dabei schielte ich immer wieder zu Tarik hin – der aber regte sich nicht auf. Irgendwann sagte er, er würde zwar nicht in die Moschee gehen und bete auch fast nur beim Ramadan und zum Opferfest (frag mich nicht, was das ist!!!), aber dass es Gott gibt, daran gebe es für ihn keinen Zweifel. »Es muss einfach was Höheres als den Menschen geben«, sagte er. »Sonst wären wir doch alle gar nicht da. Woher soll es denn kommen, dass überhaupt unser Herz schlägt, wenn da nicht jemand einen riesengroßen Plan hat?«

Ich wusste nichts mehr zu sagen, aber das wollte ich nicht zugeben, sondern bestritt nur umso nachdrücklicher, dass es Gott überhaupt gibt. Der soll ja nicht denken, ich wäre so ein köpfchennickendes Weibchen, das ihm nach dem Mund redet und das er

dann unterdrücken kann! So schätze ich ihn zwar nicht ein, aber sicher ist sicher. Tarik soll gleich wissen, woran er bei mir ist. Frau Kraft sah Nesrin an, die sich noch gar nicht geäußert hatte.
»Wo ist denn sonst der Sinn?«, fragte Nesrin und blickte kaum auf, hielt ihre Augen immer auf die Tischplatte gerichtet. »Wenn es keinen Gott geben würde, der alles lenkt und der Großes mit uns vorhat, wozu würden wir dann leben? Nur um Party zu machen, jemanden kennenzulernen, Kinder in die Welt zu setzen, zu arbeiten und irgendwann alt zu sein und zu sterben? Das reicht doch nicht. Alles hat einen Sinn und jedes Lebewesen hat seine Aufgabe. Wir Muslime glauben, Allah hat sie uns mit den Geboten im Koran gegeben. Daraus wurden dann die fünf Säulen abgeleitet, auf denen unser Glaube steht. Sonst wären wir nur eine leere Hülle.« Tarik nickte, und zum ersten Mal verspürte ich so etwas wie Eifersucht. Kann ich jemals an ihn rankommen, wenn uns so etwas Grundsätzliches trennt wie die innere Einstellung zu Religion und Gott? Steht ihm nicht Nesrin viel näher, obwohl beide ganz offensichtlich nichts voneinander wollen?
Ich bin verwirrt, Hanna. Ich grüble ja auch sonst schon so viel, aber jetzt ist es noch schlimmer geworden. Ich will einen Sinn, eine Aufgabe. Nicht nur eine leere Hülle sein, darüber habe ich auch mit Luca gesprochen. Soll ich dir sagen, wann ich mich das letzte Mal als »leere Hülle« gefühlt habe? Das war gestern auf dem Karneval der Kulturen. Der Sänger einer vollkommen bedeutungslosen Band hat mich angemacht und ich habe genau gemerkt, der meint gar nicht mich. Wenn er meinen Körper nicht bekommt, nimmt er sich einen anderen. Will ich nur ein Körper sein? Nein. Will ich Spaß haben? Ja, aber tief in mir drin habe ich das Gefühl, das reicht mir nicht mehr.
Wie denkst du über all das? Ich weiß ja, du mischst kräftig in

eurer Kirche mit, aber tief in dir drinnen, glaubst du wirklich an Gott? Machst du das alles aus Überzeugung oder weil sonst bei euch nix los ist (sorry)?
Und noch was: Was ist bei dir mit Jungs? Gibt es in deiner Kirchengemeinde keinen, den du süß findest? Oder in deiner Klasse? Bin neugierig. Schließlich bist du voll hübsch mit deinen langen blonden Haaren. Und was im Kopf hast du auch.
Schreib. Mir. Schnell.
LG, deine Malina

Am Wochenende versucht Malina, nicht mehr so viel zu grübeln. Den ganzen Freitagnachmittag nimmt sie sich Zeit, um sich in aller Ruhe auf den Abend im Soda, einem der angesagten Clubs der Stadt, vorzubereiten. Sie badet ausgiebig, enthaart sorgfältig ihren Körper, pflegt ihre Finger- und Fußnägel, cremt sich ein, fönt und stylt ihr Haar, bis es sich in glänzenden Locken um die Schultern ringelt. Kurz bevor sie losgeht, schminkt sie ihre Augen dezent, aber so gekonnt, dass sie groß und ausdrucksvoll wirken, und wählt als Outfit fürs Tanzen einen kurzen schwarzen Rock und ein eng anliegendes gleichfarbiges Top mit roten Pailletten aus. Fehlen nur noch ihre Lieblingsschuhe, bequeme und doch elegante schwarze Pumps, in denen sie gut tanzen kann, und ihre kurze verwaschene Jeansjacke. Dann wirft sie einen zufriedenen Blick in den Spiegel, ehe sie zwei Etagen tiefer bei Nele klingelt.

Luca öffnet die Tür. Als er Malina erblickt, weiten sich seine Augen.

»Du siehst toll aus«, bemerkt er. »Vielleicht sollte ich doch besser mitkommen und auf euch Mädels aufpassen.«

»Du kommst nicht mit? Was hast du denn vor?«, erkundigt sich Malina und tritt ein.

»Ins Kino gehen«, antwortet Luca und lässt Malina herein. »Den neuen Actionfilm mit Tom Cruise, ein paar von meinen Jungs kommen auch hin. Noel und Basti sind dabei, vielleicht Marvin und noch zwei aus der Band.«

Malina wirft einen verstohlenen Blick in den Spiegel an der Flurgarderobe.

»Tarik nicht«, lacht Luca, der sie beobachtet hat. »Soweit ich informiert bin, will er heute auch auf die Piste. Kann also gut sein, dass du ihn triffst.«

»Wer hat behauptet, dass ich das will?«, fragt Malina und boxt Luca spielerisch in die Seite. Im selben Augenblick kommt Nele aus ihrem Zimmer, schlüpft in ihre Ballerinas und stopft den Hausschlüssel in ihre Tasche. Luca hält Malinas Handgelenk fest.

»Weißt du schon, was du morgen machst?«, fragt er. Malina schüttelt den Kopf.

»Ich hab ein paar Songideen aufgenommen«, fährt er fort. »Der Unfall ist mir nicht mehr aus dem Kopf gegangen, das musste einfach raus und dann hab ich es so verarbeitet. Wenn du es gut findest, will ich das Material meiner Band vorspielen und mit den Jungs über die Idee mit den Benefiz-Konzerten sprechen. Hast du morgen Zeit, sie dir anzuhören?«

»Okay.« Malina lächelt ihn an und nickt. »Super Idee. Ich melde mich, wenn ich wach bin.«

Der Abend ist ungewöhnlich lau für Mai. Die Menschen in der Gegend rund um die Kulturbrauerei scheinen wie entfesselt, die Straßencafés und Terrassenplätze der Restaurants sind überfüllt, von überall her scheinen Leute zu strömen, die

Mädchen schon in Trägertops, viele Jungs in weißen Hosen. Alle Straßenkünstler der Gegend scheinen sich gleichzeitig ihre Bühne zu suchen, von Malern, die mit Kreide plastisch wirkende Gemälde aufs Pflaster zaubern, über wie in Gold getauchte lebende Statuen bis hin zu Straßenmusikern jeglicher Richtung. Malina und Nele haben sich am S-Bahnhof Schönhauser Allee je eine Dose Prosecco geholt, zum »Vorglühen«, wie sie es immer nennen, und schlendern ein wenig umher, ehe sie den Club ansteuern, in dem sie tanzen wollen. Um zehn Uhr ist es noch nicht mal richtig dunkel.

»Zu dumm, dass wir noch nicht ins Berghain dürfen«, seufzt Malina. »Der Club muss Wahnsinn sein, alle Touristen strömen da hin. Geht aber leider erst ab achtzehn.«

»Noch fast anderthalb Jahre«, stöhnt auch Nele. »Außer, man hat einen Mutti-Zettel und eine erwachsene Begleitung dabei.«

»Lieber sterbe ich.« Malina lacht und schüttelt ihre Haare nach hinten. »Dann doch lieber ins Soda, ist ja auch nicht schlecht. Die Musik stimmt, und solange die richtigen Jungs da sind …«

»*Der* richtige Junge«, korrigiert Nele. »Tariks Pupillen sehen jedes Mal aus wie Wunderkerzen, wenn er dich ansieht. Im Schwimmbad ist mir das aufgefallen.«

Wie immer am Wochenende hat sich vor dem Eingang des Soda eine lange Schlange gebildet, ein Türsteher trennt nach undurchschaubaren Kriterien die Spreu vom Weizen, schickt Leute weg, an denen alles makellos zu sein scheint, und lässt andere ein, von denen es keiner der Wartenden erwartet hätte. Malina und Nele haben Glück, sie werden ohne große Fragerei hineingewinkt. Die Musik und die ausgelassene Stimmung im Club übertragen sich sofort auf Malina. Nele will die erste Bar ansteuern und Cocktails bestellen, doch Malina strebt weiter zur Tanzfläche. Den Musikwünschen sind keine Grenzen gesetzt, aus fünf Dancefloors können sich die Gäste aussuchen, ob sie zu den neuesten Charts, Pop, Rock, Rap oder Electro tanzen wollen. Tarik wird beim Rap sein, vermutet sie und steuert den Bereich an, wo diese Musikrichtung gespielt wird. Der Beat strömt ihr sofort in die Beine, ohne Umschweife geht sie auf die Tanzfläche und gibt sich dem Rhythmus hin, schon immer hatte Malina ein gutes Körpergefühl und bewegt sich geschickt, sexy und anmutig, ohne dabei billig zu wirken. Rasch werden ihre Schritte eins mit dem Takt der Musik, sie bewegt die Arme und ihre Hüften, lässt ihre Haare schwingen, lacht jeden um sich herum an und versucht, mit ihrer eigenen strahlenden Laune auch die anderen im Club anzustecken. Nele steigt prompt drauf ein und schon bald sind die beiden im Mittelpunkt, tanzen wild und ausgelassen und besonders Malina wird von mehreren Jungs angetanzt und beobachtet. Statt auf die Flirtversuche einzugehen, hält sie jedoch immer wieder verstohlen Ausschau nach Tarik.

»Vielleicht ist er auf einem anderen Dancefloor«, vermutet Nele, als die beiden Freundinnen eine Pause einlegen, um etwas zu trinken. Es ist Ladies Night, jede hat einen Getränkegutschein bekommen. Malina möchte ihren noch aufheben, doch der Durst ist groß und auf keinen Fall will sie sich von einem der Jungen einladen lassen, die sie noch immer umschwärmen. Kein Versprechen geben. Besonders ein lang aufgeschossener Blonder scheint hartnäckig zu sein, er hat sich schon auf der Tanzfläche so dicht vor Malina bewegt, dass er seine Beine immer wieder an ihrer Hüfte rieb. Auch jetzt weicht er nicht von ihrer Seite, obwohl sie an ihm vorbeisieht und nur mit Nele redet. Erst als beide Mädchen von ihren Barhockern aufstehen und den Raum verlassen, um den Charts-Dancefloor anzusteuern, gibt er auf.

»Da hinten ist Tarik«, bemerkt Nele und deutet in die Mitte der Tanzfläche, wo Malinas Schwarm gerade allein tanzt. Ab und zu beugt er sich vor, um mit einem Kumpel herumzualbern, Malina kann sich nicht sattsehen an seinem Lachen, diesen aufwärts gerichteten Mundwinkeln und den dunklen Wuschellocken. Dann dreht er sich um und sieht sie. Blickt mitten in Malinas Augen. Einen Moment lang hält er im Tanzen inne, als sei er überrascht, sie hier zu sehen. Dann jedoch zieht sich ein breites Lächeln über sein Gesicht. Er mag mich, stellt sie fest. Tarik mag mich wirklich, er kann es gar nicht mehr überspielen, selbst wenn er wollte.

Tarik hebt die Hand und winkt ihr zu, dann sieht Malina, wie er etwas zu seinen Freunden sagt und zu ihr und Nele herüberkommt. Anders als sonst begrüßt er die Mädchen mit einem Kuss auf beide Wangen.

»Schön, dass ihr da seid«, sagt er und sieht Malina dabei länger an, als es nötig gewesen wäre.

»Du hier und nicht in der Moschee?«, fragt sie augenzwinkernd zurück. Tariks Augenbrauen heben sich, doch er lacht.

»Ich gehe nicht in die Moschee«, erklärt er. »In unserer Familie macht das nur mein Vater manchmal. Wir sind nicht streng religiös, feiern zwar die Feste und halten uns an die wichtigsten Regeln und so, aber das war's. Tanzt du mit mir?«

Malina sieht Nele an; die gibt ihr mit einer verstohlenen Handbewegung zu verstehen, dass sie ruhig gehen soll, und steuert die Bar an, wo sie Lydia entdeckt hat – jetzt doch wieder mit Jan.

»Die wichtigsten Regeln? Welche sind das?«, schreit sie durch die wummernden Bässe in sein Ohr. Tarik zieht ihren Kopf dicht zu sich heran.

»Wirst du schon noch mitkriegen«, flüstert er und lacht leise. Dann nimmt er Malinas Hand und zieht sie zurück auf die Tanzfläche, gerade beginnt ein neuer Song, wahrscheinlich der Sommerhit dieses Jahres. Malina spürt, wie gut ihre und seine Schritte und Bewegungen harmonieren, wie leicht sie sich neben Tarik fühlt, unbeschwert und frei. Es gibt keine Regeln, dieser Abend gehört ihnen, Tariks Augen glitzern im Flackern der bunten Lichter, immer wieder lacht er sie an und sie lächelt zurück, sie sind eins mit der Musik, eins miteinander, ohne sich zu berühren. Es macht Spaß mit ihm, denkt sie. Ob wir zu verschieden sind, um zusammen sein zu können?

Eine halbe Stunde später sind beide so verschwitzt, dass sie eine Pause einlegen. Tarik holt Caipirinha für beide, sie gehen nach draußen in den Innenhof der Kulturbrauerei. Inzwischen ist die Nacht hereingebrochen. Noch immer ist der Platz belebt, überall strömen Leute aus den Veranstaltungsräumen und schlendern weiter, um irgendwo in den Bars und Restaurants einen Absacker zu nehmen. Nach Hause scheint niemand zu wollen.

Nach der vibrierenden, lauten Musik im Club erscheinen Malina die Geräusche im Freien fast wie Stille. Verstohlen blickt sie Tarik von der Seite an; seine wachen, lebendigen

Augen nehmen alles auf, das Treiben ringsum, die Menschen, er lächelt vor sich hin. Gleich darauf bemerkt er ihren Blick.

»Müde?«, fragt er und legt den Arm um ihre Schulter, es fühlt sich an, als wäre es immer schon so gewesen, Tarik und sie Seite an Seite, jetzt neigt er seinen Kopf zu ihr vor, eine seiner wilden Locken berührt ihre Stirn. Malina schüttelt den Kopf.

»Ich will nicht, dass dieser Abend schon zu Ende ist«, gesteht sie.

»Dann geht es dir wie mir«, antwortet Tarik. Als sich jetzt seine Lippen wie in Zeitlupe auf ihre zu bewegen und sie endlich berühren, fühlt sich alles richtig an, es gibt keinen Unterschied zwischen ihm und ihr, es spielt keine Rolle, ob nur einer von ihnen gläubig ist oder beide, Tarik schlingt seine Arme um Malina und drückt sie an sich, sie spürt seinen Herzschlag und atmet den Duft seiner Haut, es ist so schön, so vollkommen mit ihm, es gibt nur noch sie beide.

»Jetzt sind wir zusammen«, flüstert Tarik ganz dicht an Malinas Ohr. »Wenn du willst.«

»Und was sagt Allah dazu?« Malina zwickt ihn sachte in die Seite. »Dass du eine Ungläubige als Freundin hast?«

Tarik lacht. »Wer seinen Unglauben am heftigsten verteidigt, glaubt insgeheim doch.«

»Du bist ganz schön frech«, bemerkt Malina. Dann wird sie wieder ernst. Schon lange ist sie nicht mehr fest mit jemandem zusammen gewesen, ihre letzte Beziehung war die ganz kurze mit Noel aus ihrer Klasse, von März bis Mai im vergangenen Schuljahr, kaum der Rede wert. Malina hatte sich geschmeichelt gefühlt, weil er so auf sie stand, doch schon wenig später begann sie, sich mit ihm zu langweilen.

Die Gespräche mit ihm verliefen stockend, brachten sie nicht voran, vertieften ihre Gedanken nicht. Noel wollte nicht reden, er wollte sie anfassen – als Malina das klar geworden war, machte sie Schluss. Danach hatte sie es genossen, nicht gebunden zu sein, flirtete mal mit diesem, mal mit jenem, ohne sich auf einen Jungen festzulegen. Jetzt, wo sie sich Tarik so sehr als Freund wünscht, ist es ihr peinlich.

»Weißt du«, beginnt sie zaghaft. »Auch wenn ich vielleicht manchmal so rüberkomme … ich bin nicht so eine, die mit jedem Jungen was anfängt.«

»Jetzt sowieso nicht mehr«, sagt Tarik mit einem warnenden Unterton, von dem Malina nicht einschätzen kann, ob er ernst oder gespielt ist.

Sie küssen sich erneut. Irgendwo in der Stadt beginnt gerade ein Feuerwerk. Das Prasseln und Funkeln ist der perfekte Soundtrack dieses Augenblicks.

6.

E-Mail vom 18. Mai, 21:04 Uhr
Von: hanna.teschke@e-mail.de
An: malina.teschke@e-mail.de

Liebe Malina,
wie schön, von dir zu hören, endlich! Ist ja einiges los bei dir … Was du über deine Gefühle für Tarik geschrieben hast und auch deine Verwirrung, weil er an Gott glaubt und du nicht, kann ich gut nachvollziehen. Ob wir hier in Bayern strenger religiös sind als ihr Berliner, kann ich nicht beurteilen, aber ich gehe gern in die Kirche. Bei meiner Kommunion warst du dabei, erinnerst du dich nicht? Gut, letztes Jahr bei meiner Firmung nicht mehr … deine Mama erzählte damals etwas von wichtiger Klassenarbeit, aber ich ahnte bereits, dass das nicht alles war, meine kleine Rebellin. ☺
Du wolltest schon damals von Gott und Religion nicht (mehr) viel wissen, stimmt's? Jedem das seine … aber so ganz ohne Glauben könnte ich mir mein Leben nicht vorstellen. Der Glaube an Gott gibt mir Halt und Zuversicht. Ich kann mir nicht vorstellen, ohne die Hoffnung zu leben, dass nach meinem Tod nicht alles zu Ende ist, aber durch Jesus Christus hat Gott uns das ewige Leben versprochen. Klingt vielleicht verrückt, mit sechzehn schon über den eigenen Tod nachzudenken, aber das ist nicht alles. Halt geben

mir auch die Rituale in der Kirche; die Lieder und Gebete, der ganze Ablauf, die liturgischen Worte und Rituale, die mir seit meiner Kindheit in Fleisch und Blut übergegangen sind und sich immer wiederholen, egal in welche katholische Kirche ich auch gehe. Die Gemeinschaft mit anderen Christen. Kirche und Glaube lebt von der Gemeinschaft mit anderen Gläubigen, auch wenn viele behaupten, sie würden das alles mit sich allein ausmachen und niemanden ginge es etwas an, wie man seine Religion ausübt. Nimm nur einmal am Katholikentag oder am evangelischen Kirchentag teil, dann siehst du, was ich meine. Das Gemeinschaftsgefühl ist unglaublich.

Es gibt mir auch sehr viel, meinen eigenen Glauben an die Kinder in unserer Gemeinde weiterzugeben. Und sie fühlen sich wohl mit mir, hängen an mir, haben Spaß an den Freizeitaktivitäten, die wir anbieten, an den Bastel- und Singgruppen, den Ausflügen und Reisen. Die Kleinen sind echt süß. Später nach dem Abi will ich auch unbedingt was mit Kindern machen.

Neulich war ich auf der Beerdigung meiner ehemaligen Grundschullehrerin, die viel zu früh an Krebs gestorben ist. Da hielt kein Pfarrer, sondern ein nicht religiöser Redner die Ansprache – und die ganze Zeit hatte ich das Gefühl, dass irgendetwas fehlt. Er redete immer vom Licht, in das der Verstorbene geht, vom »Wechseln auf die andere Seite« – aber nicht darüber, worin diese besteht. Er schien auf ein Weiterleben nach dem Tod zu hoffen, konnte aber nichts benennen, weil er an keinen Gott glaubt, der auf der anderen Seite wartet. Alles verpuffte so im leeren Raum. Seltsam.

Dein Tarik ist Muslim – mit dieser Religion kenne ich mich wenig aus. Aber wenn ihr jetzt zusammen seid, wirst du nicht drum herumkommen, seinen Glauben näher kennenzulernen. Du

wirst ja sehen. Wenn sie streng muslimisch sind, hat das mit euch vermutlich sowieso keine Zukunft. Oder was meinst du?
Wenn du willst, kannst du mich gerne mal besuchen kommen und ich nehme dich mit in meine Gemeinde. Wie wäre es über Pfingsten? Dann können wir mal wieder richtig viel Zeit miteinander verbringen und stundenlang reden. Über Gott und die Welt, im wahrsten Sinne. ☺ Was hältst du davon?
Schreib mir bitte möglichst bald zurück. Wenn du nicht kommst, bin ich an Pfingsten wahrscheinlich mit meiner Gemeinde unterwegs, denn unser Pfarrer hat mich gebeten, als Teamer eine Jugendgruppe zu leiten, mit Jungs und Mädels von 12 bis 14. Bin ziemlich stolz darauf, dass er mir das zutraut, denn ich bin ja kaum älter als meine Schützlinge. Aber du gehst vor. ☺ ☺
Ach so, zu deiner Frage nach Jungs: Klar gibt es ganz süße hier. Einer der Messdiener, mit dem ich ab und zu gemeinsam im Gottesdienst helfe, gefällt mir ganz gut. Er heißt Emanuel, ist etwa so groß wie ich, schlank und hat dunkelblonde glatte Haare. Ich glaube, er mag mich auch, ist aber leider ziemlich schüchtern. Wenn du hier bist, müssen wir uns unbedingt was überlegen, wie ich ihn ansprechen kann!
Bis bald also,
deine Hanna

»Ihr beide denkt an mein Bergfest heute?«, fragt Malinas Mutter am nächsten Morgen beim Frühstück und blickt zwischen ihren Kindern hin und her. Es ist Samstag und Malina ist früh wach geworden, weil der Gedanke an Tarik sie so aufwühlt. Simone bleibt selten länger im Bett, egal wie spät es bei ihr abends geworden ist. Sie hat bereits Brötchen geholt und hantiert mit der Kaffeemaschine.

»Klar«, beteuert Lasse und nickt. Malina antwortet nicht gleich und fühlt prompt den Blick ihrer Mutter wie die scharfgestellte Linse einer Kamera auf sich gerichtet, abwartend, prüfend. Natürlich denkt Malina an das Fest, das die gesamte Filmcrew immer in der Mitte ihrer Dreharbeiten feiert, auch wenn sie in den letzten drei Jahren nur selten wirklich Lust gehabt hat hinzugehen. Im Moment dreht Simone einen »Tatort«, sie spielt die Mitbewohnerin der Hauptverdächtigen. Das Essen vom Catering besteht meist aus glibberigen Delikatessen in Miniportionen, und die Erwachsenen schütten sich so mit Sekt zu, dass sie sich spätestens ab zehn Uhr abends nur noch peinlich benehmen. Vom viel zu schrillen, künstlichen Lachen über Küsschen mit dem Regisseur bis hin zu völlig überdrehtem Tanzen ist alles dabei, und Malina zählt jedes Mal die Minuten, bis sie endlich nach Hause gehen. Ohne zu antworten, bestreicht sie sich eine Brötchenhälfte mit Butter und Honig.

»Wann sollen wir da sein?«, erkundigt sich Lasse.

»Gegen sieben«, antwortet Simone, ohne Malina aus den Augen zu lassen. »Malina?«

»Ich kann heute nicht«, antwortet sie knapp. »Bin schon verabredet.«

»Verabredet?« Simone schüttet den Pulverkaffee zurück in die Vorratsdose, jetzt hat sie sich beim Abzählen der Kaffeelote vertan. »Der Termin ist nichts Neues für dich. Was ist so Wichtiges dazwischengekommen?«

Malina lässt sich gegen ihre Rückenlehne fallen. Sie will noch nichts von Tarik erzählen, möchte noch ein wenig in Gedanken mit ihm allein sein, den gestrigen Abend Revue passieren lassen. Diesen Zauber auskosten, festhalten, solange es geht. Es fühlt sich so gut an. So aufregend, so neu. So wie es nur ist, wenn man gerade erst zusammengekommen ist, sich eben seine Gefühle gestanden hat. Beim Aufwachen war das Glücksgefühl von gestern Abend sofort wieder da und schon heute Nachmittag wollen sie sich wiedersehen. Das erste Date als Freund und Freundin. Da passt das Bergfest einfach nicht rein, außerdem hat Malina den Streit mit Simone wegen der Schule noch nicht verdaut.

»Seit gestern Abend bin ich mit Tarik zusammen. Ich will mich lieber mit ihm treffen, als bei dieser Stehparty zu Porzellan zu gefrieren. Noch Fragen?«

»Deshalb strahlst du so.« Simone kann immer schnell umschalten, versucht es jetzt auf die verschwörerische Tour, ich bin doch auch eine Frau, mir kannst du alles sagen. Erzähl doch mal von deinem Freund. »Ich freu mich doch für dich, Kleines. Erzähl doch mal! Wie kam das denn jetzt?«

»Bohr nicht so.« Malina greift in die Brötchentüte und nimmt sich jetzt eines mit Sesam, bohrt mit dem Zeigefinger ein Loch in die Kruste und polkt den frischen, weichen Teig heraus. »Ich komme mir schon vor wie das Brötchen hier. So durchlöchert, dass jeder reinschauen kann.«

Simone seufzt. »Malina, ich will dir doch nichts Böses. Ich interessiere mich einfach nur für dich, was ist so schlimm daran? Wir sind doch eine Familie, da ist es normal, dass man sich erkundigt, was in dem anderen vorgeht.«

»Also doch der Türkenspacko«, stöhnt Lasse. »Wie blöd kann man eigentlich sein, Malina? Jetzt macht er vielleicht noch einen auf Superlover, aber warte mal ab, bis sich der erste Honeymoon verflüchtigt hat. Dann wird dich dein Schatz nämlich kontrollieren, zuerst ganz harmlos mal hier und da ein klein wenig Eifersucht zeigen, wenn du im Club mit einem anderen tanzt. Das wirst du vielleicht noch süß finden. Aber nach und nach macht er dich zu seinem Eigentum. Bei den Türken haben die Frauen nichts zu melden, da darfst du zehn Schritte hinter dem Kerl laufen und zu allem, was er sagt, mit dem Köpfchen nicken, wenn du keine gewischt kriegen willst. Und wenn …«

»Hör auf, Lasse«, unterbricht Malina ihren Bruder. »Tarik ist in Berlin geboren und aufgewachsen und macht alles genau wie wir.«

»Bis er seinen Gebetsteppich ausrollt.«

»Du bist nur neidisch, weil du keine Freundin hast, aber so verbohrt wie du bist, will dich sowieso keine. Und damit ihr es gleich wisst: *Jetzt* komme ich erst recht nicht mehr mit zur Filmparty. Nachher kann ich mir da auch noch Sprüche anhören, vielen Dank.«

»Es kommt selten genug vor, dass wir mal als Familie auftreten.« Simone schaltet die Kaffeemaschine ein, falsche Reihenfolge heute, alle sind genervt, wenn der Kaffee als Letztes fertig ist. »Kannst du nicht ein einziges Mal über deinen Schatten springen? Wenn du ein, zwei Stunden bleibst, kannst du dich danach immer noch mit Tarik treffen. Oder noch besser: Du bringst ihn einfach mit.«

»Weiß nicht.« Malina steht auf, nimmt ihrer Mutter das Kaffeemaß aus der Hand und füllt selbst die Filtertüte, sie will endlich Kaffee trinken, statt nur zu diskutieren. »Eigentlich wollen wir allein sein.«

»Sag ihm, er soll pünktlich sein, es kommt nicht gut an, wenn mitten in der Eröffnungsrede noch jemand hereinplatzt«, mahnt Simone, ohne auf Malinas Einwand einzugehen.

»Türken können nie pünktlich sein«, mischt sich Lasse erneut ein. »Da heißt es bloß *Inscha'Allah*, wenn Allah will, und sie tauchen auf, wann sie wollen. Tarik Cengiz beim Bergfest einer Filmcrew, das ist wohl ein Witz.«

»Du bist so ein Arsch.« Malina steht auf. Das zweite Brötchen lässt sie angebissen liegen, ihr ist der Appetit vergangen und einen Kaffee holen kann sie sich später immer noch, es dauert sowieso ewig, bis die Maschine durchgelaufen ist. Sie verschwindet in ihrem Zimmer, durch die angelehnte Tür hört sie Lasse und Simone weiter miteinander diskutieren, zunächst die Stimme der Mutter, verärgert, dann beschwichtigend, dazwischen Lasse, noch immer aufgebracht zeternd, bis er nur noch irgendetwas murmelt und schließlich schweigt.

Was ist mit dem nur los, denkt Malina und schüttelt den Kopf. Eigentlich ist Lasse echt in Ordnung, so wie neulich wegen Mathe und Physik, aber wenn es um Türken oder andere Muslime geht, hakt es bei ihm aus.

Auf dem Schreibtisch vibriert ihr Handy. Tarik! Drei Mal lässt sie es klingeln, ehe sie sich meldet. Er soll nur nicht denken, sie hypnotisiere den ganzen Tag ihr Telefon vor Sehnsucht nach ihm.

»Ich komme heute hier nicht weg«, sagt er. »Wir haben Besuch bekommen, meine Großeltern aus Istanbul sind da, mit meinem Cousin. Da kann ich nicht einfach verschwinden.«

Malina schluckt. »Mal ehrlich, Tarik«, sagt sie. »Das ist unser erstes Date! Und das lässt du platzen, nur weil Oma und Opa angerückt sind?«

»Sei nicht sauer«, lacht er. »Wer hat gesagt, dass ich es canceln will? Komm einfach zu uns! Meine Mutter kocht toll und du lernst gleich meine Familie kennen.«

»Super«, gibt sie zurück. »Meiner habe ich gerade für dich einen Korb gegeben.«

»Das tut mir leid.« Das amüsierte Glucksen in Tariks Stimme verhindert, dass Malina ihm böse sein kann. »Aber meine Mutter macht schon ganz nervös den dritten Nachtisch, weil ich ihr gesagt habe, dass du kommst.«

»Dass ich komme«, wiederholt Malina. »Und das bestimmst du einfach so?«

»Wir sind verabredet und ich will dich sehen«, bekräftigt Tarik. »Aber ich habe Verpflichtungen in der Familie. Wann kannst du hier sein?«

Tariks Adresse findet Malina schnell. Ihr Herz schlägt wild, als sie am Nachmittag auf die Klingel drückt. Die Tür springt so schnell auf, dass sie erschrickt. Oben wartet er bereits in der offen stehenden Wohnungstür auf sie, nimmt sie in die Arme und drückt ihr einen zärtlichen Kuss auf die Lippen. Von innen dringen Stimmengewirr, orientalische Musik und lautes Lachen zu ihnen ins Treppenhaus.

»Komm rein«, sagt er und nimmt ihre Hand. »Sie sind alle ganz lieb, du wirst sehen.« Tarik zeigt ihr, wo sie ihre Jacke aufhängen und die Schuhe abstellen kann, dann führt er sie ins Wohnzimmer. Zuerst stellt er Malina seinem Vater vor, dem er sehr ähnlich sieht. Eine Frau mit modisch geschnittenem kinnlangen dunklen Haar, schmaler Hose und dunkel geschminkten Augen, die seine Mutter sein muss, steht von ihrem Sessel auf, kommt auf Malina zu und umarmt sie, mindestens sechs Erwachsene, die um den Couchtisch herum sitzen und essen, nicken ihr ebenfalls zu und lächeln sie freundlich an.

»Ein paar Nachbarn sind auch gleich gekommen«, erklärt

Tarik lachend. »So ist das bei uns. Du wirst dich schnell dran gewöhnen.«

Eine ältere Frau mit Kopftuch sagt etwas auf Türkisch, im nächsten Augenblick rücken alle auf dem Sofa enger zusammen und sie klopft mit der flachen Hand auf den Platz neben sich. Malina zögert, sie will lieber neben Tarik sitzen. Im Türrahmen drücken sich zwei jüngere Mädchen herum und mustern sie mit neugierigen Augen; die Größere von beiden kennt sie vom Sehen aus der Schule. Die Kleinere schätzt Malina auf acht Jahre, sie sieht ihrem Bruder verblüffend ähnlich. Der gleiche aufwärts gekräuselte Mund, die dunklen Locken.

»Das sind meine Schwestern Melek und Dilek«, erklärt Tarik. »Dilek ist dir sicher schon über den Weg gelaufen, sie geht in die 7a bei Frau Reuter.«

Malina nickt, da schiebt sich Tariks Mutter zwischen sie und hält Malina auf Armeslänge von sich ab.

»Du siehst etwas durcheinander aus«, stellt sie fest. »Angespannt. Ist etwas passiert?«

Wie genau sie mich wahrnimmt, denkt Malina; dabei sind wir uns noch nie begegnet. Tarik kommt ihr mit einer Antwort zuvor.

»Malina war ein bisschen aufgeregt, euch alle kennenzulernen, glaube ich«, sagt er und lächelt. »Dabei ist sie sonst überhaupt nicht schüchtern.«

»Das meine ich nicht«, erwidert seine Mutter. »Du wirkst eher so, als ob dich etwas bedrückt, Mädchen.«

»Ach was«, erwidert sie scheu. Alles sieht hier so harmonisch aus, denkt sie. So viele Leute in diesem engen Wohnzimmer, so viel Essen, es riecht lecker. Sie lachen und reden durcheinander, Jung und Alt. Viel schöner als unser Streit beim Frühstück heute Morgen. Tariks Mutter hält sie noch immer fest.

»Es ist nichts«, versichert Malina erneut. »Nur ein kleiner Zoff mit meiner Mutter heute früh. Wirklich nicht schlimm.« Mit kurzen Sätzen erzählt sie, worum es geht, es ist ihr peinlich vor diesen Leuten, die sie noch nicht kennt, Tariks Hand in ihrem Nacken beruhigt sie ein wenig.

»Du kannst bei uns mitessen«, bietet Tarik ihr an, wohl auch, um sie vor den eindringlichen, wenn auch warmherzigen Blicken seiner Mutter zu retten. Malina steuert den Platz auf dem Sofa an, der ihr angeboten wurde, und ist erleichtert, als ein junger Mann, der gewiss Tariks Cousin ist, aufsteht. Tarik setzt sich neben sie und augenblicklich bekommt sie einen Teller gereicht, gefüllte Weinblätter, Köfte und verschiedene kleinen Blätterteigpasteten sowie gegrilltes Gemüse; erst nach ihr nehmen sich auch die anderen. Nach kurzem Zögern lässt Malina sich alles schmecken. Die Verwandten reden wild durcheinander auf Türkisch, hin und wieder übersetzt Tarik für sie, fasst in wenigen Sätzen zusammen, worum es gerade geht. Allmählich spürt Malina, wie sie mehr und mehr auftaut, versucht sich ein paar Worte zu merken, lacht, wenn Tarik witzige Anekdoten aus der Familie erzählt. Als sie ihre anfängliche Scheu überwunden hat, fühlt sie sich so glücklich wie seit einer gefühlten Ewigkeit nicht mehr. Alle hier in diesem engen Wohnzimmer wirken so fest verankert, denkt sie. Alle außer mir.

Tariks Schwester Dilek hat als Erste aufgegessen und wendet sich an ihre Mutter.

»Darf ich eine Stunde ins Internet?«, fragt sie leise. Tariks

Großeltern blicken auf, sehen das Mädchen erstaunt an, nicken anerkennend und sagen etwas, das sich wie ein Lob anhört. Die Mutter antwortet etwas in ihrer Sprache und streicht Dilek übers Haar, Dilek steht auf, räumt einen kleinen Stapel benutztes Geschirr zusammen und geht.

»Wieso fragt sie«, raunt Malina Tarik ins Ohr. »Könnt ihr hier nicht ins Internet, wann ihr wollt?«

»Es ist besser, wenn die Kinder fragen«, antwortet Tariks Mutter an seiner Stelle. »Das Sagen im Haus haben die Eltern. Wenn jeder einfach macht, was er will, kann es keine Harmonie geben. Keinen Zusammenhalt in der Familie. Der ist für uns aber das Wichtigste, verstehst du. Ohne unsere Familie sind wir nichts.«

Malina schweigt. Verstohlen wirft sie einen Blick auf ihr Handydisplay, um die Uhrzeit zu checken, Simones Bergfest beginnt genau jetzt. Sie sieht ihre Mutter vor sich, wie sie immer wieder zum Eingang des Lokals blickt, als könne sie ihre Tochter dadurch herbeizaubern, seufzt, als Malina nicht erscheint, schüttelt den Kopf. Malina sieht Lasse, der genervt auf und ab tigert und lautstark wettert, an ihrer Unpünktlichkeit sei nur dieser Tarik schuld. Zusammenhalt in der Familie. Warum kriegen wir den nie richtig hin, fragt sie sich in Gedanken und spürt eine innere Unruhe in sich aufsteigen. Es liegt auch an ihr. Tarik und seine Schwestern würden nie so handeln wie sie, nie. Sie streckt ihren Rücken.

»Ich muss leider los«, sagt sie. »Ich glaube, ich möchte doch dabei sein, wenn meine Mutter ihre Feier hat.« Tarik blickt sie erstaunt an, doch seine Mutter lächelt.

»Das hast du richtig entschieden«, versichert sie. »Dieser Abend ist sehr wichtig für deine Mutter, und du kannst stolz auf sie sein, dass sie sich als Schauspielerin behauptet. Sie meint es gut mit dir. Zu uns kannst du jederzeit wiederkommen, wann immer du möchtest.«

Tarik begleitet sie zur Garderobe.

»Kommst du mit?«, fragt Malina ihn. Er schüttelt den Kopf.

»Es geht nicht«, sagt er. »Ich musste es Oma und Opa versprechen. Nächsten Freitag reisen sie wieder ab, dann können wir uns treffen, so oft wir wollen.«

7.

E-Mail vom 22. Mai, 21:13 Uhr
Von: malina.teschke@e-mail.de
An: hanna.teschke@e-mail.de

Liebe Hanna,
na klar komme ich gerne über Pfingsten zu dir! Weiß zwar nicht, was Tarik dazu sagt, wenn ich ausgerechnet an einem langen Wochenende keine Zeit habe, aber er soll mich ruhig ein bisschen vermissen, dann ist das Wiedersehen danach umso schöner.
Deine Kirche ist aber nicht der Grund, warum ich dich besuchen will. Wenn es dich am Pfingstsonntag unbedingt in den Gottesdienst zieht, komme ich meinetwegen mit (wie früh müssen wir da aufstehen?) – aber glaub nur nicht, du könntest mich bekehren. Viel wichtiger ist es, dass wir endlich mal wieder ausgiebig Zeit haben zu quatschen. Ist Emanuel inzwischen ein bisschen aufgetaut? ☺
Gestern war ich wieder bei Tarik, zum zweiten Mal innerhalb einer Woche. Eigentlich wollte er sich erst am Wochenende wieder mit mir treffen, weil seine Großeltern aus der Türkei gerade da sind, aber ich lasse mir von niemandem vorschreiben, wann ich meinen Freund sehen darf und wann nicht. Wenn sie ihn schon einsperren, damit er Oma und Opa den ganzen Tag die Hände küsst (das machen sie so; durch diese Geste sollen die Jüngeren den

Alten Respekt erweisen. Komische Geste, oder? Aber irgendwie auch süß), will ich ihn wenigstens besuchen. Das können sie alle ruhig gleich wissen, dass ich mir keine Vorschriften machen lasse.
Aber es ist nicht nur das. Irgendwie gefällt es mir bei Tarik zu Hause. Sie sind immer alle da und es gibt immer was zu essen, was richtiges Selbstgekochtes. Alle sitzen zusammen am Tisch, anders kommt es überhaupt nicht infrage, und dann kann es schon eine Weile dauern, bis die Mahlzeit beendet ist. Sie reden und lachen viel, jeder kann erzählen, was ihm gerade durch den Kopf geht oder was er so den Tag über erlebt hat. Oder sie reden über Verwandte, die weit weg sind. Bei uns zu Hause ist es ganz anders. Mal ganz davon abgesehen, dass mein und Lasses Vater so gut wie keine Rolle mehr in unserem Leben spielt, ist unser Familienleben ganz anders als bei denen. Gerade das mit dem Essen. Mama kocht schon irgendwie was, aber das steht dann meistens im Kühlschrank und jeder schiebt sich seinen Teller in die Mikrowelle, weil wir alle zu unterschiedlichen Zeiten nach Hause kommen. Ich hätte auch gar keinen Bock, nur wegen des Mittagessens oder Abendbrots früher nach Hause zu gehen oder so. Aber bei Tariks Familie haut es anscheinend immer hin, dass alle da sind. Und wer zufällig außer ihnen noch in der Wohnung ist, wird selbstverständlich mit eingeladen.
Beinahe unheimlich ist mir Tariks Mutter. Also, versteh mich nicht falsch – ich mag sie. Aber sie scheint durch mich hindurch zu sehen, als ob ich aus Glas wäre. Vielleicht habe ich ein bisschen bedeppert ausgesehen, als ich schon zum zweiten Mal hintereinander bei denen gegessen habe, es war mir peinlich. Ich will ihre Gastfreundschaft nicht ausnutzen und hatte nicht mal Blumen mitgebracht. Eigentlich wollte ich nur zu Tarik. Aber seine Mutter sagte, das mit der Gastfreundschaft sei bei ihnen so, weil

Mohammed darin ein Vorbild gewesen sei. Also der Prophet Mohammed. Sonst weiß ich rein gar nichts über ihn und dieses ganze Religionszeugs ist mir ziemlich egal, daran hat sich nichts geändert. Aber diese Gastfreundschaft sagt man den Türken ja immer nach und jetzt weiß ich endlich, woher das kommt.
Genug davon – ich mach jetzt Schluss für heute und werde versuchen, eine günstige Zugverbindung rauszusuchen. Soll ich schon am Freitagabend kommen oder erst am Samstag? Habt ihr eigentlich Türken auf eurer Schule? Oder Muslime aus anderen Ländern?
Bis bald, LG Malina

Simones Bergfest war schöner, als Malina gedacht hatte. Der Produzent hatte nicht nur ein besonders leckeres Catering auffahren lassen, sondern dazu ein jüdisches Musikerduo engagiert, das einen unterhaltsamen Mix aus Klezmermusik und Sketchen in jiddischer Sprache zum Besten gab. Außer Malina und Lasse waren auch andere Jugendliche vor Ort – Kinder der anderen Schauspieler, der Kameraleute und anderer, die im Film mitgewirkt haben. Malina, die mithilfe ihres Taschenspiegels unterwegs noch rasch ihr Augen-Make-up aufgefrischt hatte, bekam viele Komplimente und ihre Mutter machte keinen Hehl daraus, wie sehr sie sich freute, dass sie doch noch gekommen war. Malina fühlte sich rundum gut. Auf dem Heimweg schickte sie lächelnd in Gedanken ein Dankeschön an Tariks Mutter durch die Nacht.

»Wir sollten dein Kleid für die Feier des Mittleren Schulabschlusses besorgen«, schlägt Simone am Montagmittag vor. Eigentlich wollte sie sich nach dem Mittagessen hinlegen, um für den Nachtdreh fit zu sein, aber das schien ihr plötzlich einzufallen. »Auch wenn ich finde, dass das eine komische Sitte ist. Früher ging man einfach entweder nach der Zehnten ab oder eben weiter in die Oberstufe. Gefeiert wurde da gar nichts. Aber wenn schon, dann darfst du dabei auch schick aussehen.«

»Dafür bin ich immer zu haben«, meint Malina. »Gehen wir jetzt gleich?«

Wenig später umrunden sie Etage um Etage in den Galeries Lafayette in der Friedrichstraße. Die Auswahl an Kleidern scheint unendlich groß – und teuer.

»Was willst du denn dann noch beim Abi-Ball anziehen«, gibt Simone zu bedenken. »Ist das nicht alles etwas übertrieben? Man muss sich doch noch steigern können.«

Aber Malina hat längst ein Kleid gefunden, das ihr gefällt, eng, schwarz und trägerlos mit einem Rock, der ihre schlanken Beine betont.

»Das?«, fragt Simone, als Malina aus der Umkleidekabine kommt und sich vor ihr dreht und von allen Seiten im Spiegel begutachtet. »Ist das für so einen Anlass nicht ein bisschen freizügig?«

»Mama, die Feier ist im *Sommer*«, widerspricht Malina. »Was ist denn, wenn an dem Tag draußen über dreißig Grad Celsius sind oder eine wochenlange Hitzewelle herrscht? Soll ich dann in Lang gehen und mich totschwitzen?«

»Ich will nur nicht, dass du dich schämst, wenn du die einzige in so einem knappen Fummel bist.«

»Dazu bin ich selbstbewusst genug«, antwortet Malina. »Außerdem kann ich das Kleid hinterher noch zu vielen anderen Gelegenheiten tragen. Zum Beispiel zu so etwas wie am Samstag, deine Filmleute wird es freuen, die engagieren mich gleich. Spaß beiseite – so ein kleines Schwarzes wollte ich schon immer.«

»Den Preis hast du aber gesehen?«

Malina verdreht die Augen. »Wenn ich die zehnte Klasse wirklich nicht schaffen sollte, gebe ich dir das Geld zurück. Deal?«

Simone muss lachen. »Deal«, sagt sie und schlägt in Malinas ausgestreckte Hand ein. »Die anderen Mädchen ziehen so was bestimmt mit ihren Vätern ab und wickeln sie um den Finger. Du hast dafür nur mich. Das habe ich nun von meinem Unabhängigkeitsdrang.«

»Siehst du.« Malina sieht rasch einen weiteren drehbaren Kleiderständer durch, winkt dann aber ab und geht zurück zur Kabine. »Aber es fehlt noch was.«

»So? Was denn?«, fragt Simone, während Malina den Vorhang zuzieht. Gleich darauf steckt sie ihren Kopf noch einmal hindurch und grinst ihre Mutter an.

»Na was schon«, sagt sie. »Schuhe.«

* * *

Ein paar Tage später wird Malina in der großen Pause unvermittelt von Nesrin angesprochen.

»Was willst du eigentlich von Tarik?«, fragt sie, Malina bemerkt einen ungewohnt scharfen Ton an ihr. »Ich weiß nicht, warum die anderen euch als Traumpaar bezeichnen, ihr passt überhaupt nicht zusammen. So eine wie dich braucht er nicht.«

Malina blickt sie verwirrt an. »Wieso?«, fragt sie, fühlt ihr Herz schneller schlagen, spürt Verunsicherung aufsteigen, die sie sich nicht anmerken lassen will. Neulich hat sie Nesrin noch gegen die blöden Sprüche der Jungs verteidigt, weshalb motzt sie Malina jetzt an? »Was soll das heißen, so eine wie mich? Tarik kann zusammen sein, mit wem er will. Und ich sowieso.«

»Weißt du nicht, wie über dich geredet wird?« Nesrin mustert Malina von oben bis unten. »Kein Rock kann dir kurz genug sein, du setzt dich bei jedem Jungen auf den Schoß, musst immer im Mittelpunkt stehen. Glaub nicht, dass Tarik das lange mitmacht. Jetzt hat er vielleicht Spaß mit dir, aber über kurz oder lang ist er für eine wie dich zu schade.«

»Hat jemand behauptet, dass ich ihn heiraten will?« Malina bemüht sich, gelassen zu bleiben. »Nesrin, wir sind erst *sechzehn*. Nimm nicht alles so ernst.«

»Das tue ich nicht. Ich will nur nicht, dass du ihn ausnutzt. Tarik braucht ein Mädchen, dass ein bisschen Ehre hat.«

»Ehre. Und du meinst, ich habe keine?«

»Ein Mädchen, das mit jedem Jungen 'rummacht ... nach unseren Vorstellungen nicht.«

»Hör mal, so bin ich nicht.« Malina wundert sich selbst darüber, dass sie Nesrin nicht angreift, nicht ausrastet, wie sie es bei jedem anderen Mädchen wahrscheinlich täte. »Du kennst mich doch gar nicht richtig. Nur weil ich schon länger keinen festen Freund mehr hatte ... tief in mir drin bin ich ganz anders. Ich dachte, du würdest das merken.«

»Ach ja? Und woran?«

Malina wirft die Hände in die Luft. »Daran, wie ich rede, wie ich mich einsetze, wenn ich merke, dass jemand ungerecht behandelt wird. Mir ist nicht alles egal, nur weil ich gerne flirte und tanzen gehe.«

Nesrin sieht sie an, Malina hält ihrem Blick stand.

»Okay«, lenkt Nesrin ein. »Neulich das mit Enzo und so, das war schon cool von dir. Den anderen geht es am Rücken vorbei, wenn jemand blöde Sprüche macht. Für die muss ich alleine klarkommen.«

»Siehst du. Du unterschätzt mich.«

»Jeder wirkt so, wie er wirken will«, bemerkt Nesrin. »Wenn es dir nicht gefällt, wie du rüberkommst, musst du was ändern.«

»Vielleicht schätzt du mich falsch ein, weil du mich nur in der Schule erlebst?« Betont langsam lässt sie ihren Blick an Nesrins Kopftuch und den langen Klamotten herunterwandern. »Oder weil ich nichts von Religion halte? Es dämlich finde, mich den Zwängen Jahrtausende alter Schriften zu beugen?«

Nesrin lächelt. »Es passt zu dir«, sagt sie. »Zu der Malina, die du nach außen zeigst. In so einem Leben hat Gott keinen Platz. Leider.«

Malina schluckt. Sie würde Nesrin gern erzählen, was in ihr vorgeht. Wie sehr es sie abgestoßen hat, als alle nach dem Unfall beim Karneval der Kulturen schnell weiter trinken und feiern wollten, um zu vergessen. Wie lange sie selbst noch gegrübelt hat und dass sie gern etwas tun möchte, das sie ausfüllt und auf eine andere Art zufrieden macht als immer nur stylen und Spaß haben. Aber dazu reicht die Pause in der Schule nicht, außerdem hat sie keine Lust, sich hier an Ort und Stelle hektisch zu rechtfertigen. Nesrin müsste ihr zuhören, ganz in Ruhe. Dann könnte Malina zugeben, wie missverstanden sie sich fühlt und wie gern sie anders wirken möchte.

»Hör zu«, beschwört sie Nesrin noch einmal. »Nur weil ich Atheistin bin, bin ich nicht oberflächlich.« Sie macht eine Pause, spielt mit den Fingern an ihrer Halskette, blickt sich um. Malina möchte nicht, dass andere aus der Klasse, der Schule ihr Gespräch mit Nesrin belauschen, nicht einmal Nele und Lydia, die vom Schulhof aus beobachten, wie sie dicht nebeneinander die Treppe vom Haupteingang herunterkommen. Noch nie hat Malina länger mit Nesrin geredet, und sie will keine Fragen ihrer Freundinnen beantworten. Sie will mehr über Nesrin wissen, sie näher kennenlernen, aber jetzt muss sie sie loswerden, um keinem Kreuzverhör ausgesetzt zu sein, und das möglichst ohne Nesrin zu kränken.

»Ich mach dir einen Vorschlag«, sagt sie. »Gleich muss ich mit Nele noch was klären, wegen unseres Bio-Referats nächste Woche. Aber ich will unbedingt mit dir weiterreden, nicht nur wegen Tarik. Können wir uns alleine treffen? Morgen Nachmittag bei mir zu Hause?«

* * *

Malina ist sichergegangen, dass niemand außer ihr zu Hause ist, bevor Nesrin kommt. Lasse ist beim Fußballtraining, Simone noch bei der Arbeit. Ein wenig nervös tigert sie durch die Wohnung, sieht, wie unordentlich es überall ist, jeder scheint alles fallen gelassen zu haben, wo es nicht mehr gebraucht wurde. Malina räumt benutzte Gläser und Tassen in die Spülmaschine, wischt Krümel weg, wirft einen verwelkten Blumenstrauß in den Mülleimer, putzt die Toilette. In ihrem Zimmer wischt sie hektisch den Staub auf den Regalen weg, zerknickt einen alten Pizzakarton und legt ihn zum Altpapier, verstaut herumliegende BHs und Shirts im Schrank, bringt Schmutzwäsche ins Bad. Zum Schluss kocht sie Tee, füllt Kekse in eine Schale, stellt zwei bauchige Tassen dazu und bringt alles auf einem Tablett in ihr Zimmer. Sie hat sich eine lange Sommerjeans angezogen, dazu ein schwarzes Basic-T-Shirt, Nesrin soll sich wohlfühlen mit ihr, sich nicht durch »einen Rock, der nicht kurz genug sein kann« provoziert fühlen.

Wenig später ist Nesrin da und atmet erleichtert aus, als Malina ihr versichert, sie wären noch mindestens zwei Stunden allein. Sie zeigt ihr kurz die Wohnung, dann gehen sie in Malinas Zimmer. Nesrin lächelt, als sie den kleinen gedeckten Tisch sieht, neben dem Malina ihre beiden weißen Korbstühle einladend zurechtgerückt hat.

»Erst habe ich überlegt, ob ich uns Spagetti koche«, meint Malina beinahe entschuldigend. »Aber bestimmt hast du schon gegessen.«

Nesrin nickt und setzt sich, Malina schenkt Tee ein, beide verbrennen sich beim ersten Schluck die Zunge und müssen lachen, danach entsteht eine Gesprächspause, in der sie Kekse knabbern. Was ist nur los mit mir, denkt Malina; ich bin doch sonst nicht so verlegen, quassele immer drauflos. Es kann nicht sein, dass mir jetzt mit Nesrin nichts einfällt, was ich sagen soll. Sie ist ein Mädchen wie alle anderen aus meiner Klasse auch, wie Lydia oder wie Nele. Na gut, wie Nele nicht. Nele ist etwas Besonderes für Malina.

»Was ich wegen Tarik gesagt habe, tut mir leid«, gesteht Nesrin schließlich. »Das war ungerecht von mir.«

»Ihm oder mir gegenüber?«, will Malina wissen.

Nesrin hebt die Schultern.

»Verstehe«, meint Malina. »Du kennst ihn näher, oder? Ihn und seine Familie.«

»Mach dir dein eigenes Bild«, entgegnet Nesrin. »Ich wünsch dir Glück dabei.«

Malina nickt, hat verstanden, dass Nesrin sich nicht weiter über Tarik äußern möchte. Vielleicht empfindet sie etwas für ihn, darf aber keinen Freund haben. Vielleicht ist sie dagegen, dass ein deutsches Mädchen sich einen türkischen Jungen angelt. Wir müssen nicht über Tarik reden. Wir können einfach nur hier in meinem Zimmer unter Mädchen sein und alles, was mit Jungs zu tun hat, draußen lassen.

Sie betrachtet Nesrins Gesicht, ihre dunkelbraunen Augen mit den helleren Sprenkeln darin, die sie dezent mit Kajal und Mascara betont hat, ihre schmale, gerade Nase, die Lippen, nachgezogen mit einem Ton, der die natürliche Farbe unterstreicht. Ein schönes, ebenmäßiges Gesicht, denkt sie. Unter dem Kopftuch schaut noch ein weiteres eng anliegendes Stück Stoff hervor, das Nesrins Haaransatz bedeckt. Dennoch hat sich eine dünne Strähne ihren Weg nach außen gebahnt. Sie scheint es nicht zu merken.

»Trägst du das auch zu Hause?«, fragt Malina. Nesrin lacht und schüttelt den Kopf.

»Ich könnte es auch hier abmachen, wenn wir wirklich unter uns sind. Frauen untereinander zeigen sich bei uns genauso gern ihre Haare wie ihr.«

»Mach mal«, ermutigt Malina sie. »Mein Bruder kommt vorläufig nicht her, und wenn ich ihn doch höre, schließe ich schnell meine Zimmertür ab.«

Mit geübten Bewegungen löst Nesrin ihr Tuch am Hals und legt es sich um die Schultern; Malina sieht, dass der

Stoff darunter eine eng anliegende Haube ist, die ihr Haar zusätzlich bedeckt.

»Die auch«, bittet sie Nesrin, doch die ist sowieso schon dabei und streift die Haube vom Kopf. Als alle Haare freiliegen, fährt sie mit beiden Händen hinein und schüttelt sie auf, lässt ihren Kopf nach vorn fallen und wirft ihn zurück. Lang und schimmernd fallen ihre Locken über die Schultern, dunkelbraun mit einem ganz leichten Rotstich, in dem sich die Strahlen der hereinscheinenden Nachmittagssonne verfangen. Malina starrt Nesrin an.

»Du siehst so toll aus ohne dein Kopftuch«, meint sie. »Endlich kommen deine Augen zur Geltung, du strahlst viel mehr.«

»Danke«, antwortet Nesrin. »Ich finde aber, meine Augen sieht man mit Kopftuch besser, weil die Haare nicht von ihnen ablenken.«

»Soll ich Musik anmachen?« Ohne Nesrins Antwort abzuwarten, stellt sie ihren MP3-Spieler in die Soundstation und drückt auf die Abspieltaste. Der neueste Hit von Rihanna ertönt, beide Mädchen wippen im Takt zur Musik auf ihren Stühlen, jetzt kommt auch das Gespräch in Gang, sie hecheln jetzt doch die Jungs aus der Klasse durch, die Freundinnen, die Lehrer. Es ist wie mit allen anderen, denkt Malina. Nesrin ist so nett, es muss doch zu schaffen sein, dass sie auch mal dabei sein kann, wenn wir zu mehreren sind. Auch mit Jungs. Die sind doch alle in Ordnung, auch wenn sie mal blöde Witze reißen. Nesrins Familie muss keine Angst um sie haben, wir Mädels passen schon auf, dass niemand sie blöd anbaggert oder diskriminiert.

»Wenn du willst, schminke ich dich!«, schlägt sie vor.

Nesrin zuckt mit den Schultern, lehnt aber nicht ab. Minuten später sitzen beide dicht nebeneinander vor der verspiegelten Tür an Malinas Kleiderschrank.

»Meine Augen schminke ich fast immer«, sagt Nesrin. »Nur weil ich ein Kopftuch trage, ist mir mein Aussehen noch lange nicht egal.«

»Sieht man aber kaum«, widerspricht Malina. »Dein Augen-Make-up, meine ich. Du bist so hübsch und hast so tolle Haare. Macht es dir gar nichts aus, dich immer so zu verstecken?«

»Ich mach das freiwillig«, antwortet Nesrin. »Niemand zwingt mich dazu. Meine Mutter trägt zwar auch Kopftuch, aber aus ganz anderen Gründen als ich.«

»Ach so? Welche Gründe sind das?«

»Sie trägt Kopftuch, weil es immer schon so war. Einfach aus Tradition. In der türkischen Kleinstadt, wo sie geboren ist, trägt es fast jede Frau, auch meine Oma, meine Tanten und Großcousinen und alle. Ich bin in Berlin aufgewachsen und wollte zuerst nicht. Mein Vater und ich haben uns deswegen gestritten, als ich zwölf war, und zuerst habe ich es dann meiner Mutter zuliebe angezogen.«

»Und jetzt?« Malina denkt an Tariks Großmutter, die ebenfalls mit Kopftuch im Wohnzimmer saß, und an seine Mutter, die keines trug.

»In den letzten Jahren habe ich mich selber mit dem Islam beschäftigt. Selber im Koran gelesen. Und dabei festgestellt, dass mir vieles darin gefällt, gerade in Bezug auf Frauen. Die Männer sind verpflichtet, ihre Frauen und Töchter gut zu behandeln. Sie müssen uns alles gewähren, was wir brauchen, damit es uns gut geht. Das Kopftuch und auch diese langen

Mäntel, die viele tragen, sollen uns nicht verstecken, sondern umhüllen und schützen wie eine wertvolle Perle.«

»So habe ich das noch nie gesehen«, gibt Malina zu. »Die langen Mäntel finde ich scheußlich.«

»Ich auch. Ich muss so was auch nicht tragen, denn im Islam darf niemand dazu gezwungen werden, sich an die Vorschriften zu halten. Was man nicht freiwillig macht, ist nicht echt.«

»Ich dachte immer, der Islam besteht *nur* aus Zwängen.«

»Das denken viele. Ist aber nicht so. Deshalb stimmt es auch nicht, dass ich mich unter meinem Kopftuch verstecke, sondern ich zeige damit, wer ich wirklich bin. Ich lebe hier, gehe hier zur Schule und spreche fließend Deutsch. Aber ich will zum Islam gehören und das zeige ich auch.«

»Und wieso benehmen sich die meisten Türken und Araber dann wie die Paschas? Wie die schon breitbeinig durch die Straßen laufen und jeden anblöken ›Was guckssu?‹ und Schlägereien anzetteln?«

»Das hat nichts mit dem Islam zu tun, mehr mit dem Temperament. Sind ja nicht alle so, Tarik zum Beispiel nicht.«

Malina schweigt, betrachtet Nesrin, die ihrem Blick nicht ausweicht. Verstecken tut sie sich wirklich nicht, denkt Malina. Jetzt jedenfalls nicht. Aber in der Schule hat sie so was noch nie gesagt, da ist sie immer so still – und eben viel zu selten mit uns anderen zusammen.

»Trotzdem«, antwortet sie deshalb. »Für mich wirkst du *jetzt* echt. Ohne Kopftuch. Gefällst du dir so nicht selbst besser?«

Nesrin lacht. »Klar gefalle ich mir«, sagt sie, steht auf und tritt vor Malinas Kleiderschrank, dreht sich hin und her, begutachtet sich. Ihre Haare, die schlanke Figur in den gut sitzenden Jeans, das lässige Shirt. Dann setzt sie sich erneut hin. »Aber echt sein heißt für mich, dass ich das Kopftuch trage.«

»Musst du das denn tragen? Tariks Mutter zum Beispiel trägt keines, nur seine Oma.«

»Ich muss es tragen, weil ich mich freiwillig dafür entschieden habe«, antwortet Nesrin. »Muslima sein macht mich nun mal zu einem wesentlichen Teil aus, ich schade doch niemandem damit. Zu meinem Kopftuch trage ich ja modische Kleidung, nur eben nichts Aufreizendes. Christen tragen ja auch oft eine Halskette mit einem Kreuz dran, so wie Bastian.«

»Aber macht es dir nichts aus, dass du nie mit uns zum Schwimmen gehen kannst, oder abends in einen Club? Willst du keinen Freund haben? Jeder Mensch sehnt sich doch nach Liebe.«

»Darauf zu verzichten macht mir nicht viel aus. So was ist mir nicht so wichtig wie der Islam. Liebe und Geborgenheit finde ich in meiner Religion. Durch die Verbindung zu Allah habe ich nicht das Gefühl, dass mir etwas fehlt.«

»Sehnst du dich denn nicht manchmal nach Freiheit? Im Islam gibt es doch strenge Vorschriften, gerade Mädchen und Frauen gegenüber, oder nicht?« Malina schenkt noch einmal Tee nach.

»Welche meinst du?«, fragt Nesrin. Malina ertappt sich dabei, dass sie sie immerzu ansehen muss, die offenen Haare, die lebendigen braunen Augen, so hat sie sie noch nie gesehen, doch sie erkennt, dass Nesrins Selbstbewusstsein echt ist, sie ruht in sich, ist nicht rastlos und auf der Suche wie Malina selbst.

»Dass ihr zu Hause bleiben müsst und den Haushalt

machen. Dem Mann gehorchen. Dass ihr keinen Sex vor der Ehe haben dürft und die Eltern bestimmen, wen man heiratet. Dazu noch fünfmal am Tag beten und im Ramadan fasten. Wo kannst du dich da noch selbst entfalten? Das engt doch alles total ein. Freiheit sieht anders aus.«

»Ja, für dich. Für euch hier im westlichen Kulturkreis. Für euch heißt Freiheit, dass jeder machen kann, was er will, ohne jemandem Rechenschaft ablegen zu müssen.«

»Ja eben«, bestätigt Malina. »Was sonst?«

»Für uns gibt es einen Rahmen, und in dem können wir uns frei bewegen. Ich liebe meine Religion, deshalb fällt es mir leicht. Es wäre sinnlos, wenn ich mir nur die Rechte herauspicke, aber die Pflichten links liegen lasse. Vieles von dem, was du genannt hast, sind Traditionen, die mit dem Islam an sich nichts zu tun haben. Unsere wichtigsten Pflichten sind das Glaubensbekenntnis, die fünf Gebete pro Tag, Almosen geben, das Fasten im Ramadan und die Pilgerfahrt nach Mekka. Und selbst die braucht man nur zu befolgen, wenn man dazu in der Lage ist.«

»Klingt eigentlich gut«, meint Malina.

»Siehst du.« Nesrin lächelt sie an. »Macht euch also nicht so viele Sorgen um mich. Ich bin geborgen, und ich bin frei. Nur anders frei als du.« Sie lacht und Malina denkt: Ihr Lachen klingt wirklich frei. Freier als das aufgesetzte schrille Kichern vieler anderer Mädchen, das immer wieder einen anderen Klang erhält, je nachdem ob Jungs dabei sind oder ob man damit etwas erreichen will. Gefallen möchte, gemocht werden. Das alles hat Nesrin nicht nötig. Sie hat den Islam, sie hat Allah, sie hat den Koran. Sie weiß, wofür sie lebt. Irgendwie cool.

8.

Den ganzen Nachmittag lang sprechen Malina und Nesrin über Religionen und besonders über den Islam. Nesrin erzählt ihr so vieles, was Malina diese Religion in einem ganz neuen Licht betrachten lässt. Eigentlich ist das eine tolle Religion, denkt sie immer wieder. So lebensnah, so klar, so eindeutig. Es gibt nur Allah, den Gott. Den Koran, Allahs unanfechtbares Wort, sowie seinen gesandten Propheten Mohammed. Und Regeln, die dem Menschen nützen sollen, ihn vor Fehlern und Schaden schützen und bewahren.

»Der Islam will den Menschen darin unterstützen, harmonisch zu leben, um seine Würde als Mensch zu bewahren«, versucht Nesrin ihr zu erklären. »Die Regeln sollen den Menschen dazu erziehen, dass er seiner Würde und Verantwortung als Mensch gerecht wird.«

»Klingt kompliziert.« Malina hebt die Augenbrauen.

»Ist es aber nicht. Jeder Mensch möchte ausgeglichen und in Frieden leben. Die materiellen Bedürfnisse sollen erfüllt sein und man möchte seinen geistigen Neigungen nachgehen. Außerdem möchte man eine Gesellschaft haben, in der alle gut zusammenleben. Wenn man es mit einem davon übertreibt und anderes vernachlässigt, schadet man sich selbst und anderen. Dadurch entfernt man sich vom Islam.«

»Also keine Leidenschaft, sondern Mittelmaß in allem?«

»Ein gesundes Mittelmaß, genau. Wir sollen die Rechte anderer nicht verletzen und uns selbst vor Übertretungen und Übertreibungen bewahren, damit das harmonische Zusammenspiel aller Bedürfnisse klappt. Das meine ich damit, dass ich mich in dem Rahmen, den der Islam vorgibt, frei bewegen kann. Ich kann mich hübsch anziehen – aber nicht so sexy, dass ich mich selbst in Gefahr bringe, weil ich die Männer zu sehr reize. Ich kann überall hingehen, solange ich mich so verhalte, dass es mir und anderen gut geht. Ich kann mir kaufen, was ich haben will, es darf nur nicht so viel sein, dass ich an nichts anderes mehr denken kann als an meinen Besitz und nichts mehr an Arme abgeben kann. Der Islam erzieht uns dazu, Maß zu halten. So funktioniert es in allen Bereichen des Lebens.«

»Moment«, wirft Malina ein. »Das mit dem Besitz und so sehe ich ein. Aber in Bezug auf Klamotten: Wenn ich in Hotpants oder Minirock zur Schule oder in die Stadt gehen will, ist das ja wohl meine Sache. Meinst du etwa, das gibt dann Männern das Recht, mich anzugaffen oder sogar zu belästigen und schlimmstenfalls zu vergewaltigen?«

»Das Recht auf keinen Fall«, verneint Nesrin. »Auch die Männer sollen sich ja mäßigen und sich so verhalten, dass sie niemandem schaden. Mit sexueller Belästigung oder Vergewaltigung schaden sie nicht nur dir, sondern auch sich selbst. Aber du kannst dich schützen, indem du dich anders anziehst. Du kannst dich von Belästigungen befreien, indem du deinen Körper oder deine Haare nicht jedem zeigst.«

»Das meinst du also mit der *anderen Freiheit*«, bemerkt Malina. »Jetzt kapiere ich es.«

»Genau. Wenn wir Kopftuch tragen oder uns freiwillig sogar noch mehr verhüllen, ist das keine Unterdrückung, sondern soll uns schützen wie eine kostbare Perle.«

»Hm. Eine Frau ist ja viel mehr als eine Perle, denn sie lebt und hat eigene Gedanken, eine eigene Sprache«, gibt Malina zu bedenken. »Eine Perle dagegen ist ein stummer Gegenstand. Aber ich verstehe, wie es gemeint ist. Es klingt schön und ist wohl Ansichtssache.«

»Für mich macht es Sinn«, sagt Nesrin lächelnd und nimmt sich noch einen Keks.

»Jede Frau muss selbst entscheiden«, bestätigt Malina. Sie steht auf und läuft im Zimmer umher, kann nicht fassen, wie verdreht ihr Bild vom Islam bisher war und wie sympathisch ihr diese Religion jetzt erscheint. Wie gut, dass Nesrin sich so viel damit beschäftigt hat! Ganz zufrieden geben will sie sich jedoch noch nicht.

»Okay«, sagt sie also und bleibt an ihren Kleiderschrank gelehnt stehen. »Warum wird aber immer gesagt, im Islam gebe es so viele Zwänge? Haben die Leute sich das nur ausgedacht?«

»Es wird so vieles verdreht«, sagt Nesrin. »Seit dem 11. September 2001 hacken alle auf dem Islam herum und es wird viel Mist verbreitet. Der Islam verbietet sogar Zwang. Der Mensch soll seine Entscheidungen mit Vernunft treffen, nicht weil er dazu gezwungen wird. Allah erlaubt niemandem, einen anderen Menschen zu einer Tat zu zwingen. Deshalb sollen wir uns auch möglichst viel Wissen aneignen, uns bilden. Nur mit Bildung können wir gute Entscheidungen treffen.«

»Und das gilt auch für Mädchen und Frauen? Ihr sollt also

nicht nur als dummes Hausweibchen am Herd stehen und Mann und Kinder bedienen?«

Nesrin schüttelt den Kopf. »Wir sollen uns sogar bilden. Das ist ganz wichtig«, sagt sie. »Ohne umfangreiches Wissen wüssten wir gar nicht, wie wir leben sollen. Außerdem werden Kinder überwiegend durch Frauen erzogen, das ist bei euch nicht viel anders. Wie sollten wir sie erziehen oder unterrichten ohne Bildung? Das geht doch gar nicht. Deshalb hat der Prophet Mohammed immer betont, wie wichtig Bildung für Frauen ist. Viele muslimische Frauen arbeiten als Lehrerinnen.«

Geduldig beantwortet Nesrin alle Fragen, die Malina ihr stellt.

»Jetzt raucht mir der Kopf«, stöhnt diese schließlich. »Aber danke, das war super interessant. Ich will noch mehr über den Islam wissen und lesen und auch bei Tarik und seinen Eltern erfahre ich bestimmt vieles. Kannst du mir was empfehlen, was ich lesen soll? Ich will keine Schriften von Islamisten in die Hände bekommen, aber ich weiß nicht, ob ich das auf den ersten Blick unterscheiden könnte.«

»Ich schreibe dir bis morgen was auf«, verspricht Nesrin. »Islamistische Schriften solltest du wirklich nicht lesen, denn die haben ein falsches Bild vom Islam. Sie leben in einer Fantasievorstellung von der Zeit des Propheten. Es gibt viele tolerante Auslegungen des Islam. Im Islam ist verankert, dass man in der heutigen Zeit lebt und ›moderne‹ Mittel benutzen soll, wenn sie einem im Guten nützen.«

»Daran habe ich keinen Zweifel mehr, nach allem, was du gesagt hast«, versichert Malina. »Was machen wir jetzt?« Sie blickt sich im Zimmer um und sieht Nesrins Kopftuch und ein Sommerkleid von sich selbst auf ihrem Bett liegen. »Modenschau? Du probierst was von mir an und ich von dir. Hier sieht uns keiner!«

* * *

»Bist du jetzt nur noch mit Türken zusammen?«, fragt Nele zwei Wochen später. In letzter Zeit ist Malina in den großen Pausen oft mit Nesrin über den Schulhof geschlendert oder hat mit ihr in der Schulmensa gesessen. Manchmal war Nele dabei, auch Lydia hat sich hin und wieder zu ihnen gesellt. Zu dritt oder zu viert jedoch kann Malina nicht so intensiv mit Nesrin reden wie wenn sie allein sind, es bleibt beim Smalltalk, freundlich, fast höflich, selten ausgelassen oder albern, mitunter ein wenig verkrampft. Mit Nesrin allein redet sie sehr offen über vieles, was sie bewegt, nicht nur über Religion. Inzwischen hat Malina viel über den Islam gelesen, Nele weiß nichts davon. Heute fehlt Nesrin in der Schule, Malina hat frühmorgens eine SMS von ihr bekommen. Magen-Darm-Infekt, sie will niemanden anstecken.

»Ich verstehe dich nicht. Seit wann hast du was gegen Nesrin?«, verteidigt sich Malina. »Ich bin einfach froh, dass Nesrin zugänglicher geworden ist. Nicht mehr so verschlossen. Wenn sie sich jetzt mehr in die Klassengemeinschaft integrieren will, helfe ich ihr natürlich. Das hätten wir alle längst machen sollen. Meistens hat sich nur Lydia mit ihr abgegeben.«

»Dann frag mal Luca, wie er das findet«, gibt Nele zurück und bestellt für sich einen Milchkaffee und ein Croissant. Sonst haben Malina und sie oft ihr Frühstück auf ein gemeinsames Tablett gepackt, heute nicht. »Letzten Sonntag hat er ewig auf dich gewartet und dann vergebens bei dir geklingelt. Super, wie du deine alten Freunde gleich vergisst.«

Verflixt, schießt es Malina durch den Kopf. Lucas Songs für seine Benefiz-Konzerte mit der Band, das hatte ich ihm versprochen. Aber die laufen nicht weg, es ist sowieso viel wichtiger, dass seine Jungs sie erst mal hören. Trotzdem. Es war nicht geplant, dass Malina ihn einfach vergisst, weil sie mit Tarik verabredet war, und auch nicht, dass Nele sich wegen Nesrin vernachlässigt fühlt. Trotzdem versucht sie zunächst, der Freundin die Story von Simones Bergfest aufzutischen. Nele lacht bitter auf.

»Wenn du meinst, du musst mich verarschen, bitte«, sagt sie. »Ich habe durch unser Küchenfenster gesehen, wie Simone und Lasse alleine losgezogen sind.«

»Wenn du alles durcheinanderbringen willst, meinetwegen. Ich *war* beim Bergfest und zwischen Mama und mir ist das auch geklärt. Vorher noch bei meinem Freund vorbeizuschauen, ist ja wohl nicht verboten.«

»Fällt trotzdem auf, dass du nur noch entweder mit Tarik oder mit Nesrin abhängst«, mischt sich nun auch Lydia ein, die ihnen wie üblich gefolgt ist. Sie nimmt sich einen Erdnussriegel aus dem Süßwarendisplay neben der Kasse und legt es neben Neles Tasse, dann zupft sie an ihrem BH herum, der ihr zu klein geworden ist. »Und Nesrin mit dir. Ich komme kaum noch an sie heran. Seid ihr jetzt beste Freundinnen, oder wie?«

»Ich führe keine Rangliste«, kontert Malina.

»Warum gibt es dann für Nesrin plötzlich nur noch dich?«

»Weil du dich nicht wirklich für sie interessierst«, antwortet Malina. »Für ihr Anderssein. Für ihre Religion, ihre

Kultur, dabei ist das alles so spannend. Du hängst dich an sie, genau wie an Nele und mich, aber beschäftigst dich nicht mit dem, was sie ausmacht.«

»Pfft«, macht Lydia. »Sei bloß nicht so arrogant. Vielleicht will Nesrin gar nicht *anders sein*. Ich habe sie ganz normal behandelt, das ist das Beste.«

»Hast du auch wieder recht«, lenkt Malina ein. »Entschuldige, Lydia.«

Aber auch ihre versöhnlichen Worte können die aufgeheizte Stimmung zwischen den Mädchen nicht retten. Nele hat Malina nichts getan und die verpatzte Verabredung mit Luca ist ihr peinlich. Wenn er sich für einen guten Zweck einsetzen will, könnte sie ihn dabei unterstützen. Etwas Sinnvolles tun, das will sie doch auch. Seit Malina sich von Tariks Mutter so durchschaut gefühlt hat und Nesrin näher kennt, spürt sie eine Unruhe in sich, die sich nicht mehr einfach im nächstbesten Club wegtanzen lässt.

Sie nimmt sich einen Beutel grünen Tee und lässt heißes Wasser in ein Glas laufen, dann stellt sie sich hinter Nele und Lydia an der Kasse an. Die siebten Klassen essen bereits zu Mittag; bis sie alle bezahlt haben, wird Malinas Tee kalt sein.

Schließlich jedoch sind sie an der Reihe, bezahlen und setzen sich an einen Tisch am Fenster. Das Gespräch zwischen ihnen stockt, jede macht einen zaghaften Versuch, es in Gang zu bringen, zumindest ein Plaudern, ein wenig über die Lehrer herziehen, danach fragen sie Malina über Tarik aus, sie spürt, wie jetzt auch Nele versucht, eine andere, versöhnliche Richtung einzuschlagen, will augenzwinkernd wissen, ob er gut küsst und wie weit sie schon gegangen sind. Aber der

Stachel ihres Vorwurfs sitzt, deshalb weicht Malina aus, lächelt verschwiegen, innerlich nicht bereit, mit Nele zu teilen, was sie sonst immer geteilt haben. Nicht wenn sie so schlecht über Tarik und Nesrin redet.

Als es klingelt und die drei die Treppe hoch zum Klassenraum gehen, werden sie von Tarik, Jan und Marvin aufgehalten. Tarik stellt sich neben Malina und legt seinen Arm um ihre Schultern, sofort spürt sie wieder dieses aufregende Ziehen in der Magengegend.

»Habt ihr die ganze Pause drinnen gehockt?«, will Tarik wissen. »Das Wetter soll die ganze Woche noch so toll bleiben. Am Freitag vor Pfingsten wollen wir bei mir auf dem Balkon grillen, zum Start in das lange Wochenende. Ihr seid doch dabei?«

Nele und Lydia sagen zu, Malina zögert mit ihrer Antwort. Grillen bei Tarik, nichts möchte sie lieber als das. Aber es geht nicht. Mit Hanna ist alles abgesprochen.

»Über Pfingsten bin ich verreist«, gesteht sie schließlich und erzählt, was sie vorhat. »Am Freitag fahre ich schon los. Tut mir echt leid.«

»Kannst du nicht Samstag fahren?«, will Lydia wissen und sieht sie schon wieder so vorwurfsvoll an wie vorhin. Immer klinkst du dich aus, wir sind dir wohl egal geworden, bald sieht man dich genauso selten wie Nesrin, wenn du so weiter machst.

»Du fährst weg?«, erkundigt sich jetzt auch Tarik, er jedoch zieht sie noch fester an sich und zieht ein Gesicht, als würde er gleich anfangen zu weinen, statt ihr Vorwürfe zu machen. »Ausgerechnet an unserem ersten gemeinsamen langen Wochenende? Wohin denn?«

»Hanna und ich haben uns über ein Jahr nicht mehr gesehen«, erklärt sie. Tarik nickt verständnisvoll.

»Das kenne ich«, meint er. »Familie geht vor, das hast du bei mir ja schon erlebt. Ich hätte nur so gern mit dir angegeben. Hast du den Zug schon gebucht? Am Dienstag nach Pfingsten ist dieses Mal auch noch schulfrei. Vielleicht kannst du es verschieben.«

»Ich schreib Hanna heute Abend noch mal«, verspricht Malina. »Gebucht ist noch nichts.«

E-Mail vom 26. Mai, 18:35 Uhr
Von: malina.teschke@e-mail.de
An: hanna.teschke@e-mail.de

Liebe Hanna,
bestimmt hattest du noch keine Zeit zu antworten, aber meine Frage, ob ich lieber am Freitag oder Samstag zu dir kommen soll, hat sich erledigt: Freitag bin ich noch zum Grillen eingeladen und für Samstag habe ich jetzt eine super günstige Verbindung gefunden – allerdings fährt mein Zug schon um 7.54 Uhr am Hauptbahnhof ab. Dafür ist es die einzige Verbindung, bei der ich nicht umsteigen muss – wenn ich also am Grillabend zu sehr abstürzen sollte, kann ich notfalls im Zug weiterpennen, bis du mich in Passau um 15:10 Uhr aus dem Abteil kratzt, sollte ich nicht rechtzeitig wach werden. Scherz beiseite – das packe ich schon. Bin ja keine Komasäuferin.
Will jetzt auch gar nicht ausschweifen – wir erzählen uns alles, wenn ich endlich bei dir bin. Wenn ich zu viel quassele, musst du mich bremsen. Endlich wieder wir beide, das wird sooo cool!

Bis Samstag also,
deine Malina

* * *

E-Mail vom 26. Mai, 18:52 Uhr
Von: hanna.teschke@e-mail.de
An: malina.teschke@e-mail.de

Liebe Malina,
ich soll also einen Tag länger auf dich warten? Na gut, wenn's sein muss … 15:10 Uhr ist ja zum Glück noch früh am Nachmittag, da werden wir genug Zeit zum Erzählen haben, ehe wir ins Bett müssen. Allzu spät darf es bei mir nämlich nicht werden, denn am Pfingstsonntag muss ich ja schon um 9 Uhr in der Kirche sein – Pfingstmesse eben. Emanuel wird auch da sein … ♥ ☺
Wenn du willst, kannst du ausschlafen – Kirche und Gottesdienst sind ja nicht so deins, nehme ich an. Allerdings bist du dann alleine im Haus. An den Feiertagen geht immer die ganze Familie zur Messe und ich bin als Ministrantin eingesetzt, habe also Dienst. Dafür fällt die Kinderfahrt flach, es gab zum Glück genug andere Teamer, die sich darum gerissen haben. Kannst also richtig pennen, denn nach der Messe findet immer noch ein Stehcafé neben der Kirche statt. Aber da muss ich nicht unbedingt hin. Wenn das Wetter gut ist – und es soll super werden, sagt meine Wetter-App! – komme ich nach dem Schlusssegen gleich nach Hause und wir gehen an den Badesee, auch wenn das Wasser dort sicher noch kalt ist.
Ich kann es kaum erwarten, bis du endlich hier bist! Gute Fahrt also, hoffentlich fällt den Lokführern nicht wieder ein, dass sie streiken wollen. ☺

Bis Samstag, ich werde pünktlich am Bahnhof sein!
Deine Hanna

Sie hat mich nicht mal gefragt, ob ich mit zur Pfingstmesse will, denkt Malina. Gerade jetzt, nachdem ich ihr erzählt habe, dass wir in der Schule über Religion gesprochen haben, und natürlich will ich ihren Emanuel mal aus der Nähe begutachten. Aber ich bin wohl selber schuld, schließlich habe ich keinen Hehl daraus gemacht, dass ich von Gott und dem ganzen Glaubenskram nichts halte. Auch gut, dann freue ich mich aufs Ausschlafen. Wenn ich wider Erwarten doch wach werde, sobald der Hahn auf dem Misthaufen kräht, kann ich mich immer noch anschließen.

Am Freitag zieht Malina zum Grillen eine Skinny Jeans und ein figurbetontes blau-weiß geringeltes Shirt an, dazu ihre weißen Sneakers, nimmt ihre große Umhängetasche und stopft ihre weite Strickjacke zu den üblichen Utensilien hinein, für später, falls es kühler wird.

Eine Stunde, ehe sie Nele und Luca eigentlich abholen muss, klingelt sie bereits bei ihnen, um die versprochene Zeit für Lucas Demoaufnahmen nachzuholen. Er öffnet ihr die Tür; aus dem Badezimmer hört sie Nele duschen. Malina geht in Lucas Zimmer und denkt daran, wie oft sie hier schon gewesen ist und wie sich der Raum in all den Jahren verändert hat, genau wie Neles Zimmer, genau wie ihr eigenes. Früher konnte man bei Luca kaum treten, ohne dass sich winzige Legosteine in die Fußsohlen piekten. Oder er hatte seine Autorennbahn aufgebaut, bei der die Wagen aus ihrer Schiene flogen, sobald man die Geschwindigkeit auch nur einen Tic zu hoch drehte. An den Wänden hatte er damals

Poster von den Helden seiner liebsten Fernsehserien hängen, dazwischen prangten Babyfotos von den Zwillingen, die seine Mutter gerahmt hatte, und selbst gemalte Bilder. Heute hängt nur noch seine Westerngitarre in einer Wandhalterung, eine noch ziemlich neue E-Gitarre steht darunter auf dem Boden. Auf dem Schreibtisch flimmert sein Computermonitor, es läuft ein Musikprogramm, mit dem man seine eigenen Songs aufnehmen und bearbeiten kann.

»Du hängst dich echt rein«, bemerkt Malina und nimmt einen Stapel Klamotten von dem einzigen Stuhl, den es in seinem Zimmer mit Ausnahme des Drehstuhls gibt, und setzt sich neben ihn. Luca klickt mit der Maus im Programm herum, sucht etwas, dann nickt er und lehnt sich zurück.

»Aber nicht lachen, wenn du mich singen hörst«, sagt er. »Das ist alles noch ohne Anspruch auf Qualität. Wenn die Songs jemand singt, der eine richtig gute Stimme hat, wird sich alles besser anhören.«

»Wir sind ja unter uns«, beruhigt Malina ihn. »Hau rein.«

Es ist merkwürdig für sie, Lucas Stimme aus den PC-Lautsprechern zu hören. Bisher hat er kaum jemals gesungen, höchstens in der Schule, wenn die ganze Klasse im Musikunterricht ein Lied lernen musste. Er hat eine schöne, sanfte Stimme, an manchen Stellen kratzt sie zwar ein wenig und er trifft nicht jeden Ton, aber das macht nichts, auf jeden Fall singt er gefühlvoll. Sein selbst geschriebener Song erzählt von der Armut in vielen Ländern der Welt und dass gerade Kinder darunter leiden, auch der Text nimmt sie gefangen. Malina hat Mühe, zusätzlich noch auf sein Gitarrenspiel und die anderen Tonspuren zu achten, aber schließlich konzentriert sie sich doch darauf, wippt im Takt, summt den Refrain mit, so gut sie kann. Die Art, wie er singt, erinnert sie ein wenig an Milow, so könnte er geklungen haben, als er siebzehn war. Irgendwie süß, denkt sie.

»Sehr schön«, lobt sie Luca schließlich. »Hast du noch mehr Songs?«

»Eine halbe Stunde Material ist im Rohbau fertig«, antwortet er. »Echt, es gefällt dir? Deine Meinung ist mir wichtig, also keine gut gemeinten Schmeicheleien bitte.«

»Wenn ich es doch sage«, bekräftigt Malina. »Von Musik verstehe ich nicht viel, aber das hier hat was. Die Melodie geht ins Ohr, der Text ist anspruchsvoll ... lass mal mehr hören!«

Luca grinst, während er den nächsten Song anklickt. Aus dem Augenwinkel bemerkt Malina, dass seine Ohren rot geworden sind. Der nächste Song hat mehr Tempo, Luca spielt aggressiver mit verzerrter Gitarre, hat rockigere Drums unterlegt, singt zornig gegen Vorurteile aller Art, gegen Hass und Gewalt.

»Super«, lobt sie ihn auch dieses Mal und jetzt entspannt sich Luca, lässt alle seine Songs nacheinander laufen, klopft selber den Takt mit den Fingern mal auf der Tischplatte, mal auf seinen Knien, blickt sie immer wieder stolz an.

»Damit kannst du deine Jungs bestimmt begeistern«, ermutigt Malina ihn. »Noch ein paar gute Coversongs abseits vom Mainstream dazu und schon habt ihr ein Programm, das euch von anderen Bands abhebt.«

»Genau«, meint Luca eifrig und strahlt sie an. »Ich wusste, du würdest mich verstehen.« Nachdem sein letzter eigener Song verklungen ist, nimmt er seine Akustikgitarre vom Haken und stimmt »We are the world« an. Damit hat er sie, den Song kennt jeder, Malina singt auswendig mit und bekommt eine Gänsehaut, so viel Spaß macht es ihr. Nele kommt dazu, wirft sich auf Lucas Bett und stimmt ebenfalls ein, gleichzeitig filmt sie mit dem Handy, hinterher stellen alle drei fest, dass sie sich besser anhören als gedacht.

»Könnt ihr nicht auch mitmachen?«, schlägt Luca begeistert vor. »Und wenn es nur im Background ist! Das wär so cool ... mit euch beiden im Rücken wäre ich nicht so aufgeregt, wenn es irgendwann tatsächlich auf die Bühne geht.«

»Ich bin keine Sängerin«, wehrt Malina ab, obwohl Nele sie hoffnungsvoll ansieht und leise kichert. Wenn sie zusammen in Lucas Band mitsingen, kommen sie sich bestimmt wieder näher.

»Erst mal musst du die anderen Musiker fragen, Luca«, weicht Malina aus. »Vielleicht wollen die gar keine Mädchen in der Band.« Dann beginnt sie, mit Luca über die Texte zu reden, was sie aussagen, wie sie ihnen gefallen und worüber er außerdem noch schreiben könnte. Vielleicht über Religionen, denkt sie, verkneift sich den Vorschlag jedoch.

»Über den 11. September«, schlägt sie stattdessen vor. »Über das Erdbeben in Nepal, über Amokläufe in Schulen. Über Massentierhaltungen, Flüchtlinge, einfach alles, was nicht so platt ist wie immer nur über Liebeskummer und Sehnsucht. Das wird ein anspruchsvolles Programm, sage ich dir!«

»Ich hab auch eine Idee«, sagt Malina und wundert sich über ihre Verlegenheit, die sie plötzlich spürt. »Ich wollte schon immer mal einen Text für 'nen Poetry Slam schreiben. Einen Aufruf, nicht nur an sich selber zu denken, sondern über den Tellerrand zu schauen und für andere da zu sein.

Sich zu engagieren, damit man nicht umsonst auf der Welt ist. Wenn mir ein guter Text gelingt, könnte ich bei euren Konzerten mit auf die Bühne und da slammen, zum Beispiel wenn ihr Pause macht.«

»Genial!« Luca strahlt. »Hast du schon eine Idee für den Inhalt?« Ehe Malina antworten kann, surrt ihr Handy, sie blickt auf das Display. Tarik fragt per SMS, wo sie bleibt.

»Wir müssen los«, sagt sie zu Luca und tippt hastig eine Antwort an Tarik, *Hab mich mit Luca und Nele zu Hause verquatscht, sind gleich da, Kuss Malina.* »Sonst bekommen wir nicht mal mehr eine Minibratwurst ab!«

9.

Malina erschrickt ein wenig, als sie mit Nele und Luca bei Tarik ankommt. Er drückt sie zur Begrüßung an sich, sieht sie jedoch prüfend an. Von dem großen Balkon der Altbauwohnung dringen bereits die Stimmen der anderen Klassenkameraden zu ihnen in den Flur und aus der Küche duftet es nach Fleisch und Gewürzen. Tariks Schwester Dilek eilt mit einem Tablett voll frischer Hühnerflügel an ihnen vorbei, ihr folgt Melek mit einem Korb aufgeschnittenen Fladenbrots. Auch Nesrin ist bereits da, Malina findet sie in der Küche, wo sie die Spülmaschine ausräumt, als wäre sie hier zu Hause.

»Tut mir leid«, murmelt Malina und erzählt Tarik rasch, warum sie und die beiden Freunde sich verspätet haben. »Ich wusste nicht, dass so viele kommen – und auch nicht, dass deine Familie da ist. Sonst wäre ich viel eher gekommen und hätte beim Vorbereiten geholfen.« Sie hängt ihre Jacke an die Garderobe und denkt, dass Tariks Mutter vielleicht erwartet hat, dass sie als Tariks Freundin etwas eher kommt und ihr in der Küche hilft, so wie seine Schwestern Melek und Dilek es tun. Aber Tariks Mutter strahlt sie an, kommt auf sie zu und umarmt sie ganz fest, drückt ihr einen Kuss auf jede Wange.

»Es ist immer schön, dich zu sehen«, sagt sie und protestiert, als Malina ihr in die Küche folgen will, um ebenfalls eine Schüssel oder Fleischplatte auf den Balkon zu tragen.

»Du bist unser Gast«, bekräftigt sie und holt Besteck aus der Küchenschublade. »Auf keinen Fall sollst du helfen. Die Mädchen und ich machen das schon.«

Tarik kommt um nachzusehen, wo Malina bleibt, seine Mutter wuschelt ihm durch die Locken, ehe sie das Besteck auf ein Tablett legt und den Balkon ansteuert. Malina schnappt sich eine Schüssel mit frischem Salat von der Arbeitsfläche neben dem Herd, küsst Tarik auf die Wange und geht ebenfalls nach draußen.

»Mach dir keine Gedanken«, sagt er, als hätte er ihre gelesen. »Meine Eltern treffen sich ab und zu mit Nesrins Eltern, deshalb kennt sie sich hier aus und packt mit an. Wir sind um siebzig Ecken miteinander verwandt.«

Der Abend ist mild und alle sind guter Stimmung. Auf dem Balkon kann man kaum treten, weil so viele aus der Klasse gekommen sind. Duft nach gegrilltem Fleisch regt Malinas Appetit an, erst jetzt merkt sie, dass sie seit dem Frühstück nichts mehr gegessen hat. Ein paar Mädchen haben süßen Sekt mitgebracht, Malina bekommt ein Glas in die Hand gedrückt und spürt, wie schnell ihr der Alkohol bei dieser Wärme und auf leeren Magen zu Kopf steigt. Ich muss aufpassen, dass ich nicht aus der Rolle falle, denkt sie. Nicht hier, nicht an Tariks Seite und bei seinen Eltern. Eilig füllt sie sich einen Teller mit türkischen Köstlichkeiten auf, das meiste kennt sie nun schon. Tariks Mutter hat nicht nur Lammsteaks, Köfte und Wurst vorbereitet, es gibt auch vegetarische Falafel, Grillkäse, Pasteten und frischen Salat. Gut gelaunt lachen und reden alle durcheinander, Tarik tritt neben Malina, legt den Arm um ihre Schultern und schiebt ihr eine Olive in den Mund, sie lächelt ihn an; Nesrin zwinkert ihr zu. Die Stereoanlage im Wohnzimmer spielt über Tariks Laptop orientalischen Pop im Wechsel mit den Hits der letzten Jahre und aktuellen Charts. Als die ersten Takte des türkischen Dauerbrenners »Hadi bakalım« der Sängerin Sezen Aksu ertönen, kreischen alle Mädchen auf, stellen eilig ihre Getränke und Teller ab und fangen an zu tanzen, diesen Hit kennt jeder, zumindest alle, die jemals ihre Ferien in der Türkei verbracht haben. Nesrin bewegt sich so anmutig, wie Malina es noch nie bei ihr gesehen hat, zu ihr passt diese Musik besser als zu allen anderen hier, schlangenartig dreht sie ihre Arme und Hände, lässt ihre Hüften kreisen und ihre Schritte wirken so, als wäre sie mit diesem Lied auf die Welt gekommen. Ihre Augen strahlen und sie lächelt, wie sie in der Schule nie lächelt, Malina ertappt sich dabei, dass sie befürchtet, Tarik könnte sich in Nesrin verlieben. Ich könnte es ihm nicht einmal verdenken, fährt es ihr durch den Kopf; und ich mag sie so, sie soll glücklich sein, sie hat es so was von verdient. Wie schön würdest du jetzt ohne Kopftuch aussehen, denkt sie – doch dann schiebt sie diesen Gedanken beiseite, Nesrin ist nur Nesrin mit ihrem *Hidschab*, das sie freiwillig trägt, nicht unter Zwang, wie die anderen aus der Klasse sicher immer noch denken.

Auch Malina tanzt mit, bewegt sich auf Nesrin zu und albert mit ihr herum, genießt es, zum Tanzen einmal nicht in einem Club zu sein; überrascht stellt sie fest, wie wenig ihr der Lärm und die bunten Lichter fehlen. Ausgelassen nimmt sie die kleine Melek an den Händen und versucht, deren schon recht geschickte Bauchtanzbewegungen nachzuahmen.

»So doch nicht«, kichert Melek. »Du tanzt wie eine Holzpuppe, Malina!«

»Pass auf, was du sagst«, lacht Malina zurück und kitzelt Tariks Schwester in der Taille. »In meiner Klasse sagen alle, ich sei die beste Tänzerin von allen Mädchen!«

Später werden ruhigere Songs gespielt. Während Tariks Mutter umhergeht und herumstehende Teller und leere Schüsseln wegräumt, pirscht sich Jan zu Lydia vor, holt ihr etwas zu trinken, streicht ihr im Gespräch wie zufällig eine Haarsträhne aus dem Gesicht, lobt den Duft ihres Parfums, tanzt eng mit ihr. Noch forscher geht Enzo bei Nele vor, bereits nach wenigen Minuten nimmt er sie an die Hand und zieht mit ihr durch die Wohnung, offenbar auf der Suche nach einer ruhigen Ecke, wo er mit ihr ungestört sein kann. Malina spürt Unbehagen in sich aufsteigen, kapieren die überhaupt nichts, denkt sie; Tariks Eltern finden es bestimmt nicht toll, wenn in ihrer Wohnung hemmungslos Zärtlichkeiten ausgetauscht werden, da können sie noch so modern sein. Sie fängt Nesrins Blick auf und spürt, dass auch sie sich nicht mehr wohlfühlt, die Stimmung droht zu kippen, was denken die sich eigentlich alle, sie wissen doch, bei wem sie zu Gast sind. Malina bemerkt, dass Nele schon ein wenig beschwipst ist, ihr Gesicht glänzt und ihre Augen sind leicht gerötet, die lässige Hochsteckfrisur hat sich zu lösen begonnen, einzelne Strähnen ringeln sich über die Schulter und die Bluse hängt halb aus dem engen Rock. Malinas Augen suchen nach Luca, er muss doch merken, was da läuft, aber er steht über Tariks Laptop gebeugt und studiert die Playlist des Abends, typisch Musiker. Enzo zieht Nele weiter, Malina will sie rufen, mit ihr im Bad verschwinden, um sie abzulenken, ihr ins Gewissen reden, bitte, Nele, jeder Junge, aber nicht Enzo, der nutzt dich nur aus und morgen kennt er deinen Namen nicht mehr. Aber Enzo zieht Nele eilig weiter durch die Wohnung; schon öffnet er eine Zimmertür. Oh nein, schießt es Malina durch den Kopf, das muss das Schlafzimmer von Tariks Eltern sein, da hat Enzo nichts verloren, nicht einmal sie hat es je von innen gesehen. Doch Nele scheint zu erschrecken. Schnell und lautlos drückt sie die Tür wieder zu und zieht Enzo weg.

»Da betet einer«, flüstert sie Malina zu, die ihr gefolgt ist. »So richtig mit Gebetsteppich und Hinknien, Auf-den-Boden-werfen und so.«

»Dann wird es wohl Tariks Vater sein«, meint Malina und packt beide am Arm, um sie wegzuziehen. »Weg hier, stört ihn nicht.«

»Ja, kommt lieber hier weg«, bittet auch Tarik die beiden. »Gehen wir wieder raus. Meine Mutter hat noch mehr Süßes zu Essen hingestellt.«

»Deine Mutter, deine Mutter.« Enzo sieht genervt aus. »Was ist das überhaupt für eine Fete, wo die ganze Zeit die Eltern zu Hause sind? Kannst du sie nicht mal wegschicken? Das ist doch kein Kindergeburtstag! Meine gehen immer ins Kino, wenn ich eine Home Party mache. Filme mit Überlänge oder lange Nacht der Krimis, mindestens.«

»Meine nicht«, antwortet Tarik knapp. Seine Körperhaltung macht deutlich, dass zu diesem Thema alles gesagt ist. Stark, denkt Malina. Nesrin kommt und hakt sich bei ihr unter.

»Hier haben Tariks Eltern das Sagen«, bekräftigt sie.

»Kannst ja gleich mitbeten«, lästert Enzo. »Musst du nicht jetzt auch?«

Nesrin nickt ungerührt. »Eigentlich ja«, sagt sie. »Tarik auch und seine ganze Familie. So lange müsst ihr mal ohne uns auskommen.« Ihre Miene bleibt ungerührt, als Enzo den Kopf schüttelt und die Augen verdreht. Tariks Mutter kommt an ihnen vorbei.

»Ich hoffe, wir haben Ihren Mann nicht gestört«, sagt Malina. »Hält er die Gebetszeiten immer ein? Dazu braucht man bestimmt viel Disziplin.«

»Mein Mann ist sehr temperamentvoll und das weiß er«, erklärt Frau Cengiz. »Wenn er betet, kommt er zur Ruhe. Er lenkt dadurch seine Gedanken immer wieder zu Gott und wenn er sich über etwas geärgert hat, kommt er gar nicht dazu, richtig wütend zu werden. Die Gebete erinnern ihn daran, dass er ein guter, nachsichtiger Mensch sein möchte. Und davon haben wir alle in der Familie etwas.« Mit einem verschmitzten Lächeln zwinkert sie Malina zu.

»Ich hoffe, er hat sich nicht über uns geärgert«, sagt Malina erschrocken. Frau Cengiz schüttelt den Kopf.

»Es gibt etwas, worüber er und Tarik sich nicht einigen können«, deutet sie an. »Mach dir keine Gedanken. Mit dir hat es nichts zu tun.«

Ein guter Mensch sein. Das will ich auch, denkt Malina und hat einmal mehr das Gefühl, sich nie zuvor so nah bei Gott gefühlt zu haben. Der Islam scheint ihr Türen zu Gott zu öffnen, von denen sie vorher nicht einmal wusste, dass es diese überhaupt gibt. Plötzlich erscheint er ihr ganz nah. Beten, um sich auf das Wesentliche zu besinnen. Auf das, was im Leben wichtig ist – das will sie auch. Betet Tarik überhaupt?

Kurz darauf klingelt Marvin unten an der Tür, er und Noel sind rasch zum Getränkemarkt gegangen, um Nachschub an Bier zu besorgen, was besonders von den Jungs mit lautem

Gejohle begrüßt wird, wenig später ist bereits der halbe Kasten leer. Auf dem Balkon und in der Wohnung wird es lauter, besonders Enzo reißt lautstark Witze, um seinen Frust zu überspielen, nicht einmal Nele beachtet er mehr. Malina befürchtet, die Stimmung könnte ins Aggressive umschlagen, inzwischen ist es bereits nach 22 Uhr, eigentlich sollte es jetzt ruhiger werden statt immer ausgelassener.

»Lass nur«, flüstert Tariks Mutter, als sie Malinas besorgten Blick bemerkt. »Wir sind ja zu Hause, da ist es schon in Ordnung, wenn mal etwas ausgelassener gefeiert wird. Mein Mann trinkt in der Türkei auch ganz gern mal ein Bier oder einen Raki. Man kann immer eine Ausnahme machen, solange man niemandem schadet.« Sie lächelt ihr zu und geht in die Küche.

Niemandem schadet. Das ist cool, denkt Malina. Und eigentlich ganz einfach zu befolgen, ohne dass man sich übermäßig einschränken muss. Sie geht mit Tarik zurück auf den Balkon, Enzo steht an die Brüstung gelehnt und hat jetzt beide Arme von hinten um Jasmin geschlungen, die eigentlich einen Freund aus der Zwölften hat. In einer Hand hält er erneut eine Bierflasche, ab und zu setzt er sie an Jasmins Lippen und lacht laut, wenn sie etwas verschüttet, trinkt selbst in großen Schlucken. Nele steht neben Malina und legt ihr die Hand auf den Arm.

»Kommst du mal mit?«, fragt Nele leise und Malina nickt sofort, beide Mädchen steuern zusammen das Bad an, wie sie es immer machen, wenn sie zusammen unterwegs sind, egal ob in der Schule, beim Shoppen, im Club oder auf Partys. Malina stellt sich vor den Spiegel und bürstet ihr Haar durch, Nele prustet, als sie feststellt, wie zerzaust sie selbst aussieht.

Aus ihrer winzigen Umhängetasche fischt sie ebenfalls einen Kamm und ihren Lippenstift.

»Dich hat es richtig erwischt«, stellt sie mit einem amüsierten Blick auf Malina fest. »Du flirtest gar nicht mehr wie früher, sondern hast nur noch Augen für Tarik.«

»Flirten? In der Wohnung seiner Eltern, während seine kleinen Schwestern dabei sind? Wie bist du denn drauf?«, gibt Malina zurück. »Tarik und ich gehören zusammen und weißt du was – irgendwie gefällt es mir hier bei seiner Familie. Die Mutter ist endsüß, oder?«

»Auf jeden Fall ist sie gastfreundlich. Wie alle Türken«, gibt Nele zu. »Morgen wiege ich bestimmt zwei Kilo mehr nach dem vielen Essen. Trotzdem – man fühlt sich die ganze Zeit beobachtet und der Vater mit seinem Gebetsteppich … dass Tarik das nicht unangenehm ist, wundert mich.«

»Mich wundert eher, dass dir Enzo nicht unangenehm ist«, kontert Malina. »Dem ist es doch egal, welche Braut er befummelt, merkst du das nicht?«

»Das sagt die Richtige.« Nele bindet ihren Zopf neu und tuscht ihre Wimpern nach. »Bis vor ein paar Wochen hättest du hier auch nicht die brave Ehefrau gegeben. Apropos«, sie riegelt die Badezimmertür auf und blickt sich suchend um. »Werd bloß nicht so wie Nesrin, die hier einen auf Hausmütterchen macht. Das passt nicht zu dir, Malina.«

»Lass uns nicht streiten«, sagt Malina. »Dafür ist der Abend zu schade. Trinkst du noch einen Sekt mit mir?«

Erst als das letzte Tageslicht an diesem langen Frühsommerabend dem tintenblauen Nachthimmel gewichen ist, verabschieden sich die Klassenkameraden einer nach dem anderen. Lydia ist mit Jan zusammengekommen, den ganzen

Abend lang haben die beiden miteinander geredet und sich an den Händen gehalten, Lydia strahlt und hebt heimlich den Daumen in Malinas Richtung, als sie mit ihm die Party verlässt. Luca eilt emsig umher und füllt den Bierkasten mit leeren Flaschen, obwohl Tariks Mutter ihn entrüstet davon abhalten will.

Tariks Vater hat sein Gebet beendet und schaut Fußball im Fernsehen, ein paar Jungen haben sich zu ihm gesellt, auch Enzo starrt gebannt auf den Bildschirm, Jasmin auf seinem Schoß. Wie Malina erwartet hat, beachtet er Nele nicht mehr. Malina ist es nicht entgangen, dass sie den Pärchen ab und zu neidische Blicke zugeworfen hat. Es wäre schön, wenn sie auch einen Freund hätte, denkt Malina; auch Luca ist ein toller Junge. Dass er noch solo ist, liegt sicher nur an seiner Schüchternheit. Nesrin zieht ihr Handy aus der Tasche und wirft einen Blick darauf.

»Mein Bruder steht unten und holt mich ab«, sagt sie. »Also tschüss.«

Auf dem Balkon schlingt Tarik beide Arme um Malina.

»Du hast dich toll verhalten«, flüstert er. »Meine Mutter hat dich richtig gern. Danke.« Er drückt ihr einen Kuss auf die Schläfen.

»Toll? Ich habe nichts Besonderes gemacht«, wundert sich Malina.

»Eben«, lacht er. »Das war genau richtig.«

Malina legt ihre Hände auf seine und spürt, wie nah sie sich Tarik fühlt, ihm und seiner ganzen Familie. Sie haben überhaupt nicht gestört, denkt sie. Eigentlich war es so viel schöner; alle hatten Spaß, aber keiner ist ausgeflippt, niemand hat sich so besoffen, dass er kotzen musste, und Tariks

Vater mit seinem Gebet hat vielleicht Nele davor bewahrt, etwas zu tun, das sie später bereut.

Malina hat noch nie bei einem Jungen übernachtet. Wie gern würde sie sich jetzt nicht von ihm trennen müssen. Morgen zusammen aufwachen, mit seiner Familie frühstücken und dann sehen, was der Tag zu bieten hat.

»Kommst du mit?«, fragt Luca sie, als er und Nele bereits in der Tür stehen.

»Sie kommt gleich nach«, antwortet Tarik für sie. Malina bemüht sich, ihre Enttäuschung zu verbergen, natürlich geht es nicht, es macht nichts. Es muss nicht alles sofort sein, diese Erfahrung hat sie bereits gemacht. Niemandem schaden, auch nicht sich selbst. Man kann die Zeit nicht zurückdrehen.

Nele zwinkert ihr zu und zieht ihren Bruder die Treppe hinunter. Tarik kitzelt Malina sachte mit der Zunge am Hals. Aus der Küche dringt das leise Plätschern der Spülmaschine zu ihnen.

»Ich weiß, was du denkst«, flüstert Tarik und grinst verschmitzt. »Aber bei uns müssen Mädchen damit warten, bis sie verheiratet sind.«

»Ach, und Jungs wohl nicht?«

»Jungs auch. Aber bei uns bemerkt man ja nicht, was wir gemacht haben. Außerdem kann es nicht schaden, Erfahrungen zu sammeln.«

»Dazu gehören aber immer zwei.« Malina rückt ein Stück von ihm ab. »Wie soll ein Junge Erfahrungen sammeln, wenn kein Mädchen vor der Ehe Sex haben darf?«

»Mit Mädchen, für die andere Regeln gelten.«

»Tolle Logik.« Malina spürt, dass sie kurz davor ist, auszurasten. »Nimmst du deine Religion nicht ernst?«

»Jetzt reg dich nicht auf.« Tarik nimmt sie fest in die Arme. »Ich habe ganz allgemein gesprochen. Das heißt noch lange nicht, dass ich so bin.«

Malina nickt und verabschiedet sich. Unten an der Haustür warten Nele und Luca auf sie und stöhnen erleichtert auf, als Malina endlich zu ihnen tritt.

»Für eine Party warst du heute auffallend still«, bemerkt Luca auf dem Heimweg. Nele schnaubt leise. Malina seufzt innerlich und antwortet nicht gleich, sondern lässt ihren Blick schweifen und versucht, ihre Gedanken und Gefühle zu sortieren. Die Sehnsucht nach Tarik, die sich so schmerzvoll-schön anfühlt, gerade weil sie noch nicht alles miteinander tun dürfen. Seine Worte jetzt zum Schluss, die sich wie feine Nadelstiche anfühlen, störend. Seine Familie, immer wieder seine Eltern, die Malina so mag, und die Schwestern. Die Regeln seiner Religion, die auch Nesrins ist. »Du wirst sie schon noch kennenlernen«, hatte er an ihrem ersten Abend gesagt. Will ich das überhaupt, denkt sie. Will ich solche Regeln näher kennenlernen, die mir vorschreiben, wie weit ich in der Liebe gehen darf, solange ich nicht verheiratet bin? Wer ist mit sechzehn schon verheiratet?

Vorher darf man nicht. Das Gute daran ist, dass man es auch nicht *muss*, denkt Malina, von sich selbst überrascht. Darüber muss ich mit Nesrin unbedingt sprechen, nimmt sie sich vor. Sie hebt ihren Kopf und geht zügiger.

»Es war ja auch anders als sonst«, sagt sie.

* * *

Malina ist froh, als sie in Passau ankommt und von ihrer Cousine Hanna am Bahnhof abgeholt wird. Die letzten

Wochen haben sie aufgewühlt, sie ist froh, für ein paar Tage in eine andere Umgebung zu kommen, Abstand zu gewinnen.

»Jetzt erzähl mal«, fordert Hanna sie auf, nachdem sie zusammen mit deren Mutter zu Abend gegessen haben und in Hannas Zimmer verschwunden sind. Hanna hat sich auf ihr Bett fallen lassen, Malina lehnt sich in einem gemütlichen Ohrensessel zurück. »Was genau ist das zwischen dir und diesem türkischen Jungen in deiner Klasse? Passt denn ein Muslim zu dir, wo du selber überhaupt nicht gläubig bist?«

»Wenn ich das wüsste«, seufzt Malina. Dann beginnt sie zu erzählen. Von Nesrin und wie gut sie sich neuerdings mit ihr versteht. Wie es angefangen hat zwischen Tarik und ihr. Wie sie zusammengekommen sind. Von seiner Mutter, die so modern und westlich wirkt und doch so familiär und einfühlsam auftritt. Von Tariks Vater, der so fest im muslimischen Glauben steht, dass er sich mitten in einer Party zum Abendgebet zurückgezogen hat, aber auch davon, wie peinlich es ihr selbst war, dass von den Gästen niemand wirklich Lust hatte, Rücksicht darauf zu nehmen.

»Und du?«, hakt Hanna nach. »Ausgerechnet du schnurrst zusammen, weil sich ein Muslim vor aller Augen auf den Gebetsteppich wirft? Als Atheistin?«

»Merkwürdig, oder?«, stimmt Malina verlegen zu. »Aber etwas berührt mich daran. Auch mit Nesrin hätte ich mich sonst nie so gut angefreundet. Der Islam ist so einfach. Und längst nicht so streng, wie oft behauptet wird.«

Hanna steht auf, um die Betten zu beziehen. Ihre Lippen haben sich zu einem schmalen Strich verzogen.

»Das mag ja alles sein«, sagt sie. »Aber wenn du jetzt einen auf religiös machen willst, steht ja wohl das Christentum ganz vorne und nicht der Islam. Ich meine, wo leben wir denn? Hast du dich überhaupt schon mal mit unserer Religion befasst? Morgen kommst du erst mal mit zur Kirche, dann sehen wir weiter.«

* * *

Es ist schön hier, denkt Malina während der katholischen Messe am nächsten Morgen. Dieses reich geschmückte Kirchenschiff mit seinen bunten Fenstern, in denen sich das Sonnenlicht des Pfingstmorgens bricht. Die Gemälde an den Wänden, die biblische Szenen darstellen, und die Verzierungen aus Blattgold. Schön ist es, wie die Menschen hier in der Kirche zu jeder Zeit genau wissen, was sie tun müssen, während ich mir ahnungslos und unbeholfen vorkomme. Sie beten alle gleichzeitig, wissen die Worte dazu im Schlaf, kennen die Lieder, die gesungen werden wie die Schlaflieder ihrer Kindheit. Sie wissen, wann sie knien müssen und wann aufgestanden wird, sie halten inne, lauschen, schweigen, singen und beten. Sie kommen zur Ruhe, finden zu Gott und zu sich selbst und sind zusammen, obwohl im Gottesdienst kein Gespräch stattfindet. Die Liturgie können sie im Schlaf, viele von ihnen sind vielleicht schon seit der Kindheit damit vertraut, so wie Hanna. Beneidenswert; wo immer sie eine Kirche aufsuchen, werden gewiss überwiegend dieselben Verse gelesen, dieselben Segensworte gehört, die liebgewordenen Lieder gesungen, die auswendig beherrschten Gebete gemurmelt. Sie wissen, wo sie hingehören, können sich durch das alles in jeder Kirche ihrer Konfession zu Hause fühlen.

Als Kind auswendig gelernte Sachen vergisst man nie mehr, und wenn doch, sind sie durch Geräusche, Bilder, Musik oder Düfte jederzeit wieder abrufbar wie ein Déjà-vu, das einen in vergangene Zeiten zurückkatapultiert, in ein Zuhause. Diese Menschen hier haben ein spirituelles Zuhause. Eine Heimat in der Gemeinde, im Glauben, in den Ritualen der Messe. In dem Geruch nach Weihrauch, den stimmungsvollen Kerzen, dem Anblick des Priesters und der Messdiener. Es geht um die Religion, um Gott. Darum, einmal alles abzugeben an eine Macht, sie sich mit Logik und Vernunft nicht erklären lässt. Das eigene Schicksal abgeben an etwas, das zwischen den Zeilen steht. Etwas, das größer ist als der menschliche Verstand.

Kann es das alles hier geben, wenn es Gott nicht gibt, überlegt Malina, der es unangenehm ist, dass sie nicht mitsprechen kann und sich immer im falschen Augenblick hinknien will. Können all diese Menschen sich so sehr irren? Es ist etwas Besonderes spürbar in diesem Raum, das sie so noch nie wahrgenommen hat. Etwas wie eine Art Geist oder Kraft, das sie alle miteinander verbindet, ihrem Dasein einen Sinn gibt. Eine Hoffnung auf etwas, das sich jetzt noch nicht erahnen lässt und den Gläubigen aber doch gewiss erscheint. Etwas, das sie gemeinsam haben.

Auch Hanna ist hier zu Hause, stellt Malina fest, während sie ihre Cousine beim Verrichten ihrer Aufgaben als Messdienerin beobachtet. Hanna wirkt stolz und froh, als sie dem Priester den Kelch mit dem Abendmahlswein und die Hostien reicht. Auch ihr weißes Gewand trägt sie mit der gleichen Selbstverständlichkeit wie ihre Jeans, nur mit mehr Sorgfalt, sie achtet darauf, nirgends hängenzubleiben und den Saum nicht zu beschmutzen, doch auch dies tut sie ohne aufgeregte Sorge, es ist ein Teil des Ganzen. Hanna trägt das alles in sich, den Glauben, die Zugehörigkeit zu dieser Gemeinschaft. Erst jetzt begreift Malina, dass sie ihrer Cousine dies immer schon angemerkt hat. Nichts, was Hanna tut, tut sie einfach nur so, alles hat einen Sinn und führt zu etwas anderem, egal ob sie ein Buch liest, Hausaufgaben macht, einkaufen geht, Malina etwas beibringt oder einen Jungen trifft. Sie weiß, warum und wofür sie das alles tut. Sie glaubt an etwas Großes, Ganzes.

Das habe ich bisher nicht getan, überlegt Malina und spürt eine Art Neid oder Eifersucht.

Als der Pfarrer zu predigen beginnt, hört Malina aufmerksam zu, vielleicht findet sie in den Worten des Pfarrers eine Antwort auf all die Fragen, die seit Wochen in ihr brodeln. Die Frage nach dem Sinn des Lebens. Malina kommt sich selbst vor wie ein riesiges Fragezeichen. Sie lauscht angestrengt. Vom Heiligen Geist ist die Rede, durch den Gott nach Christi Himmelfahrt unsichtbar, aber lebendig und an seinen Wirkungen durch den Menschen erkennbar bleibe. »Fünfzig Tage nach Ostern, nach der Auferstehung Jesu von den Toten«, sagt der Priester, »ist der Heilige Geist erstmals über die Apostel gekommen und hat bei ihnen bewirkt, dass Menschen anderer Sprache sie verstehen konnten, als sie von Gott erzählten. So soll der Heilige Geist auch heute in uns wirken. Wenn es um Andersdenkende oder Menschen anderer Herkunft geht, aber auch Menschen, von denen wir uns aus anderen Gründen ganz bewusst abgrenzen, müssen wir unser Augenmerk nicht nur auf das richten, was uns trennt, sondern vor allem auf das, was uns verbindet. Da, wo wir die

Sprache der Liebe sprechen, sind auch wir vom Heiligen Geist erfüllt, dann tragen auch wir das Feuer des Heiligen Geistes in uns. Holt euch also euer eigenes Pfingstwunder ab, heute und immer wieder. Und wenn ihr erfüllt seid von Gottes Kraft, wenn ihr fühlt, wie gut es ist, zu Jesus Christus zu gehören, Gottes Vergebung durch ihn zu erfahren, und wenn ihr gefunden habt, wonach ihr euch vielleicht schon lange gesehnt habt: Zufriedenheit, innere Ruhe und Glück – dann ist der Geist des Pfingstfestes auch bei euch angekommen.«

Zufriedenheit, innere Ruhe, Glück. Schön wäre das schon. Irgendwo ankommen, wissen, wie es weitergeht. Wohin mich mein Weg führt, oder meinetwegen sogar: Wohin Gott mich führt denkt Malina. Aber dieser Heilige Geist ... und Jesus ... Gott in drei Gestalten, das ist zu viel auf einmal, zu schwer zu verstehen. Es hört sich schön an, aber es dringt nicht zu mir durch. Es wirkt so bemüht, so verkrampft. Die Kreuzigung Jesu, dieses unglaubliche Opfer macht mir Schuldgefühle, da kann noch so viel von Vergebung geredet werden. Ich will nicht schuld daran sein.

10.

Malina wirkt verändert, als sie wieder zu Hause in Berlin ist.

»War irgendwas?«, erkundigt sich Simone. »Habt ihr euch gestritten?«

Malinas Zug ist abends angekommen, jetzt sitzen sie zu dritt am Tisch, Simone hat Lasagne gemacht, mit gemischtem Hackfleisch aus Rind und Schwein. Gut, dass Tarik erst später kommt, denkt Malina; er könnte nicht mitessen und eigentlich geht das so nicht. Malina war bei ihm schon mehrmals zu Gast und hier wäre er ausgeschlossen, weil es Schweinefleisch gibt. Einem Jungen kann man nicht zumuten, nur Salat zu mümmeln, Tarik ist kein Veganer.

»Quatsch«, antwortet Malina und schiebt sich etwas geschmolzene Käsekruste in den Mund. »Im Gegenteil, wir haben richtig gut geredet. Auch wenn wir nicht in allem einer Meinung sind.«

»Lass mich raten«, witzelt Lasse. »Hanna wollte eine katholische Nonne aus dir machen und unser Partygirl hat sich gewehrt.«

»So war es nicht.« Malina schüttelt den Kopf. »Es ging um Religion, ja … aber anders. Dass es einen Gott gibt, daran zweifle ich gar nicht mehr, aber …«

»WAS?« Lasse fällt die Gabel aus der Hand, er springt auf

und klopft Simone auf den Rücken, die sich an ihrer Bio-Limonade verschluckt hat. »Das sagst gerade du? Bist du in der Kirche ins Weihwasser gefallen oder wie?«

»Ich staune auch«, bemerkt Simone, noch etwas außer Atem. »Religion war doch nie ein Thema bei uns, ich habe immer versucht, euch beide zum selbstständigen, humanistischen Denken zu erziehen. Wir lassen uns doch nicht von Jahrtausende alten, überholten Vorschriften unser Leben diktieren.«

»Und genau das tust du jeden Tag«, erwidert Malina. »Weil es einfach Werte sind, die immer noch gelten, die Zehn Gebote zum Beispiel. Man merkt nur gar nicht, wie sehr man sie verinnerlicht hat, dabei leiten sie uns und geben unserem Leben eine Struktur. Und irgendwie einen Sinn. Es nützt ja nichts, durchs Leben zu geistern wie eine Seifenblase, schön bunt und schillernd, die aber irgendwann zerplatzt, und dann bleibt nichts zurück. Religion hilft einem, sich darauf zu besinnen, wer man ist und wo man eigentlich herkommt. Und irgendwie auch … naja, Hoffnung, dass mit dem Tod nicht alles zu Ende ist.«

»Also bei mir ist dann alles zu Ende«, sagt Simone. »Ab in die Erde und das war's. Dieser ganze Glaube an ewiges Leben und so hält sich nur so hartnäckig, damit wir nicht an der Tatsache verzweifeln, dass wir irgendwann vergraben und vergessen sein werden.«

»So sehe ich das auch«, pflichtet Lasse ihr bei.

»Schade.« Malina zuckt mit den Achseln. Gerne würde sie sich weiter über das unterhalten, was sie bewegt. Über die Gespräche mit Hanna und darüber, dass es ihr in der Kirche zwar gefallen hat, sie aber noch nicht das fand, wonach sie sucht, weil es sie nicht berührte. Darüber, dass sie nicht einmal selbst weiß, *was* sie eigentlich sucht.

Als sie wieder in ihrem Zimmer ist, durchsucht sie das Internet nach weiteren Religionen. Erfährt, dass das Christentum und der Islam dem Judentum entstammen. Dass Abraham, der Urvater des Judentums, auch von den beiden anderen Weltreligionen als solcher anerkannt wird und es schon deshalb Unsinn ist, wenn Anhänger dieser drei Religionen einander vorwerfen, dem falschen Glauben zu folgen. Sie liest über die Feste des Judentums, stellt Gemeinsamkeiten und Unterschiede zum Christentum und zum Islam fest.

Danach liest sie sich über den Buddhismus fest und erfährt, dass es dort keinen Gott gibt, der gebietet, was man tun oder lassen soll. Der Mensch ist für sein Handeln selbst verantwortlich. Nur durch Überwindung von Gier, Hass und Wahn kann er positives Karma anhäufen und mit Selbstlosigkeit, Freundlichkeit, Güte und Wissen zu einer glücklichen Wiedergeburt gelangen. Im nächsten Leben muss er aber erneut gutes Karma anhäufen, um schließlich nach mehreren Lebenskreisläufen das endgültige buddhistische Heilsziel, das Nirwana, zu erlangen. Erstaunt stellt Malina fest, dass die fünf Silas-Regeln des Buddhismus den Zehn Geboten des Judentums, aber auch vielen islamischen Regeln mehr als ähnlich sind.

»Eine Religion ohne Gott«, murmelt sie vor sich hin, als sie schließlich den PC herunterfährt. »Vielleicht wäre das was für Mama. Für mich aber nicht.«

Später kommt Nele kurz vorbei, doch sie verdreht die Augen, als Malina vom Thema Religion anfängt. Mit Luca kann ich bestimmt darüber reden, denkt sie, doch Nele hat gleich am Anfang verkündet, er sei bei der Bandprobe. Malina ist froh, dass er sie dadurch nicht gleich mit seinen Plänen überfallen kann. An ihrem Poetry-Slam-Text hat sie noch immer nicht gearbeitet, in der Bahn auf der Rückfahrt aus Passau hat sie es versucht, doch es sind nur Gedankenfetzen geworden, die sie in die Notizbuch-App ihres Handys getippt hat. Es ist noch nicht so weit, ihre Gedanken sind noch nicht klar genug. Vielleicht hat sie kein Talent.

Am Abend spricht sie mit Tarik darüber, eher beiläufig zunächst, sie kann sich noch nicht wieder ganz auf ihn einlassen, auf seine Zärtlichkeiten, seine witzig gemeinten Sprüche und die Art, wie er sie in der Taille kitzelt, um ihre Aufmerksamkeit zu erregen. Sie haben sich im Volkspark Schöneberg getroffen, die weitläufigen Rasenflächen um sie herum leeren sich allmählich. Mütter mit Kindern falten ihre Decken zusammen und stopfen Spielzeug und Proviant zurück in die Rucksäcke, Liebespaare schieben ihre Fahrräder nebeneinander her, Rentner genießen auf Bänken die letzten Sonnenstrahlen, bevor die Nacht beginnt. Von weitem ist das Rauschen des Springbrunnens vor dem historischen U-Bahnhof zu hören. Tarik sitzt an eine Robinie gelehnt, Malina vor ihm an seiner Brust.

»Du bist so ernst«, stellt er fest. »Was ist los?«

Malina erzählt ihm vom Gottesdienst in Passau, der Atmosphäre dort, versucht ihm nahezubringen, was sich in ihr verändert hat – nicht erst seitdem. Tarik schlingt von hinten seine Arme um sie.

»Siehst du, sag ich doch«, lacht er. »Es hat keinen Sinn, Gott auszuklammern. Man muss nicht tief religiös sein und alle Vorschriften akribisch befolgen, aber ganz ohne Allah –

das geht nicht. Ich wusste, dass du es eines Tages verstehen würdest.«

Gott. Allah. Malina spürt, dass ihr das alles zu viel wird, sie will jetzt nicht weiter mit Tarik über Religion reden, erst will sie selbst alles verarbeiten, mehr lesen, mehr erfahren. Aber ein Anfang ist gemacht, das fühlt sie ganz sicher, zum ersten Mal in ihrem Leben hat sie das Gefühl, dass sie begonnen hat, zu einer Gesamtheit zu gehören, eine Verbindung zur Welt zu haben, zu einem Schöpfer und zu anderen Menschen. Für heute muss das genügen, aber es wird weitergehen. Eines Tages wird sie ankommen, ihr spirituelles, ihr religiöses Zuhause gefunden haben, ihr Nest bei Gott, wenn sie sich schon in der eigenen Familie nicht ganz wie in einem Nest fühlt.

Selbstständig denken hat Simone ihren Erziehungsstil und ihre Grundsätze genannt. Gut und schön. Manchmal will man das aber gar nicht, sondern einfach nur aufgehoben sein. Sicher im Arm, so wie jetzt bei Tarik, nur noch geborgener, umhüllt von einer großen, sicheren Kraft, die sich mit menschlichen Worten nicht beschreiben lässt.

Menschliche Worte. Gott hat uns auch die Sprache gegeben, man kann so viel damit ausdrücken. Über die Liebe wird oft geschrieben, unzählige Lieder, Romane, Filme, Theaterstücke und Gedichte handeln davon. Jetzt in Tariks Armen muss Malina unwillkürlich an ihr Lieblingsgedicht denken.

»Kennst du ›Was es ist‹ von Erich Fried?«, fragt sie ihn und verschränkt ihre Hände mit seinen.

»Du weißt es sicher auswendig, wenn es dir so viel bedeutet.«

»Seit Monaten will ich es in Schönschrift aufschreiben und mir an die Wand hängen«, gibt Malina zu. »Klar weiß ich es aus dem Kopf:

Was es ist

Es ist Unsinn
sagt die Vernunft
Es ist was es ist
sagt die Liebe

Es ist Unglück
sagt die Berechnung
Es ist nichts als Schmerz
sagt die Angst
Es ist aussichtslos
sagt die Einsicht
Es ist was es ist
sagt die Liebe
Es ist lächerlich
sagt der Stolz
Es ist leichtsinnig
sagt die Vorsicht
Es ist unmöglich
sagt die Erfahrung
Es ist was es ist
sagt die Liebe«

»Das gefällt mir«, sagt Tarik dicht an ihrem Ohr. »Passt zu uns.«

»Finde ich auch. Und du? Hast du auch ein Lieblingsgedicht?«

»Klar«, antwortet er und Malina spürt, wie er einatmet, sich sammelt. »Ein Gedicht ist es eigentlich nicht, aber es gibt keinen Text, der mir mehr bedeuten könnte.«

»Mach's nicht so spannend«, drängelt Malina. »Oder kannst du ihn nicht?«

»Spinnst du«, gibt Tarik zurück, in seiner Stimme schwingt ein leicht zorniger Unterton mit. »Wenn ich den nicht auswendig wüsste, wäre ich kein Mensch. Also: La illaha illa llah, Muhamadan rasulu llah.«

»Aha. Jetzt bin ich so schlau wie vorher. Gibt es das auch auf Deutsch?«

»Klar: Es gibt keinen Gott außer Allah, und Mohammed ist sein Gesandter. Das war Arabisch, die Sprache des Korans.« Tarik atmet aus und schweigt, lässt die Worte nachwirken, auch Malina redet nicht gleich. Mit allem habe ich gerechnet, denkt sie. Mit einem Rap, einem Songtext, meinetwegen mit einem alten türkischen Kinderlied, das ihm seine Mutter oder Großmutter vorgesungen hat, als er noch klein war. Oder irgendeinem Gedicht aus der Schule, viele Jungs fanden »John Maynard« spannend, das sie in der 6. Klasse lernen mussten. Das lange Heldengedicht über einen Schiffssteuermann, der sein brennendes Passagierschiff »Schwalbe« in den sicheren Hafen steuerte und alle Leben rettete, selbst aber umkam. Aber dieser Text über Allah, wo Tarik nicht halb so fromm ist wie zum Beispiel sein Vater?

»Es ist der wichtigste Text im Leben«, erklärt Tarik. »Für jeden Muslim. Der erste Text, den wir gleich nach der Geburt ins Ohr geflüstert bekommen, also begleitet er uns durchs ganze Leben.«

»Verstehe«, flüstert Malina.

»Das islamische Glaubensbekenntnis erinnert uns immer daran, wer wir sind und zu wem wir gehören, egal was passiert oder wo auf der Welt wir uns gerade befinden.«

»In der Kirche wurde auch ein Glaubensbekenntnis gesprochen.«

»Und? Erinnerst du dich daran?«

Malina knufft ihn sanft mit dem Ellbogen in die Seite. »So schnell hättest du es dir auch nicht gemerkt«, behauptet sie. »Das Glaubensbekenntnis der Christen ist viel länger als eures.«

»Hat es dir gefallen?«, will Tarik wissen. Malina überlegt einen Augenblick lang.

»Ich hoffe, ich finde noch heraus, was mir gefehlt hat«, sagt sie.

* * *

Ein paar Wochen später schlägt Frau Krafft vor, im Rahmen des Ethikunterrichts die Şehitlik-Moschee am Columbiadamm im Bezirk Neukölln zu besuchen.

»Wo das Thema Weltreligionen schon unter euch aufgekommen ist, kann es nicht schaden, einmal das Gotteshaus der Muslime kennenzulernen«, meint sie. Die meisten aus der Klasse nicken zustimmend, Malina und Nesrin lächeln einander an. Malina spürt ihr Herz schneller schlagen, spürt den Puls bis in die Halsschlagader und ein aufgeregtes Ziehen im Bauch. Bastian meldet sich.

»Die Idee finde ich gut«, sagt er. »Aber nur, wenn wir in

der Woche darauf eine Kirche besuchen. Den Berliner Dom oder die Gedächtniskirche. Auch die katholische Kirche Sankt Ludwig in Wilmersdorf ist sehenswert.«

»Du rennst doch sowieso dauernd in die Kirche.« Enzos Stimme aus der letzten Reihe.

»Aus gutem Grund«, erwidert Bastian. »Und unsere muslimischen Mitschüler können sich ruhig auch mal eine ansehen. Warum sollte Toleranz und Verständnis immer nur von uns ausgehen?«

»Von dir geht nur Besserwisserei aus«, tönt Enzo erneut.

»Ich gehe in keine Kirche«, ereifert sich Nesrin. »Sonst kriege ich Stress mit meinen Eltern. Sie wollen nicht, dass ich Jesus anbete.«

Alle drehen sich zu ihr um und starren sie an. »Sollst du doch gar nicht«, sagt Jannik. »Es geht nur darum, das wir uns *gegenseitig* die Gotteshäuser zeigen. Sieh es doch einfach so, als ob du ins Museum gehst.«

»Eine Kirche ist aber kein Museum«, entgegnet Nesrin.

»Seht ihr, was hab ich gesagt.« Bastian lehnt sich in seinem Stuhl zurück. »Die Moslems verlangen immer Toleranz und dass wir sie integrieren und weiß der Kuckuck was noch alles. Immer sollen wir auf sie zugehen. Aber umgekehrt – Fehlanzeige.«

»Nesrin integriert sich super«, widerspricht Malina in das anschwellende Murmeln derer hinein, die Bastian Recht geben.

»Ich integriere mich auch.« Tarik grinst und wirft Malina einen Luftkuss zu.

Bastian schüttelt den Kopf, die Mundwinkel herabgezogen. »Wir können auch anders«, sagt er mit warnendem

Unterton. »Wenn die Moslems nicht mit in die Kirche kommen, ist der Moscheebesuch ja wohl auch gestorben.«

»Sehe ich auch so«, pflichtet Luca ihm bei und erntet einen entsetzten Blick von Malina.

»Das mit der Kirche war dein Vorschlag, nicht der von Frau Krafft«, wirft Nele ein.

»Sind wir kleine Kinder, die nur machen, was der Lehrer sagt?« Enzo ist noch immer auf Provokation aus. Wieder entsteht Unruhe in der Klasse, jeder äußert lautstark seine Meinung, Frau Krafft versucht einzugreifen, ehe der Streit außer Kontrolle gerät, doch erst Minuten später ebbt der Lärm ab. Malina redet leise auf Nesrin ein, versucht sie zu beruhigen.

»Stimmen wir am besten ab«, beschließt die Lehrerin. »Wenn zu wenig Interesse am Moscheebesuch besteht oder Bedingungen gestellt werden, bevor die Exkursion überhaupt stattgefunden hat, wechseln wir eben das Thema, der Lehrplan gibt genug andere Unterrichtsstoffe her. Wer ist dafür, dass wir gehen?« Stumm zählt sie die erhobenen Hände durch, nickt zufrieden, dann bleibt ihr Blick an Nesrin und Malina hängen, die noch immer in ihre Diskussion vertieft sind und von der Abstimmung nichts mitbekommen haben.

»Die Damen?« Frau Krafft tritt neben Malina, beide Schülerinnen zucken zusammen. »Wollt ihr, dass wir im Klassenverband in die Moschee gehen oder nicht?«

Malina und Nesrin blicken auf, Nesrin zögert.

»Über den Kirchenbesuch entscheiden wir jetzt noch nicht«, wiederholt Frau Krafft. »Also?«

Nesrin nickt, von der Lehrerin mit einem zufriedenen Lächeln quittiert.

»Malina?«

In die Moschee. Malina kann es kaum glauben, was ist das nur, denkt sie; wieso freue ich mich darauf noch mehr als auf die Messe in Passau? Sie blickt auf und zu Tarik hin, er lächelt ihr zu und da ist es wieder, dieses Ziehen im Bauch, Malina ist immer noch unsterblich verliebt, gerade in letzter Zeit ist es immer schöner geworden zwischen ihm und ihr. Sie spürt selbst, dass ihre Augen strahlen wie zwei Bühnenspots, als sie Frau Krafft ansieht und ebenfalls nickt.

»Ja«, antwortet sie. »Ja, ich will.«

Enzo lacht wiehernd. »Meine Fresse«, grölt er. »*Ich will.* Malina, du klingst, als ob du heiratest.«

* * *

Am Morgen des Moscheebesuchs ist Malina stiller als sonst.

»Gestern habe ich einen Obdachlosen in der Schlossstraße gesehen, der völlig fertig war«, erzählt Luca, der sich in der U-Bahn neben sie gesetzt hat. »Es war so heiß und er hatte bestimmt den ganzen Tag noch nichts gegessen und auch nicht viel getrunken. Ich musste ihm einfach helfen, also bin ich zum nächsten Imbissstand und habe eine Portion Chinapfanne und eine große Flasche Mineralwasser für ihn gekauft. Der hat sich vielleicht gefreut, sag ich dir.«

»Echt super von dir.« Malina bemüht sich, ihn aufmerksam anzusehen, und nickt. »Eigentlich sollte es selbstverständlich sein, dass alle so was machen.«

»Das erste Benefizkonzert könnte für die Stadtmission sein«, fährt er fort. »Die leisten tolle Arbeit für Obdachlose.«

»Super Idee«, beteuert Malina. Gleich darauf verfällt sie jedoch erneut in Schweigen. Aus den Augenwinkeln bemerkt sie, dass Nele die Augen verdreht und ihrem Bruder irgendetwas zuflüstert; Luca hebt die Schultern. Dann eben nicht, denkt Malina. Ihr müsst mich nicht verstehen, ich sehe ein, dass ich nicht erwarten kann, dass einer von euch dasselbe fühlt, was ich fühle. Sie wendet sich Nesrin zu, deren Kopftuch ein wenig verrutscht ist, trotz der sommerlichen Temperaturen weht ein starker Wind. Nesrin bittet Malina, ihr das Tuch mit einer speziellen seitlichen Faltenlegung wieder am Kopf zu befestigen, und Malina ertappt sich bei dem Gedanken, wie sie selbst wohl damit aussehen würde.

»Man sieht nichts«, beruhigt sie die Freundin, nachdem alles wieder am richtigen Platz sitzt. »Deine Haare hast du mit dem Untertuch gut versteckt.«

Nur mühsam kann Malina ihre Aufregung zurückhalten, als das imposante weiße Moscheegebäude vor ihren Augen auftaucht. In dieser Gegend war sie kaum jemals vorher, sonst hätte sie diesen Bau längst bemerkt, der sich geradezu majestätisch gegen den blassblauen Sommerhimmel abhebt.

»Ach, hier ist das«, sagt Marvin auf einmal. »Gleich daneben ist der Friedhof, wo mein Opa liegt. Wenn meine Oma da harkt und gießt, ist sie jedes Mal genervt, wenn der Gebetsruf kommt.«

»Ich finde so was gut«, widerspricht Malina. »Zwei so wichtige Stätten verschiedener Religionen und Kulturen nebeneinander.«

Vor dem Eingang müssen sie kurz warten, dann erscheint eine junge Muslimin, die sich als Ceyda vorstellt und ankündigt, sie werde die Klasse nun ins Innere der Moschee führen, etwas zur Geschichte des Gebäudes erzählen und alle Fragen beantworten.

»Die trägt kein Kopftuch«, tönt Noel. »Kannst du dir ein Beispiel nehmen, Nesrin.«

»Halt die Klappe«, zischt Malina und funkelt ihn so wütend an, dass er sich duckt und die Arme um seinen Kopf legt, als müsse er sich vor ihr schützen.

»Bevor wir eintreten, ziehen Sie sich bitte die Schuhe aus«, bittet sie. »So ist es Vorschrift.«

Ein paar Jungs witzeln über miefige Käsesocken, leisten der Aufforderung jedoch Folge. Alle stellen ihre Schuhe in ein Regal im Vorraum und folgen Ceyda in den großen Gebetsraum.

»Hier sind keine Stühle wie in der Kirche«, flüstert Lydia erstaunt. Jannik löst sich von ihr und lächelt still in sich hinein, während er auf Socken über den Teppichboden geht. Enzo, Marvin und Noel schubsen sich ein wenig, doch ein Blick von Ceyda und sie verstummen. Nele und Luca streifen mit langsamen Schritten durch den Raum, genau wie fast alle aus der Klasse können sie ihr Staunen kaum verbergen. Der Gebetsraum wirkt hell und gepflegt mit den in den Teppichboden eingewebten Gebetsplätzen in leuchtenden Farben und den strahlend weißen Wänden mit kunstvoll aufgemalten Ornamenten. Malina steht ganz still in der Mitte des Raumes und lässt diesen auf sich wirken. Sie hört nicht, was die anderen reden, nicht einmal Nesrins Worte dringen zu ihr durch. Tarik kommt und fragt leise, ob es ihr hier gefalle; Malina streift ihn nur mit ihrem Blick und nickt. Wie wäre es wohl, wenn ich öfter herkäme, überlegt sie. Wenn ich hier nicht nur zur Besichtigung wäre wie eine Touristin, sondern an diesen Ort mein Zuhause hätte, mein religiöses Zuhause, meine Gemeinde. Verrückt, wo ich noch bis vor kurzem behauptet habe, es gäbe keinen Gott. Hier spüre ich ihn. Wenn überhaupt irgendwo, dann hier.

Dem Vortrag der Moscheeführerin über die Geschichte des Gotteshauses lauscht Malina nur mit halbem Ohr. Später, später einmal wird sie sich über alles informieren, im Moment zählt nur diese Verbindung, die sie zu ahnen beginnt, die Verbindung zu etwas Großem, Ganzen, zu dem sie dazugehören möchte. Nach den sachlichen Informationen leitet Ceyda über zur Fragerunde und ermutigt die Schülerinnen und Schüler, ohne Scheu alles zu äußern, was sie über die Moschee und den Islam wissen möchten.

»Schränkt einen der Islam nicht total ein?«, will Nele wissen. »Ich glaube, ich hätte ständig Angst, irgendwas falsch zu machen und bestraft zu werden, wenn ich nicht alles so mache, wie es der Koran befiehlt.«

»Oh, keine Angst vor dem Koran«, antwortet Ceyda. »Natürlich gibt es Regeln und Vorschriften, aber vor allem will der Koran beruhigen und ermutigen. Ich zitiere einmal eine Sure aus dem Koran, es ist die Sure 96, Vers 5-8: ›Also gewiss, mit der Erschwernis ist Erleichterung, gewiss, mit der Erschwernis ist Erleichterung. Wenn du nun fertig bist, dann strenge dich an und nach deinem Herrn richte dein Begehren aus.‹ Ihr merkt also, Allah meint es gut mit dem Menschen!«

»Aber nur mit Moslems«, wirft Noel ein. »Alle anderen sollen doch mit dem Sprengstoffgürtel abgemurkst werden, oder etwa nicht?«

»Totaler Blödsinn«, widerspricht Tarik. »Wer so was sagt, versteht den Islam falsch.«

»Ach?« Enzo stellt sich breitbeinig auf und verschränkt

die Arme vor der Brust. Ceyda nickt. »Wir in der Moscheegemeinde distanzieren uns von Gewalt und der Koran tut dies auch«, erklärt sie. »Der Islam respektiert die anderen monotheistischen Weltreligionen. Das beweist der 62. Vers aus Sure 2: ›Gewiss, diejenigen, die glauben, und diejenigen, die dem Judentum angehören, und die Christen und die Sabäer – wer immer an Allah und an den Jüngsten Tag glaubt und rechtschaffen handelt, die haben ihren Lohn bei ihrem Herrn, und keine Furcht soll sie überkommen, noch werden sie traurig sein.«

»Das steht da drin?«, wundert sich Jannik. »Nichts vom Töten aller Nichtmuslime? Was ist mit dem *Dschihad*, dem Heiligen Krieg?«

»Sogenannte Dschihad-Organisationen haben nichts, aber auch gar nichts mit dem Islam zu tun«, versichert Ceyda. »Ihre Aktionen sind den Grundsätzen des Islam völlig entgegengesetzt, denn der Islam ist eine Religion des Friedens. Der Mensch im Islam strebt danach, die Gesetze Allahs zu befolgen und sich dadurch mit ihm zu verbinden. Dschihad bedeutet nicht ›Heiliger Krieg‹, sondern ›Bemühen, Anstrengung‹, sich selbst von unguten Neigungen und Handlungen zu befreien und ein höheres, besseres Niveau zu erlangen. Damit ist nicht nur der individuelle Mensch, sondern die Gesellschaft, ja die gesamte Menschheit gemeint. Gewalt ausüben darf man nur, um sich zu verteidigen, nicht um andere Religionen zu bekämpfen.«

»Aber genau das tun die Dschihadisten.«

»Deshalb distanziert sich die Mehrheit aller Muslime von ihnen«, betont Ceyda erneut. »Und wir bedauern es sehr, dass wir so oft mit ihnen in einen Topf geworfen werden. Judentum, Christentum und Islam entstammen alle drei der Tradition Abrahams und alle drei Religionen berufen sich auf den einen Gott. Der Islam erkennt die anderen beiden Religionen an und es gibt nach dem Koran keinen Zwang zum Glauben oder zum Übertritt zum Islam. Glaube muss freiwillig geschehen, sonst ist er nicht echt. Und mit Gewalt geht das schon gar nicht.«

»Aber auch wenn alle drei an denselben Gott glauben – seid ihr Muslime nicht gegen Jesus?«, erkundigt sich Bastian.

»Auf keinen Fall«, entgegnet Ceyda. »Wir verehren Jesus sogar sehr als einen der wichtigsten Propheten – nur eben nicht als Gottes Sohn, den es für uns nicht geben kann. Für uns ist die Dreieinigkeit Gottes, wie Christen sie beschreiben, unlogisch. Es zählt nur Gott allein, wir können uns nicht vorstellen, jemand anderen anzubeten. Aber Jesus war für uns ein wahrer und echter Gesandter Gottes. Wir glauben an die Wunder, die er getan hat, und verehren auch seine Mutter Maria als eine der wenigen Frauen, die so rein und keusch war, dass Allah sie auserwählt hat. Deshalb sind wir entsetzt, wenn Christen glauben, wir würden sie wegen Jesus bekämpfen. Allerdings kam nach ihm noch Mohammed – für uns der wichtigste Prophet. Er hat von Allah den Koran empfangen. Aber anbeten tun wir ihn nicht. Das gebührt nur Allah allein.«

Malina spürt, dass die Kluft zwischen den christlichen, atheistischen und muslimischen Mitschülern zu schrumpfen beginnt, zum ersten Mal hören alle wirklich zu, selbst Enzo und seiner Gefolgschaft scheinen die Sprüche ausgegangen zu sein. Sie spürt ein nie gekanntes Gefühl durch ihren Körper strömen, fast wie verliebt sein fühlt es sich an, wie der erste Tag mit Tarik, nein, doch anders, das hier ist umfassender, größer. Der Islam stellt klare Regeln auf, meint es gut mit dem Menschen, will ihm helfen, durch den richtigen Lebenswandel ganz nah zu Gott zu kommen. Klare Regeln. Kein Ausprobieren mehr, kein verzweifeltes Überschreiten von Grenzen, nie mehr angestrengt so tun, als gäbe es diese nicht. Kein Aufbegehren, kein Herummotzen, stattdessen die eigenen Fähigkeiten so kanalisieren, dass sie einem selbst und allen nützen und schließlich Gott gefallen. Hat Malina es nicht schon von Anfang an gespürt, dass es das ist, wonach sie sich gesehnt hat? Bei Tarik und seiner Familie, bei Nesrin? Sogar bei Hanna, gerade weil sie sie nicht verstanden hat und zwischen ihr und der Messe in ihrer Kirche ein Rest Fremdheit bestand, den sie nicht leugnen konnte? Malina fühlt, wie sie sich entspannt. Es ist, als sei sie jetzt erst richtig wach geworden. Und angekommen. Endlich zu Hause.

11.

Den ganzen restlichen Tag lang fühlt sich Malina beschwingt und beseelt. Ich habe Gott gespürt, denkt sie immer wieder; endlich. Zum ersten Mal habe ich wirklich das Gefühl, Gott ganz nah gewesen zu sein, trage ihn immer noch in mir. Ihr ist, als gehe sie plötzlich aufrechter, blicke mit wacheren Augen in die Welt um sich herum, nehme Schönheiten wahr, die sie vorher nicht erkannt hat. Wie konnte ich so viele Jahre ohne dieses Gefühl durch mein Leben gehen, ohne Sinn oder Ziel, ohne Verbindung zu etwas, das größer ist als der Mensch und unsere winzige Erde? Wie konnte ich nur leben ohne die Gewissheit, dass es die eine große Kraft gibt, die alles zusammenhält und die uns alle mit der Aufgabe in unser irdisches Dasein geschickt hat, ein möglichst gutes Leben zu führen, damit wir nichts befürchten müssen, wenn wir nach unserem Tod für unsere guten und schlechten Taten zur Rechenschaft gezogen werden?

Etwas Neues hat angefangen. Malina war sich noch nie so sicher. Sie will nicht gleich jedem erzählen, dass sie an nichts anderes mehr denken kann als daran, wie es wohl wäre, wenn sie den Islam annimmt. Ihr Leben nach dem Koran und seinen Schriften ausrichtet. Muslima wird und sich an die islamischen Regeln hält, über die sie noch so unendlich viel mehr wissen möchte. Leben für Allah. Streben nach geistigseelischer und körperlicher Vollkommenheit, um die Verbindung mit Allah zu erreichen. Kann es etwas Größeres geben?

Bestimmt wird es nicht immer einfach sein. Malina denkt zurück daran, wie befremdet sie war, als sie zum ersten Mal gesehen hat, wie gehorsam Tariks Schwestern den Eltern gegenüber sind. Um Erlaubnis fragen nach Dingen, die für Malina immer selbstverständlich gewesen sind. Verzicht leisten. Sich anders kleiden, anders verhalten. Keine Cocktails mehr, kein Sekt, keine kurzen Röcke. Auch unbeschwertes Flirten auf Partys ist vorbei. Aber ist die Gewissheit, mit dem richtigen Verhalten ganz zu Allah zu gehören, nicht viel mehr wert als alles, was sie sich bisher unter Freiheit vorgestellt hat?

Den ganzen Nachmittag lang bleibt Malina zu Hause, um in Ruhe ihren Gedanken nachhängen zu können. Mit ihrem Handy sucht sie über einen Streaming-Dienst nach orientalischer Musik, um das Gefühl so lange wie möglich festhalten zu können. Sie räumt ihr Zimmer so gründlich auf wie seit Monaten nicht mehr, sortiert alte Zeitschriften und andere Papiere aus. Dann wischt sie ihre Schränke und Schubladen aus, sortiert alles übersichtlich ein, ehe sie sich am Schreibtisch zu schaffen macht und auch diesen säubert und aufräumt. Sie gießt die Pflanzen auf ihrem Fensterbrett und entfernt abgestorbene Blätter und Blüten, bringt den Papierkorb zur Recyclingtonne im Hof. Zum Schluss bezieht sie ihr Bett neu und holt sich den Staubsauger. Als alles fertig ist, blickt sie sich zufrieden um. Was für eine Klarheit und Ordnung, denkt sie. Dank sei dir, Allah.

Lasse kommt ins Zimmer.

»Hast du dir meinen Locher ausgeliehen?«, fragt er und blickt an Malina vorbei zu ihrem Schreibtisch, bemerkt jetzt, wie aufgeräumt das Zimmer aussieht, und erstarrt. »Was ist denn mit dir passiert? Sag bloß, meine kleine Schwester wird doch noch ordentlich.«

Malina liegt ein passender Spruch auf der Zunge, mit dem sie wie üblich kontern könnte, besinnt sich jedoch anders. Ohne Familie sind wir nichts, hört sie Tariks Mutter sagen. Es wäre besser, nicht mehr so oft mit Lasse zu streiten, sondern sich gegenseitig mehr zu respektieren. Einer muss damit anfangen.

»Stell dir vor, ich fühle mich wohler so«, sagt sie also. »Neidisch?«

E-Mail vom 5. Juni, 19:22 Uhr
Von: malina.teschke@e-mail.de
An: hanna.teschke@e-mail.de

Liebe Hanna,
Sorry, dass ich mich erst jetzt melde, hätte natürlich längst eine WhatsApp schreiben können, mit dir telefonieren, skypen, den Facebook-Messenger bemühen … aber es ist so viel passiert, ich weiß gar nicht, wo ich anfangen soll.
Erst mal: Bin gut wieder in Berlin angekommen – mit 40 Minuten Verspätung, aber das kennt man ja von der Deutschen Bahn nicht anders. Bei Fulda war wieder irgendwas mit der Stellweiche … seufz. Aber da ich nur wenig Gepäck bei mir hatte, musste mich niemand abholen und vom Hauptbahnhof bis zu uns nach Schöneberg ist es ja nicht so weit. Dir, Tante Brigitte und Onkel Ludwig jedenfalls noch mal ganz lieben Dank für alles, es hat mir super gefallen bei euch – Entspannung pur.

Jetzt hoffe ich nur noch, dass du nicht mehr sauer auf mich bist, weil ich nach der Messe so viel an der Kirche herumkritisiert habe. Das war nicht böse gemeint, wirklich nicht. Ich kann ja verstehen, dass du dich da aufgehoben fühlst. Du kennst das alles seit Jahren, bist damit groß geworden und in Bayern seid ihr alle so sehr katholisch (das war zumindest mein Eindruck). An jeder Straßenecke findet man Marienstatuen oder Kruzifixe und auch in eurer Wohnung ist es das Erste, was einem auffällt, wenn man reinkommt: überall Glaube und nochmals Glaube. Ok, das ist bei Tariks Familie auch nicht anders – die haben das islamische Glaubensbekenntnis als Wandtattoo im Wohnzimmer. Aber all diese Kruzifixe, diese Darstellungen von Jesus, wie er von Nägeln durchbohrt und blutend am Kreuz hängt, mit gesenktem Kopf und klaffender Wunde in der Leistengegend … das macht mir jedes Mal Unbehagen und ein schlechtes Gewissen. Ich will nicht, dass jemand sich so für mich geopfert hat. Ich will nicht schuld daran sein, denn als Jesus sich für die Sünden der Menschen geopfert hat, war ich noch lange, lange nicht auf der Welt, also habe ich gar keine Möglichkeit, das wiedergutzumachen. Und mich dafür zu bedanken, erscheint mir makaber.
Außerdem – wie soll ich glauben, dass Gott ein liebender Gott ist, wenn er Jesus, der doch angeblich sein geliebter einziger Sohn ist, sterben lässt? Nesrin hat mir eine Geschichte aus dem Koran erzählt, von Ibrahim, der seinen Sohn Ismael auch opfern sollte. Im letzten Moment hat Allah ihn aber zurückgepfiffen und ihm klargemacht, dass er so was nie von ihm verlangen würde. Aber Jesus lässt er verspotten, auspeitschen und ans Kreuz nageln? Wo bleibt da die Liebe? Wenn ich als Mensch jemanden lieb habe, so wie Mama, Lasse, dich oder Tarik, dann will ich doch, dass derjenige glücklich und gesund ist. Jesus war aber kreuzunglück-

lich – im wörtlichen Sinne, ha! – und Gott hat ihn die heftigsten Schmerzen erleiden lassen, die sich ein Mensch nur vorstellen kann, und dabei auch noch zur Schau gestellt. Wie! Kann! Das! Sein?!? An so einen Gott soll ich glauben?
Ich sag dir jetzt was, das dir bestimmt nicht gefallen wird. Im Islam besteht Gott nicht aus drei Gestalten, sondern ist nur einer, eben Allah. Es wird auch niemand vor lauter »Liebe« ans Kreuz genagelt, sondern die Muslime sind selbst für ihr Handeln und Tun verantwortlich und nach dem Tod werden sie sehen, was sie davon haben. Was sie bereuen, wird vergeben, also wird es schon nicht so schlimm kommen. Es gibt schließlich klare Regeln. In denen können sie sich frei bewegen, dann wird das schon mit dem Paradies. Klingt das nicht viel logischer?
Hoffentlich hasst du mich jetzt nicht, aber das musste mal raus. Mein Leben war viel einfacher, als ich noch Atheistin war. Aber ich fürchte, das ist vorbei.
Schreib mir mal, was du über meine verqueren Zeilen denkst.
Umarme dich!
LG Malina

»Nesrin«, sagt Malina einige Tage später in der großen Pause. »Warte mal kurz.« Sie wartet ab, bis Nele und Lydia im Waschraum verschwunden sind, sie hatten gerade Kunstunterricht, Radierungen mit Scriptol, alle haben schwarze Finger. Nesrin, die ebenfalls rasch ihre Hände waschen wollte, bleibt stehen und sieht Malina aufmerksam an. Malina blickt den langen Flur hinauf und hinunter um sicherzugehen, dass niemand mithört. Erst als alle Mitschüler auf dem Hof verschwunden zu sein scheinen, spricht sie weiter.

»Kannst du dir vorstellen, dass ich … also ich frag jetzt nur mal so … was müsste ich denn machen, um zum Islam überzutreten? Wenn ich eine Muslimin sein will, so wie du? Geht das überhaupt oder kann man zu der Religion nur gehören, wenn auch die Eltern Muslime sind?«

Sie sieht, wie sich Nesrins Augen weiten, schon ist es ihr peinlich, überhaupt gefragt zu haben, natürlich geht das nicht so einfach, sie hätte es sich denken können, wahrscheinlich hält Nesrin sie für vermessen. Man kann nicht die Religion wechseln wie sein T-Shirt und schon gar nicht einfach behaupten, man wolle einen Glauben annehmen, nachdem man noch vor wenigen Monaten geleugnet hat, dass es Gott überhaupt gibt.

Nesrin jedoch lächelt, auch wenn sie immer noch überrascht aussieht.

»Oh, das ist ganz leicht«, versichert sie. »Du bist Muslimin, wenn du an Allah, an den Koran und an den Propheten Mohammed glaubst. Du musst nur das islamische Glaubensbekenntnis, die *Schahada*, auswendig lernen und vor zwei Muslimen aufsagen, dann bist du konvertiert, also eine Muslima.«

»Was?« Malina lacht laut auf. »Weiter nichts? Ich meine, gibt es kein Ritual wie eine Taufe oder sonst etwas, das in einem Gottesdienst passieren muss?«

»Du kannst deinen Glauben natürlich vor einem Imam bekennen, wenn dir das wichtig ist. Vorschrift ist es aber nicht. Wichtig ist nur, dass du es ernst meinst, also die Worte nicht nur nachplapperst, als ob du ›Lieber guter Weihnachtsmann‹ aufsagst. Du solltest bereit sein, von dem Moment an, wo du offiziell den Islam als deine Religion annimmst, auch danach zu leben. Hast du mich nur so gefragt oder spielst du mit dem Gedanken, den Islam anzunehmen?«

Nele und Lydia kommen aus dem Waschraum, Malina fühlt sich ertappt, auf keinen Fall dürfen die beiden schon jetzt erfahren, was in ihr vorgeht. »Wir kommen gleich nach«, ruft sie und zeigt ihre Fingerkuppen, die ebenfalls noch schwarz vor Tinte sind. Nele und Lydia nicken und steuern die Treppe nach unten an, Malina zieht Nesrin in den Waschraum.

»Diese Religion fasziniert mich«, fährt sie fort. »Seit wir in der Moschee waren, kommt es mir vor, als ob mich jemand ruft. Bevor ich Tarik und seine Familie kennengelernt habe und auch dich, hätte ich mir so was nie vorstellen können.«

»Moment. Du solltest auf keinen Fall nur wegen Tarik konvertieren, damit würdest du nicht glücklich werden. Und auch nicht wegen mir, Malina. Das musst du nicht tun, wir können auch so befreundet sein.«

»Es wäre nicht nur wegen euch. Dazu habe ich viel zu sehr meinen eigenen Kopf, als mich einfach nur anzupassen, weil mein Freund und meine Freundin Muslime sind. Ich will nichts überstürzen. Erst mal muss ich mich noch mehr mit dem Islam beschäftigen, bisher habe ich nicht mal im Koran gelesen. Gibt es den auch auf Deutsch?«

»Natürlich, es gibt viele verschiedene Übersetzungen. Ganz echt ist der Koran nur auf Arabisch, weil Mohammed ihn so von Allah empfangen hat. Aber ich kann auch nicht so gut Arabisch, deswegen habe ich auch eine deutsche Übersetzung zu Hause.«

»Würdest du mir das Buch leihen?«

»Bestimmt ist es schöner für dich, einen eigenen zu haben«,

sagt Nesrin. »Wir können gerne zusammen in die Buchhandlung einer Moschee gehen. Ich möchte ihn dir schenken.«

»Das musst du nicht«, beeilt sich Malina zu sagen.

»Möchte ich aber. Und keine Widerrede.«

Einen eigenen Koran, denkt Malina; krass. Ich habe nicht mal eine Bibel zu Hause, kein Kirchengesangbuch, ich glaube, wir haben überhaupt nichts Religiöses in irgendeinem Bücherregal. Und jetzt bald einen Koran für mich allein.

Schon jetzt freut sie sich darauf, darin zu lesen, mehr darüber zu erfahren, was Allah von den Menschen will, sie möchte mehr wissen über die Gebote, die es fortan zu befolgen gilt, wenn sie wirklich konvertieren will. Bisher waren ihre Ziele so klein, so unbedeutend. Die kommende Klassenarbeit, die Party am Wochenende, die nächste Shoppingtour, der sechzehnte Geburtstag. Die Sommerferien, in den nächsten Jahren das Abitur. Aber das alles betrifft nur sie selbst. Überhaupt hat Malina das Gefühl, ihre Gedanken wären in den letzten Monaten und Jahren immer nur um sie selbst gekreist. Um ihr Aussehen, ob sie hübsch genug, schlank genug sei. Was andere von ihr denken, ihre Freundinnen und Klassenkameraden, Jungs, seltener die Lehrer. Welche Klamotten sie sich kaufen will, welcher Club und welche Musik gerade angesagt sind. Klar, oft hat sie gegrübelt und gespürt, dass das nicht alles sein kann. Nach einem Sinn gesucht. Aber meistens drehten sich ihre Gedanken dennoch um die eigene Person, um Alltagskram.

Und so ist es bei allen, überlegt sie. Wem ist Religion schon wichtig oder etwas anderes, das dem Leben einen Sinn verleiht? Auf Anhieb fällt ihr nur Bastian aus ihrer Klasse ein, der seinen Weg im Christentum gefunden hat. Und

Hanna natürlich. Ein paar Typen aus der Oberstufe, die sich für Politik interessieren. Früher waren das viel mehr, Simone erzählt manchmal mit leuchtenden Augen von nächtelangen Diskussionen und politischen Debatten selbst im Unterricht, als sie in den Achtzigern in der Oberstufe war. Unvorstellbar für Malina. Die Leute, die sie kennt, scheinen alle nur im Hier und Jetzt zu leben, mit Ausnahme von Luca vielleicht.

Und jetzt der Islam. Plötzlich ist da wieder etwas, wofür es sich zu leben lohnt. Wenn sie erst konvertiert ist, kann sie vielleicht auch andere überzeugen, zumindest aber durch ihr eigenes Verhalten dazu beitragen, dass die Welt ein wenig besser wird.

»Ich freue mich darauf, im Koran zu lesen«, sagt sie.

»Es wird dir gefallen«, meint Nesrin. »Islam bedeutet ja *Hingabe*, also Hingabe zu Allah, und die Suren erzählen mit wunderschönen Worten, Weisheiten und Geschichten davon, wie diese Hingabe aussieht. Auf mich wirkt es immer sehr beruhigend, wenn ich nach einem stressigen Tag ein paar Verse lese.«

»So geht es mir bestimmt auch«, antwortet Malina. »Ich liebe schöne Texte. Gedichte, Songtexte und so. Ganz dicht verfasste Kurzgeschichten. Vielleicht schreibe ich mal einen Poetry-Slam-Text. Das habe ich Luca versprochen, für ein Benefizkonzert.«

»Schreib einen über den Islam«, schlägt Nesrin vor.

»Kommt Zeit, kommt Text«, lacht Malina. »Im Moment beschäftigt mich die Religion an sich viel mehr. Mein Leben würde sich wohl krass ändern, wenn ich konvertiere.«

»Wenn du es ernst nimmst, bestimmt. Aber dann wirst du auch merken, dass alles einfacher wird. Manche Sachen, die du bisher ganz selbstverständlich gemacht hast, gehen dann nicht mehr, aber du hast dafür auch weniger Schwierigkeiten.«

»Schweinefleisch mag ich sowieso nicht besonders.« Malina drückte auf den Knopf des Seifenspenders und schäumt ihre Hände gründlich ein. »Drauf zu verzichten, wird mir nicht schwerfallen.«

»Überleg mal, worin Schwein alles enthalten ist und wann du es zu dir nimmst. Eine Umstellung wird das schon.« Nesrin ist schon fertig und hält ihre Hände unter den Trockner. »Räucherschinken, Salami, Leberwurst, Burger, Eintöpfe, Sauce Bolognese, Geschnetzeltes ...«

Malina kichert. »Meine Mutter bekommt 'ne Krise«, meint sie. »Aber das zu umgehen, klappt wahrscheinlich noch am leichtesten. Ich könnte ja auch plötzlich Veganerin werden, dann hätte sie mehr Probleme.«

»Notfalls kochst du dir selber was«, sagt Nesrin. »Du wirst dich wohler fühlen, wenn du nur noch isst, was *halal* ist, also erlaubt. Nach einer Weile machst du das wie von selbst.«

»Du meinst also, ich könnte es schaffen?«, vergewissert sich Malina. »Eine gute Muslima zu werden, meine ich?«

»Lass dir Zeit«, rät Nesrin. »Überlege gründlich, ob das wirklich dein Weg ist. Wenn du Fragen hast, komm einfach zu mir oder wir chatten. Es hat erst dann Sinn, wenn du dir ganz sicher bist.«

Am Ende des Schultages ist Malina noch immer aufgewühlt. Sie geht neben Nele und Luca nach Hause, Nele regt sich über die Sprüche auf, die Enzo im Biounterricht von sich gegeben hat.

»Dieser Macho«, ereifert sie sich. »Hält sich immer noch für unwiderstehlich, dabei ist er einfach nur peinlich.«

Malina nickt abwesend. Gleich nach dem Essen will sie mit Nesrin einen deutschen Koran kaufen.

»Hast du mitgeschrieben, welche Seiten wir im Franzbuch lernen sollen?«, will Nele wissen. Malina schüttelt den Kopf.

»Lasst uns jetzt nicht über die Schule reden«, mischt sich Luca ein. »Was machen wir am Wochenende? Im Pfefferberg ist Newcomer Band Contest, und wisst ihr was? Eine der Bands, die teilnehmen wollte, ist abgesprungen, weil der Sänger krank geworden ist. Und wir dürfen einspringen! Ist das nicht Wahnsinn? Ihr müsst unbedingt kommen und uns supporten. Du kannst ja Tarik mitbringen, Malina!«

»Gibt es da keinen Stress nach zehn, weil wir noch nicht volljährig sind?«, will Nele wissen.

»Nicht wenn ich euch auf die Gästeliste setze. Notfalls könnt ihr ja einen Zettel mitbringen.« Luca lässt nicht locker. »Unser Drummer ist schon achtzehn, der geht auf jeden Fall hin, mit ihm zusammen ist es dann kein Problem.«

Nachher schreibe ich mir das islamische Glaubensbekenntnis in Schönschrift auf ein DIN-A3-Blatt ab, überlegt Malina gerade. Dabei lasse ich es auf Arabisch über YouTube in Dauerschleife laufen, so lerne ich es am schnellsten. Später im Bett kann ich noch im Koran lesen. Oder in anderen Schriften über den Islam.

»Malina! Jemand zu Hause?« Luca tippt gegen ihren Arm, Nele wedelt mit der Hand vor ihrem Gesicht herum. Sie zuckt zusammen.

»Was? Ich habe zugehört«, versichert Malina. »Newcomer Band Contest im Pfefferberg. Ich frage Mama gleich, ob ich hin darf.«

12.

Als sie die Wohnungstür öffnet, schlägt Malina der Duft von Spagetti Carbonara entgegen, die jahrelang zu ihren Lieblingsgerichten gehörten. Sie denkt an den Schinken in der Soße, den sie immer besonders gemocht hat; Simone nimmt immer ganz mageren und versteht es, ihn vorher so leicht in der Pfanne anzurösten, dass er nicht zu aufdringlich herausschmeckt, aber doch dem Ganzen eine besonders pikante Note verleiht. Heute wird Malina die Schinkenwürfel aussortieren, weil sie beschlossen hat, islamische Lebensweise auszuprobieren, schon jetzt so zu handeln, als wäre sie bereits Muslima, wo immer es ihr möglich ist, ohne aufzufallen. Leicht wird das nicht. Kurz bevor sie auseinandergegangen sind, hat Nesrin ihr noch mit auf den Weg gegeben, niemanden zu belügen oder zu betrügen, auch nicht, um ihr verändertes Verhalten zu begründen. Malina möchte jedoch noch für sich behalten, dass sie ernsthaft erwägt, zum Islam zu konvertieren. Also gilt es, alles so unauffällig wie möglich anzupassen.

Beim Mittagessen rührt sie sorgfältig mit der Soßenkelle in der Schüssel herum, um möglichst wenige Schinkenwürfel zu bekommen. Dabei spürt sie, dass Lasse sie beobachtet.

»Wirst du noch fertig, bevor alles kalt ist?«, fragt er. Sofort schiebt Malina ihm die Schüssel hin und greift nach dem

Parmesankäse, streut sich reichlich davon über ihre Nudeln und beginnt zu essen. Nach wenigen Bissen spürt sie, dass sie es doch nicht vermeiden konnte, Schinken auf ihrem Teller zu haben. Sie wartet, bis weder Mutter noch Bruder zu ihr schauen, dann sucht sie eilig nach weiteren Stücken und schiebt diese an den Tellerrand, versteckt sie unter ihren Spagetti. Doch als sie fast aufgegessen hat, stutzt Simone.

»Stimmt was nicht mit dem Schinken?«, wundert sie sich. »Den hast du doch immer so gerne gegessen, Malina. Oder ist dir im Magen nicht gut?«

Malina schüttelt den Kopf. »Alles okay«, versichert sie, spürt ihr Herz klopfen, irgendwie muss es ihr gelingen, vom Thema abzulenken, ohne lügen zu müssen. Es war nicht schwer, auf den Schinken zu verzichten, das schafft sie auch weiterhin.

»Ich hätte auch mal Lust zu kochen«, versucht sie abzulenken. »Irgendwann muss ich es ja alleine können. Habt ihr Lust auf Gemüselasagne? Oder Zucchinipuffer mit einem leckeren Dip?«

»Du bist jetzt nicht unter die Vegetarier gegangen, oder?«, antwortet Lasse und zieht die Augenbrauen zusammen, dann langt er mit seinem Löffel auf Malinas Teller und holt sich ihren übrig gelassenen Schinken.

»Ich kann auch was mit Geflügel machen«, erwidert sie achselzuckend. »Oder Schaschlikspieße aus Rindersteaks mit Zwiebeln und Paprika. Ganz wie ihr wollt.«

»Klingt schon besser.« Lasse kratzt sich die letzten Spagetti aus der Schüssel.

»Am Wochenende wäre es wirklich nicht schlecht, wenn sich einer von euch mal an den Herd stellt«, sagt Simone.

»Da habe ich nämlich ein Seminar mit einem Schauspielcoach, der extra aus L.A. eingeflogen ist. Bereite am besten gleich etwas mehr zu, Malina, und auch noch ein, zwei Beilagen. Nur falls ich abends noch jemanden mitbringe.«

»Mach ich.« Malina nickt erfreut und stellt die leer gegessenen Teller zusammen. »Schreib mir einfach einen Einkaufszettel mit allem, was du dafür sonst noch brauchst, dann kann ich mich hier austoben.«

»Keine Party am Samstagabend?«, hakt Lasse nach. »Normalerweise bist du doch gleich nach dem Aufstehen ab 15 Uhr mit Stylen beschäftigt.«

Malina steht auf. »Tja«, sagt sie und stapelt das Geschirr auf ihrem Arm. Dann lässt sie Lasse einfach stehen.

Später beeilt sich Malina, zu Nesrin zu gelangen, denn heute wollen sie zusammen in die Moscheebuchhandlung gehen. Gezielt steuert Nesrin das Regal mit den Koranausgaben an und kauft einen arabischen und eine deutsche Übersetzung. Beide überreicht sie Malina mit einer feierlichen Geste. Malina bedankt sich tief bewegt, sie hat es eilig, hat ein Ziel, sie kann es kaum erwarten, wieder zu Hause zu sein und in den Heiligen Schriften des Islam zu lesen, will endlich mehr erfahren, selbst im Buch blättern und sich darin vertiefen, statt nur im Internet einzelne Suren herauszusuchen, wie sie es ab und zu getan hat. Auf der Straße erscheint es ihr, als wären viel mehr muslimische Frauen und Mädchen unterwegs als sonst, die sie an ihren Kopftüchern erkennt, und ertappt sich dabei, wie sie ihnen verstohlen zulächelt, als wollte sie sagen: Hallo Schwester, bald bin ich eine von euch.

Zu Hause sitzt Simone in ein Drehbuch vertieft im Wohnzimmer, sie bemerkt Malina kaum, als diese den Kopf durch die Tür steckt und sich mit einem kurzen Gruß zurückmeldet. Lasse scheint unterwegs zu sein, gut so, denkt sie, gut so. Wer nicht da ist, stellt keine Fragen. Trotz allem schließt Malina entgegen ihren Gewohnheiten die Tür, als sie in ihrem Zimmer ist. Erst danach fährt sie ihren Laptop hoch und setzt sich mit dem Koran davor, sie weiß nicht, womit sie beginnen soll, zuerst lesen oder gleich das islamische Glaubensbekenntnis in arabischer Schrift aufschreiben und lernen. Am liebsten beides auf einmal, es kribbelt in ihr wie vor einem ersten Date. Schließlich entscheidet sie sich für den Koran, um wenigstens die erste Sure zu lesen. Den Islam in ihrem Leben begrüßen, sich mit Mohammed bekannt machen. Feierlich schlägt sie das Buch auf und streicht die Seiten glatt, ehe sie ihre Augen über die Zeilen wandern lässt:

Sure 1: al-Fatiha (Die Eröffnende)

1) *Im Namen Allahs, des Allerbarmers, des Barmherzigen.*
2) *(Alles) Lob gehört Allah, dem Herrn der Welten,*
3) *dem Allerbarmer, dem Barmherzigen,*
4) *dem Herrscher am Tag des Gerichts.*
5) *Dir allein dienen wir, und zu dir allein flehen wir um Hilfe.*
6) *Leite uns den geraden Weg,*
7) *den Weg derjenigen, denen du Gunst erwiesen hast, nicht derjenigen, die (Deinen) Zorn erregt haben, und nicht der Irregehenden!*

»Leite uns den geraden Weg«, wiederholt Malina leise. »Ja, das will ich. Nicht mehr hierhin und dorthin jagen, nicht mehr ziellos sein, nicht mehr einfach so in den Tag hinein leben. Ein gerader Weg, Allahs Weg.« Atemlos liest sie weiter, ihr Herz klopft, sie fühlt sich wie frisch verliebt, glücklich, sie kann nicht aufhören, vor sich hin zu lächeln. Erst als sie spürt, dass ihre Aufmerksamkeit nachlässt und sie nicht mehr jedes einzelne Wort aus dem Koran genussvoll in sich aufnehmen kann wie eine köstliche Speise, fährt sie den PC herunter, legt sich auf ihr Bett und schließt die Augen, um die Worte weiter auf sich wirken zu lassen. Nach einer kurzen Pause widmet sie sich dem Glaubensbekenntnis.

E-Mail vom 12. Juni, 17:43 Uhr
Von: hanna.teschke@e-mail.de
An: malina.teschke@e-mail.de

Liebe Malina,
wie du am Datum siehst, musste ich deine Mail erst mal verdauen, ehe ich dir antworten kann. Ich weiß ja, dass man bei dir immer auf Verrücktheiten gefasst sein muss, aber damit habe ich nun nicht gerechnet. Ausgerechnet DU ziehst den Islam dem Christentum vor? Ehrlich, dann bleib lieber Atheistin … Scherz beiseite. Ich verstehe deine Zweifel und glaube, jeder Christ macht genau diese früher oder später durch. Ich bin nicht der Papst und habe auch nicht Theologie studiert, deshalb kann ich dir nur diese Antwort geben: Ganz können wir Gott sowieso nie begreifen. Deshalb konzentrieren wir Christen uns nicht so sehr auf das Leiden und Sterben Jesu als vielmehr auf die frohe Botschaft der Auferstehung. Mit dem Geschehen am Ostermorgen hat Gott den Tod besiegt, und deshalb dürfen wir darauf hoffen, dass es auch

für uns das ewige Leben gibt. Da jeder Mensch immer ein Sünder sein wird, also täglich Fehler begeht, sind wir angewiesen darauf, dass Gott uns vergibt, und genau das ist durch den Kreuzestod Jesu geschehen. Er WOLLTE unsere Sünden für alle Zeiten auf sich nehmen. Ich habe auch unseren Pfarrer nach einer möglichst einfachen, nachvollziehbaren Erklärung für die Dreieinigkeit Gottes gefragt, denn du hast schon recht – leicht zu verstehen ist das alles wirklich nicht. Pfarrer Winkelmann hat gesagt: Gott ist der, der alles erschaffen hat; in seinem Sohn Jesus Christus kommt er dem Menschen ganz nahe und der Heilige Geist ist das, was wir spüren, wenn wir glauben.
Ich hoffe, dass dich dies einigermaßen zufriedenstellt …
Insgesamt finde ich es ja gut, dass du dich so intensiv mit Religion und Gott beschäftigst. Aber der Islam … weiß nicht. Beschäftige dich doch lieber weiter mit dem Christentum, das gehört doch zu unserer Kultur. Ich kenne zwar kaum Muslime, weil bei uns nicht so viele wohnen. Klar, in Berlin ist das anders; trotzdem. Die Türken und Araber können ja daran glauben, wenn sie wollen. Aber wir doch nicht. Du lässt dich doch nicht etwa von Tarik rüberziehen, oder???
Liebe Grüße, deine Hanna

Von Tarik rüberziehen lassen, so ein Unsinn, denkt Malina und klickt Hannas Mail weg. Als ob sie keinen eigenen Kopf zum Denken hätte. Es trifft sie jedoch härter als erwartet, dass die Cousine ihre Gedanken ablehnt. Kurz entschlossen holt sie sich das Festnetztelefon ins Zimmer und wählt Nesrins Nummer, um ihr alles zu erzählen.

»Im Islam ist es gar nicht erlaubt, jemanden zum Glauben zu zwingen«, sagt diese, nachdem Malina ihr von Hannas

Mail erzählt hat. »Glaube ist eine Herzensangelegenheit und die lassen sich sowieso nicht aufzwingen. Auch *wie* jeder Einzelne mit dem Glauben umgeht, ist seine Sache und darf nicht aufgezwungen werden.«

Um sich weiter über den Islam zu informieren, trifft sich Malina noch häufiger mit Nesrin als zuvor. Nesrin besorgt ihr Schriften für »Einsteiger« in den Islam, die Malina abends in ihrem Zimmer heimlich verschlingt. Sie beschäftigt sich mit der Gebetsordnung und studiert weiter den Koran. Ihr selbst aufgeschriebenes Glaubensbekenntnis hat sie in einer Schublade aufbewahrt und schaut es oft an, wobei sie die Worte leise vor sich hin murmelt. Bald kann sie sie fast fließend auf Arabisch sprechen.

* * *

An einem sonnigen Nachmittag im Juli haben Malina und Tarik vereinbart, in den Mauerpark zu gehen, wo sie mit ihren Freunden verabredet sind. Bald fangen die Sommerferien an, in der Schule stehen die Zeugnisnoten so gut wie fest, alle sind schon in Urlaubslaune. Als Malina anschließend zum Abendessen mit zu Tarik kommt, spürt sie jedoch, dass eine merkwürdige Stimmung in der Luft liegt. Anders als sonst wird am Tisch nicht fröhlich geredet und gelacht, stattdessen blickt jeder stumm auf seinen Teller. Nicht einmal die kleine Melek albert herum oder erzählt Malina unbefangen von ihren Erlebnissen beim Spielen mit den Freundinnen aus ihrer Klasse. Frau Cengiz ist noch eifriger um Malina bemüht als sonst, bietet ihr fortwährend Essen an, es gibt halbe Hähnchen mit gebackenen Kartoffelspalten und Tomatensalat mit Petersilie. Malina wagt nicht zu sagen, dass sie kaum etwas hinunterbekommt. Dicke Luft am Tisch kennt sie von zu Hause, aber hier doch nicht. Nicht zu Hause bei ihrem Freund, wo sie das Familienleben immer so genießt. Erst als alle aufgegessen haben, fordert Tariks Vater seinen Sohn auf Türkisch auf, mit ihm den Raum zu verlassen. Sie bleiben im Korridor stehen, Malina hört sie leise und in zornigem Ton miteinander debattieren. Sie hilft Frau Cengiz und den Mädchen beim Abräumen. Als Tarik und sein Vater mit ihrer Diskussion fertig sind, beeilt sie sich, rasch mit ihm nach draußen zu kommen.

»Was war los?«, fragt sie ihn ganz außer Atem, Tarik geht so schnell, dass sie kaum mithalten kann. »Warum hast du dich mit deinem Vater gestritten, geh doch mal langsamer!«

Tarik bleibt so abrupt stehen, dass Malina fast gegen ihn prallt.

»Entschuldige«, keucht er und nimmt ihre Hand. »Du hättest das nicht mitbekommen sollen, ich will dich mit meinen Problemen nicht belasten. Mein Vater und ich geraten in letzter Zeit öfter aneinander. Dieses Mal ging es um die Sommerferien. Wir sind immer die ganzen sechs Wochen in der Türkei, kannst du dir ja denken.«

Malina nickt. »Deine Eltern freuen sich sicher das ganze Jahr darauf, ihre Heimat wiederzusehen. Für sie sind sechs Wochen bestimmt noch viel zu kurz.«

Tarik schnalzt mit der Zunge, sein Gesicht sieht mürrisch aus. »Mein Vater ist in Ankara geboren, aber nach Deutschland gekommen, als er fünf war«, sagt er. »Hier müsste noch mehr seine Heimat sein als in der Türkei. Meine Mutter kam erst später her, aber sie will da sein, wo mein Vater ist, und natürlich wir drei Kinder.«

»Und du? Freust du dich nicht auf die Türkei?«

»Doch, klar«, antwortet Tarik. »Aber ich bin auch gerne hier. Drei Wochen Türkei würden mir reichen, meinetwegen vier. Aber ich will auch hier sein, was mit meinen Kumpels machen, mit dir. Oder in den Ferien jobben, in einer Kartbahn oder irgendwo in der City, wo was los ist. Abends weggehen, ohne an die Schule zu denken. Nur ein paar Wochen.«

»Das wäre toll«, findet auch Malina. »Wenn wir uns sehen könnten. Ich bin wahrscheinlich nur eine oder zwei Wochen weg, an der Ostsee, sofern meine Mutter mal Drehpause hat. Aber hast du in der Türkei keine Freunde?«

»Nicht so richtig. Die leben ja alle da. Mit den Verwandten weiß ich kaum, was ich quatschen soll.«

»Was macht ihr dort sonst so? Ich meine, es ist doch bestimmt toll, wenn du mal nicht blöd angemacht wirst wie hier. In letzter Zeit haben es Muslime bei uns ja nicht gerade leicht. In den Ferien kannst du deine Religion ungestört ausleben, oder?«

»Das schon.« Tarik atmet nicht mehr so hastig. »Morgens weckt uns vor Sonnenaufgang der Ruf des Imam vom Minarett der Moschee in unserem Ort. Wenn ich das höre, weiß ich erst richtig, jetzt bin ich in der Türkei. Warte, ich kann dir das vorspielen.« Er holt sein Handy aus der Hosentasche, wischt mit dem Daumen über den Touchscreen. Schon ertönt ein leicht verzerrt und orientalisch klingender Sprechgesang, etwas wackelig hat Tarik die Moschee vor einem wolkenlosen orangerosa Himmel gefilmt.

»Toll«, staunt Malina. »So würde ich auch gern mal geweckt werden.«

»Ist aber sehr früh«, gibt Tarik zu bedenken. »Vor Sonnenaufgang. Da hältst du noch deinen Schönheitsschlaf.«

»Trotzdem. Dafür würde ich aufstehen. Und beten. Vor so einer Kulisse muss es toll sein. Hast du nicht das Gefühl, dass du dann Gott besonders nah bist?«

»Das musst du meinen Vater fragen. Ich schlafe dann noch. Meistens jedenfalls.«

»Betest du nie?«

»Nicht so oft. Vielleicht befasse ich mich mehr damit, wenn ich älter bin. Allah ist das Größte für mich und ich rege mich wahnsinnig auf, wenn ihn jemand beleidigt oder über meine Religion lacht. Aber ich mache nicht jede Einzelheit genau nach Vorschrift. Darüber ärgert mein Vater sich manchmal auch.«

»Aber das Freitagsgebet hältst du ein?«

»Hin und wieder.« Tarik wirkt etwas genervt. »Hör mal, Malina, ist das hier ein Kreuzverhör? Du glaubst doch gar nicht an Gott, also warum mischst du dich ein?«

»Du wirst staunen«, antwortet Malina. »Ich habe meine Meinung geändert. Nesrin, du und deine Familie, ihr habt mich überzeugt. Ich bin keine Atheistin mehr. Ich habe kapiert, dass es Gott gibt.«

»Cool.« Tariks Augen weiten sich, er nickt anerkennend.

»Und nicht nur das«, fährt sie fort. »Ich spiele mit dem Gedanken, den Islam anzunehmen, Tarik. Ich möchte konvertieren.«

»Was?« Er starrt sie an. »Ist das dein Ernst? Meinetwegen musst du das nicht machen. Religion ist freiwillig, das geht nur, wenn es deine Überzeugung ist.«

»Es ist nicht deinetwegen. Bilde dir nur nicht zu viel ein«, lacht sie. »Spaß beiseite – ich mag den Islam und seine Regeln. Ich glaube, ich lebe besser, wenn ich mich daran halte. Nicht mehr so chaotisch, so zügellos.«

»Hat dir das Nesrin eingeredet?«

Malina schüttelt den Kopf.

»Nein, wieso«, sagt sie. »Ich habe selber einen Kopf zum Denken, ich entscheide alleine, was ich glaube und was nicht. Passt dir was nicht daran?«

Tarik blickt zum anderen Ende der Straße, als suche er etwas, schüttelt den Kopf, wirft die Hände in die Luft.

»Mach was du willst«, sagt er. »Wenn du wirklich vom Islam überzeugt bist, freue ich mich natürlich. Aber die meisten Konvertiten werden ein bisschen fanatisch, weißt du. Wollen muslimischer sein als jeder geborene Muslim. Eigentlich habe ich dich so gemocht, wie du bist. Mein süßes Partygirl Malina. Sexy und modern.«

»Ich dachte, du findest es gut«, sagt Malina. »Auch wenn ich das nicht für dich machen will. Mach dich mal locker, Tarik. Ich werde schon nicht nach Syrien auswandern und zur Märtyrerbraut werden.«

»Hoffentlich«, gibt er düster zurück.

»Keine Sorge, wirklich«, beteuert sie. »Mit denen habe ich genauso wenig am Hut wie du. Es geht mir nur um Allah. Und um den Islam. Ich glaube, darin finde ich mein Zuhause.«

»Schon gut«, murmelt er.

»Und jetzt freu dich auf deine Ferien in der Türkei. Mit uns hier bist du das ganze Jahr zusammen. Denk an die Liebe zu deinen Eltern, enttäusche sie nicht.«

»Du redest schon wie meine Mutter.« Tarik lacht nicht dabei, aber er widerspricht auch nicht.

»Im Koran habe ich gelesen, dass man seinen Eltern gegenüber nicht den leisesten Unmut äußern soll. Ich glaube, da haben wir beide etwas gutzumachen.«

* * *

»Würdest du einmal mit mir zusammen beten?«, fragt Malina beinahe schüchtern, als sie Nesrin das nächste Mal zu Hause besucht. »Ich möchte es ausprobieren.«

Nesrin nickt. »Mach einfach alles mit, was ich mache«, sagt sie. »Ich bete auf Arabisch, da wirst du nicht viel verstehen, aber du wirst trotzdem merken, ob es dir gefällt und das bringt, was du dir erhoffst.« Sie öffnet ihren Schrank und nimmt einen Gebetsteppich heraus, den sie auf dem Boden ausrollt, und holt aus dem Schlafzimmer ihrer Eltern einen für Malina. Malina hört, wie Nesrin leise mit ihrer Mutter spricht, wenig später ist sie wieder da und schließt die Zimmertür.

»Wir müssen den Teppich in Richtung der Pilgerstätte in Mekka ausrichten«, erklärt sie und legt zuerst ihren, dann Malinas Teppich in die richtige Position. Meine Insel, denkt Malina glücklich; für ein paar Minuten ist dies meine eigene kleine Gebetsinsel, hier kann mir niemand etwas anhaben, hier bin ich frei von den Anforderungen und Reizen der Welt da draußen, frei von Gruppendruck, von Leistungsansprüchen, von Mode, von Lärm, von Jungs, von Sexualität. Hier bin ich ganz ich selbst, auf diesem halben Quadratmeter gibt es nur Gott und mich. Sie versucht, sich zu sammeln und ihre Gedanken ganz auf Gott auszurichten, es fühlt sich gut an.

Nesrin schließt die Augen, dann beginnt sie einen leisen, orientalisch klingenden Sprechgesang. Anfangs schlägt

Malinas Herz noch aufgeregt, noch nie hat sie Nesrin so gesehen und gehört, es erscheint ihr fremd und gleichzeitig aufregend neu. Nach einigen Worten im Stehen kniet Nesrin sich hin, Malina tut es ihr gleich, ebenso als sie sich so weit nach unten beugt, dass ihre Stirn den Boden berührt. Sie knien erneut, stehen wieder auf, wiederholen das Ganze. Nesrin ist ganz in ihr Gebet versunken, nichts könnte sie jetzt ablenken, genau wie Malina es bei Tariks Vater gesehen hat, und auch sie selbst spürt immer deutlicher, wie sie innerlich ruhiger wird, fühlt eindringlicher die Hinwendung zu Gott, auch wenn sie nicht mitsprechen kann. Als das Gebet beendet ist, schweigen beide. Schließlich hebt Nesrin ihren Gebetsteppich auf und rollt ihn zusammen, nimmt auch Malina ihren ab.

»Hat es dir gefallen?«, erkundigt sie sich, sieht Malina an, stutzt. »Weinst du? Habe ich was gemacht, das dich verletzt hat?«

»Quatsch.« Malina wischt sich eine Träne aus dem linken Auge und lacht verlegen. »Es hat mich so berührt«, gesteht sie. »Entschuldige. Ich bin vollkommen aufgewühlt, am liebsten würde ich jetzt sofort konvertieren. Aber ich habe immer das Gefühl, noch nicht genug zu wissen. Ich kann Gott noch so wenig bieten, so, wie ich bisher gelebt habe.«

»Du kannst trotzdem konvertieren«, beruhigt Nesrin sie. »Auch wenn du noch nicht alles weißt, was du wissen möchtest. Ich bin auch keine Gelehrte, du kannst auch später noch mehr erfahren. Wichtig ist, dass du Gott in dein Herz lässt und Mohammed als seinen Propheten anerkennst, dem du folgen willst. Du musst sicher sein, dass der Islam deine Religion ist.«

»Da bin ich mir ziemlich sicher.«

»Ich habe sogar den Eindruck, innerlich bist du schon eine Muslima«, sagt Nesrin. Du hast begonnen, so zu denken, fängst an, so zu handeln. Mach einfach weiter so und wenn du merkst, es geht dir gut damit, sag mir Bescheid. Du weißt, wie unkompliziert es ist, zu konvertieren.«

»Du meinst, ich soll erst mal heimlich Muslima sein?« Malina spürt, wie es in ihrem Inneren zu kribbeln beginnt, das ist die Lösung, sie wird es einfach ausprobieren und alles so machen, wie eine Muslima auch handeln würde, ohne dass jemand den Grund dafür weiß. Im Alltag, nicht nur beim Lesen im Koran oder anderen Schriften.

»Du hast längst damit angefangen«, meint Nesrin. »Deshalb glaube ich, es wird dir nicht schwerfallen. Du räumst dein Leben auf, das ist deutlich zu merken.«

»Ich weiß auch, wo ich anfangen will«, sagt Malina. »Bei meiner Mutter. Ich glaube, in letzter Zeit war ich ziemlich biestig zu ihr. Ganz anders als du oder Tarik. Ihr würdet nie auf die Idee kommen, frech zu euren Müttern zu sein, oder?«

Nesrin lacht. »Wir sind keine Engel«, gesteht sie. »Bei uns gibt es auch mal Zoff mit den Müttern. Aber wir sind immer loyal und das letzte Wort haben sie bei uns auch.«

»Das wird eine Umstellung«, gibt Malina zu. »Meistens setze ich meinen Dickkopf durch.«

»Und fühlst dich gut dabei?«

Malina schüttelt den Kopf. »Wenn wir richtig Krach haben, grummelt es die ganze Zeit in meinem Magen.« Sie denkt an Simones Filmparty und an ihr eigenes Versprechen, demnächst mal zu kochen. Nicht demnächst, sondern am kommenden Samstag. Dem Samstag, an dem auch Luca mit seiner Band auftritt. Er wird darauf warten, dass sie hingeht. Tarik wird hingehen. Die halbe Schule wird Luca und seine Jungs anfeuern. Alle werden da sein, Malina kennt den Pfefferberg, normalerweise würde sie sich so lange mit Simone fetzen, bis diese resigniert aufgibt und bestenfalls noch darauf besteht, dass Malina mit der letzten U-Bahn nach Hause fährt. Nicht weil sie ihrer Tochter verbieten würde, am Wochenende auszugehen, sondern weil sie der Meinung wäre, dieses eine Mal könnte Malina auch mal etwas für sie tun. Nie zuvor hat Malina dies eingesehen, sie kann selbst kaum fassen, wie wichtig es ihr jetzt erscheint. Simone wird spätabends Gäste mitbringen und die sollen sich wohlfühlen. In ein warmes Haus kommen, wo etwas für sie vorbereitet ist. Sich an den Tisch setzen und essen, erst recht Simone selbst nach ihrer Arbeit, mit der sie für Malina und Lasse sorgt, ohne Mann, Tag für Tag, Woche für Woche, Jahr für Jahr, seit Ewigkeiten schon. Genau genommen seit der Trennung vor zwölf Jahren. Ein besserer Mensch werden, für meine Mama, die mit Lasse und mir alles allein wuppt, mit auf den Cent genau ausgerechnetem Unterhalt plus ihren Gagen, die mal üppig ausfallen, mal einfach fehlen, wenn es keine Rollen für Simone gibt. Ein besserer Mensch werden nicht nur für sie. Für Allah, für mein Leben, für die Welt. Nach Hause kommen, ankommen. Endlich.

13.

Am Sonntag ist Malina viel früher auf und längst nicht so müde wie sonst, obwohl es gestern spät geworden ist. Sie hatte ein kleines Buffet vorbereitet, Chicken Wings, Champignons mit Spinatfüllung, Baguetteschnittchen mit verschiedenen Käsesorten, Maissalat, Oliven und Rote Grütze mit Vanillesauce standen darauf. Simone war der Mund offen stehen geblieben, was Malina durchaus geärgert hat; es hätte nicht viel gefehlt und sie hätte ihre Mutter angeblafft, ob sie sie für zu dämlich halte, ein paar vorgewürzte Hähnchenflügel in den Ofen zu schieben. Dann jedoch hatte sie sich besonnen und allen einen guten Appetit gewünscht und so war es ein richtig netter Abend geworden. Malina hat mit Simone und ihren Freunden gegessen und Rotwein getrunken, nur so viel, um sich ohne Einschränkungen klar ausdrücken und denken zu können, hat sich erkundigt, wie der Workshop gelaufen sei, Interesse gezeigt. Später war Lasse hinzugekommen, auch für ihn hatte Malina noch schnell einen appetitlichen Teller zurechtgemacht, obwohl alle zusammen bereits beim Abräumen waren. Lasse jedoch war schlecht gelaunt und schlang alles in sich hinein, ehe er sich mit einem kargen Gruß in sein Zimmer zurückzog. Simones Freunde, eine interessante kleine Gruppe aus Schauspielern, Drehbuchautoren und Regisseuren, äußerten immer wieder, wie sehr sie Simone um ihre so erwachsene, fleißige und intelligente Tochter beneideten. Zum ersten Mal seit Jahren geht es mal nicht nur um mein Aussehen, dachte Malina, die sich ihre langen Haare zu einem Pferdeschwanz nach hinten gebunden und nur Jeans und ein Langarmshirt angezogen hatte. Es geht um meine Art, um das, was ich tue. Gut so.

Mittags schlafen sowohl Lasse als auch Simone noch. Malina sitzt in ihrem Zimmer am Laptop und sucht nach einem Online-Versandhandel, der islamische Gebetsteppiche anbietet. So bald wie möglich möchte sie einen eigenen besitzen, selbst eine solche »Insel« haben, die sie überallhin mitnehmen kann, um sich ganz auf ihre eigene Verbindung zu Allah zu konzentrieren, egal wo sie gerade ist, vor allem aber zu Hause. Allah ... ich habe wirklich *Allah* gedacht, das arabische Wort für Gott, denkt sie. Vielleicht stimmt es, was Nesrin sagt. Vielleicht bin ich schon längst mehr Muslima, als ich zu hoffen wage.

Es gibt so schöne Teppiche. Malina scrollt mit der Maus durch die Seiten, ist fasziniert, ein glänzender weißer mit blauen Ornamenten hat es ihr besonders angetan, aber auch einen in Weinrot gibt es, der ihr gefällt. Die meisten Teppiche verfügen sogar über einen Kompass, damit man ihn der Vorschrift nach in Richtung der Pilgerstätte in Mekka ausrichten kann. Malina staunt, wie preiswert diese Teppiche sind – vielleicht bestellt sie sich einen für zu Hause und noch einen extra leichten Reiseteppich für unterwegs.

Den Blauen auf jeden Fall, überlegt sie und tippt die Bestelldaten in die vorgegebene Maske ein. Im selben Augenblick klopft jemand von draußen an die Wohnungstür, sonntags stellt Simone immer die Klingel ab. Malina minimiert ihr Fenster auf dem Bildschirm, eilt hin, blickt durch den Spion und öffnet.

»Luca«, bemerkt sie atemlos. »Komm rein.« Sie fühlt sich ein wenig ertappt, hoffentlich bemerkt er nichts, sie ist noch nicht so weit, jetzt schon ihren engsten Freunden zu erzählen, was in ihr vorgeht. Es ist noch zu frisch, arbeitet noch in ihr, sie muss den entscheidenden Schritt erst offiziell machen. Sie bietet ihm einen ihrer beiden Korbstühle an und setzt sich auf den anderen.

»Sorry, dass ich gestern nicht dabei war«, beeilt sie sich zu sagen. »Wenn ich nicht ausgerechnet gestern versprochen hätte, meiner Mutter zu helfen, wäre ich auf jeden Fall zum Band Contest gekommen. Wie ist es gelaufen?«

Luca sieht sie kurz an, sieht wieder weg, knibbelt an einem Hornhautfetzen seines Zeigefingers herum, so was bildet sich schnell, wenn man viel Gitarre übt. Schließlich atmet er tief durch und sieht Malina doch wieder an.

»Interessiert es dich wirklich?«, fragt er.

»Natürlich«, ruft sie aus. »Komm, Luca, ich weiß, dass du sauer auf mich bist, an deiner Stelle wäre ich es auch. Aber in letzter Zeit ... Mama und ich haben uns schon so oft gezofft und meistens war ich im Unrecht. Ich wollte einfach mal was richtig machen, gerade weil sie Lasse und mich so frei erzogen hat, statt nur mit Verboten um sich zu werfen. Aber okay«, sie springt von ihrem Stuhl auf und wirft die Hände in die Luft, geht zum Fenster. »Richtig war es auch wieder nicht. Egal was ich mache, irgendjemanden enttäusche ich wohl immer.«

»Wir wollten zusammen was auf die Beine stellen«,

erinnert er sie. »Seit Monaten reden wir davon – oder haben geredet.«

»Ich weiß. Ich sage ja, es tut mir leid.«

»Dass wir unser Ziel in letzter Zeit aus den Augen verloren haben, lag vielleicht auch an mir«, lenkt Luca ein. »Ich wollte erst mal mit BwithU dieses Ding gewinnen.«

»Und? Habt ihr?«

Luca schüttelt den Kopf. »Die Konkurrenz war heftig«, erzählt er. »Gewonnen haben Keep Out, die haben eine tolle Saxophonistin. Die spielt so gefühlvoll, als ob sie mit ihrem Instrument weint. Dagegen hatten wir keine Chance.«

»Aber Zweiter seid ihr geworden?«

»Dritter«, sagt Luca und grinst etwas schief. »Dafür gab es immerhin eine kleine Urkunde und ein Foto in der kostenlosen Wurfzeitung Friedrichshain/Mitte.«

»Ach komm. Dabei sein ist alles, oder? Soll ich uns einen Tee kochen?« Malina setzt sich bereits in Bewegung.

»Tee? Langsam wundere ich mich wirklich über dich.« Luca muss lachen und steht ebenfalls auf. »Komm, gehen wir raus. An der frischen Luft können wir besser Pläne schmieden.«

Malina spürt, dass sie zu schwitzen beginnt. Rausgehen mit Luca, klar. Genau wie immer, wie seit früher Kindheit schon hunderte Male. Vorher muss sie aber ihren Laptop herunterfahren, und zwar ohne dass er sieht, welche Webseite sie gerade geöffnet hat. Sie hat keinen Zweifel daran, dass sie früher oder später mit Luca über ihren Wunsch, den Islam anzunehmen, sprechen wird, aber nicht jetzt. Nicht so. Sie geht zum Schreibtisch, schiebt ein paar Papierbögen hin und her und drückt schließlich auf die Aus-Taste ihres Laptops, als Luca kurz sein Handy checkt. Dann ist sie mit einem Schritt an ihrem Kleiderschrank und zieht eine Sweatjacke mit Kapuze heraus.

»Es ist warm draußen«, sagt er und blickt wieder hoch.

»Nur für alle Fälle«, erwidert sie. »Wer weiß, wie lange wir weg sind. Was macht Nele heute, kommt sie mit?«

Luca schüttelt den Kopf. »Die war heute Morgen sehr einsilbig. Um elf rief Lydia an, dann sind sie zusammen zum Flohmarkt an der Straße des 17. Juni gefahren.«

Ohne mich, denkt Malina. Flohmarkt hätte mir auch Spaß gemacht. Wahrscheinlich weiß Luca das und ist deshalb hergekommen. Ich muss aufpassen, dass ich ihn nicht dauernd vor den Kopf stoße.

Luca schlägt vor, zum Tempelhofer Feld zu fahren. Der über 300 Hektar große, zentral gelegene ehemalige Flughafen in der südlichen Innenstadt Berlins ist seit 2010 als vielseitiges Freizeitgelände der Bevölkerung kostenfrei zugänglich und wird oft und gern bei schönem Wetter für sportliche Aktivitäten und zur Erholung genutzt.

»Schade, dass wir keine Inlineskater mehr haben«, meint Malina, als sie sieht, wie viele Menschen auf den früheren Rollfeldern per Rollerskates, Waveboard oder Fahrrad unterwegs sind. Luca zieht eine faltbare Frisbeescheibe aus seiner Hosentasche, zusammen suchen sie sich eine freie Stelle auf dem Rasen, was bei der Weitläufigkeit des Geländes keine Schwierigkeit ist. Luca wirft geschickt und zunächst so, dass Malina wenig Mühe hat, die Scheibe zu fangen. Mit der Zeit jedoch wird er übermütiger, schon bald sprintet Malina von hier nach dort, außerdem kommen leichte Windböen auf, die die Scheibe unerwartet abdriften lassen. Ein paar Meter neben ihnen sonnt sich ein Pärchen, sie liegt auf dem Rücken und hält die Augen geschlossen, der Junge liegt seitlich zu ihr gewandt und scheint die Sommersprossen auf ihrem Gesicht zu zählen, sie lachen leise. Die Frisbeescheibe segelt auf sie herab und bleibt zwischen den Füßen der beiden liegen. Luca eilt hin, um sie aufzuheben.

Nein, denkt Malina. Nein, jetzt träume ich. Jetzt stecke ich mitten in einem Albtraum, das kann nicht Tarik sein. Auf keinen Fall kann es Tarik sein, der seinen Kopf noch einmal anhebt, nach der Scheibe greift, sie lachend aufwärts reicht und erschrickt, als er Luca bemerkt. Luca und dann Malina, die kaum zwei Meter entfernt steht und es nicht glauben kann. Es *ist* Tarik. Sie hat ihn nicht gleich erkannt, weil er seine Locken hat abschneiden lassen und einen neuen Kurzhaarschnitt trägt. Sein Lächeln aus aufwärts gekräuselten Mundwinkeln erstirbt und weicht einem schuldbewussten, aber auch leicht trotzigen, vorwurfsvollen Gesichtsausdruck. Sie ist mit Luca hier. Was Tarik vermutlich denkt, ist das Gegenteil von dem, was wirklich passiert, aber das wird er nicht glauben. Luca ist nur Luca, aber die Tatsache, dass Malina allein mit ihm unterwegs ist, verstößt gegen seine *Namus*, die Ehre, und damit auch gegen *Şeref*, sein Ansehen. Vermutlich weiß er, dass auch er dagegen verstoßen hat, weil er sich heimlich mit einem anderen Mädchen trifft. In diesem Moment begreift Malina, dass es nicht mehr klappt zwischen ihr und Tarik. Sie will sich noch nicht binden. Will sich zuerst in ihrer neuen Religion einrichten, ehe sie sich nach einem Partner umsieht. Dieses Suchen, Ausprobieren, Zusammensein und Enttäuschtwerden passt für sie nicht mehr. In Tariks Augen sieht sie, dass auch er sich innerlich von ihr entfernt.

Dennoch springt er auf, strafft seine Schultern, bereit, Luca entgegenzutreten, doch noch ehe er ihm oder ihr einen Vorwurf entgegenschleudern kann, besinnt er sich, er weiß, dass Luca wie ein Bruder für Malina ist und sie nie etwas mit ihm angefangen hätte. Er weiß, dass Mädchen und Jungen in nichtmuslimischen Gesellschaften miteinander befreundet sein können, ohne dass dies als moralisch verwerflich gilt. Er weiß, dass er Mist gebaut hat, mehr als sie. Er weiß, dass es aus ist.

Malina wendet sich ab und entfernt sich mit raschen Schritten, Luca folgt ihr. Weinen muss sie nicht. Trotzdem schade, denkt sie. Sie war so verknallt in ihn. Jetzt ist es aus, so kann sie nicht mit ihm zusammen sein, auch wenn er es mit dem anderen Mädchen vielleicht nicht ernst meint, nur befreundet ist oder harmlos flirtet, wie viele Jungen es tun. Früher hätte sie es toleriert, jetzt nicht mehr.

»Hey«, sagt Luca leise, nachdem sie sich gemeinsam von Tarik und dem anderen Mädchen entfernt haben, von dem Malina nicht einmal weiß, ob sie seine neue Freundin ist oder nur ein heißer Flirt. Ob sie vielleicht sogar das Mädchen ist, mit dem Malina ihn schon beim Karneval der Kulturen beobachtet hat. Sie will es nicht wissen.

»Weißt du noch, Malina – so viele haben gesagt, das mit Tarik und dir wird nicht lange gut gehen. Ich weiß, es hört sich blöd an, aber ... nimm es nicht so schwer. Der muss sich noch austoben, du bist zu schade für ihn.«

»Schon gut«, antwortet sie, froh, dass er nicht den Arm um sie legt, bei Luca würde sie es nicht missverstehen, aber im Moment möchte sie von niemandem berührt werden.

In Zukunft also ohne Tarik. Durch ihn ist sie zum Islam

gekommen, von seinem festen Glauben beeindruckt gewesen, seiner Liebe zu dieser Religion. Bestimmt hält er sich bei Weitem nicht an alle Regeln, dennoch scheint sein Glaube unerschütterlich. Er war es, von dem sie zum ersten Mal das islamische Glaubensbekenntnis gehört hat. In seiner Familie hat sie gesehen, was es einem Menschen bedeuten kann zu beten. Malina hat miterlebt, wie schon die jüngsten Familienmitglieder sich bemühen, die Grenzen des Miteinanders einzuhalten, die ihnen die Religion und die Tradition vorgibt. Das alles hat sie bei Tarik zum ersten Mal gesehen. Und jetzt soll alles vorbei sein?

Erklärt hat mir Nesrin alles, überlegt sie weiter. Und was ich spüre, spüre ich von allein. Der Islam hat mir das Herz geöffnet, nicht sie oder Tarik. Es war Allah, der mir gezeigt hat, dass mein bisheriges Leben nur eine sinnentleerte Jagd nach Spaß und Ablenkung vom Wesentlichen war.

»Wollen wir lieber wieder nach Hause gehen?«, fragt Luca und reißt Malina damit aus ihren Gedanken. Sie atmet tief durch und blickt sich um. Sieht die jungen Familien mit ihren Kindern, die fröhlich auf Fahrrädern um die Wette fahren. Sieht am anderen Ende den Grillplatz, von dem Rauch in den blauen Sommerhimmel steigt, die Mehrzahl derer, die sich hier zum Grillen getroffen haben, sind offensichtlich Muslime. Irgendwo ganz in der Nähe steht die Şehitlik-Moschee – auch sie hat etwas in Malina bewirkt, das sie nie zuvor gespürt hat. Es gibt keinen Grund zu fliehen.

»Wir bleiben noch«, entscheidet Malina. Die alte Malina zeigen, erst mal noch. »Was soll ich zu Hause grübeln. Zum Frisbeespielen ist mir die Lust vergangen, aber wir können dort drüben unter einem Baum sitzen und eine Cola trinken, wenn du willst.«

»Oder Eis essen«, schlägt Luca vor und grinst verschmitzt.

»Oder beides«, fügt Malina hinzu.

»Beides nicht. Als Kind hast du von Eis mit Cola gekotzt.« Er knufft sie freundschaftlich in die Seite und zwinkert ihr zu, Malina lehnt ganz kurz ihren Kopf an seine Schulter.

»Danke, dass du da bist«, seufzt sie.

»Wenn ich gewusst hätte, was dabei herauskommt, hätte ich mich schon eher um dich gekümmert«, erwidert er.

»Was meinst du damit?« Malina löst sich von ihm, Luca winkt ab.

»Vergiss es«, lacht er.

Bemüht locker miteinander plaudernd haben sie die Getränkebude erreicht und reihen sich in die Schlange. Während Luca bestellt, kann Malina immer noch nicht glauben, wie wenig es ihr ausmacht, dass Tarik sie hintergangen hat. Warum sie so wenig Verlust spürt. Ist es, weil sie durch den Islam so viel gewonnen hat, weil ein neues Gefühl sie ergriffen hat, das dem Verliebtsein so ähnlich ist, jedoch viel tiefer geht? Oder ist es, weil Luca da ist?

Luca hat zwei Schoko-Nuss-Waffeltüten ergattert und steuert eine Platane an, Malina bemüht sich, nicht zu dicht neben ihm an den dicken Stamm gelehnt Platz zu nehmen. Das Eis schmeckt nach lange vergangenen gemeinsamen Sommern, gemeinsam auch mit Nele, die ihr im Moment Lichtjahre entfernt zu sein scheint.

»Jetzt könnten wir über dein Gedicht nachdenken«, schlägt Luca vor. »Hast du schon damit angefangen? Notizen gemacht oder heimlich vor dich hin gerappt?«

»Bloß nicht«, wehrt Malina ab und lacht. »Ehrlich gesagt, bin ich absolut noch nicht dazu gekommen. Außerdem fürchte ich, ich eigne mich nicht besonders gut zum Slammen.«

»Du hast eine super Deutschnote«, erinnert Luca sie und schiebt ungeduldig eine seiner blonden Haarsträhnen aus der Stirn, wie immer, wenn er sich aufzuregen beginnt. »Jeder weiß, was für große Stücke Frau Krüger auf dich hält.«

»Vielleicht kann ich gut Texte interpretieren. Aber selber schreiben?«

»Fang einfach an. So wie diese Julia Engelmann mit ihrem ›Eines Tages, Baby, werden wir alt sein‹; kennst du ihr Video?«

Malina nickt. »So ein Ausnahmetalent bin ich nicht.«

»Fang einfach an«, wiederholt Luca. »Eines Tages, Baby, werden wir am Reichtum ersticken, wenn wir nicht lernen, abzugeben ...«

»So nicht«, unterbricht ihn Malina. »Ich will Julia Engelmann nicht einfach kopieren. Meine Poetry muss ganz anders werden.« Sie denkt nach, ahnt, was Luca hören will, starrt auf seinen rechten Fuß, der ungeduldig wippt, wie immer trägt er schwarze Canvasschuhe, erst ab fünf Grad unter dem Gefrierpunkt zieht er andere an. Ein Text für einen Poetry Slam. So sehr sie auch überlegt, immer wieder taucht Allah darin auf. Ihre neue Religion, der Islam.

»Also gut«, sagt sie schließlich. »Ich versuche es. Aber wehe, du lachst mich aus!«

»Würde ich nie«, beteuert Luca.

»Also gut.« Malina sammelt sich.

»Titel: Begegnung mit Gott.
Ich brauche ihn nicht, bin mir selbst genug

Habe Regeln nicht nötig, ich bin so frei
unbesiegbar, forever young
Was soll denn schon passieren
Fuck off Jenseits, wir leben heute
Gebt mir, was ich haben will
Meine Götter sind Musik, Tanz, Mode
Make-up, Modelmaße, Jungs
heute dieser, morgen der
Nach mir die Sintflut, dachte ich.«

Sie macht eine Pause, um den Worten nachzuspüren, jetzt kommt der wichtigere Teil. Malina will ihn so vortragen, dass Luca begreift, was in ihr vorgeht. Dass sie es ernst meint. Dass er merkt: Dem Leben einen Sinn geben heißt für sie nicht irgendeinen. Es geht um den Islam. Genau darum.

»Bis Gott mich aufspürte
Jetzt stehe ich hier, gesucht und gefunden
Frei ihm zu folgen, was hält mich noch hier
Will mich verhüllen, damit nur er mich noch sieht
Frei sein von Musik, Tanz, Flirts, coolen Outfits
Make-up, Modelmaßen und Jungs
Ich stehe, knie, liege
Ergebe mich betend
Um Vergebung bittend, gern Regeln befolgend
Und bin doch so frei wie nie.«

Als Malina fertig ist, schweigen beide. Sie wagt es nicht sofort, ihn anzusehen; zu persönlich war ihr Text, der einfach aus ihr herausgesprudelt ist, diese Art von Text muss sich nicht reimen, muss keinem Rhythmus folgen, der entsteht beim Vortrag, ganz von selbst hat sie zu ihrem Rhythmus gefunden, einem zweiten Herzschlag gleich. Was Luca jetzt wohl denkt, überlegt Malina. Er räuspert sich.

»Das war schön«, sagt er, seine Stimme klingt immer noch belegt. »Beeindruckend, damit könntest du mal an einem Poetry Slam teilnehmen, wo auch andere ihre Texte vortragen. Das hast du voll drauf. Du hast also wirklich zum Glauben gefunden?«

Malina nickt. »Irgendwie schon«, gibt sie zu und blickt Luca erneut verstohlen an. Wartet auf Vorwürfe, auf Äußerungen voller Unverständnis, auf Warnungen.

»Das hätte dir auch schon eher einfallen können«, bemerkt er jedoch nur trocken. »Mit Nele und mir im Kindergarten zum Beispiel. Aber besser spät als nie. Holst du jetzt deine Konfirmation nach?«

Malina verschluckt sich beinahe an ihrer eigenen Spucke.

»Mal sehen«, antwortet sie nur. »Gehen wir erst mal nach Hause.«

14.

»Und da hast du nichts gemerkt?«, fragt Herr Bischoff bereits zum dritten Mal. Luca hat alles erzählt, wie er Malinas Weg zum Islam wahrgenommen hat. Jedes Detail. Natürlich gibt es noch Lücken, er war nicht überall dabei. »Sie hat dir dieses Gedicht vorgetragen, von Gott, von Verhüllung und neuen Regeln, vom Knien, vom Ergeben … dazu aus dem Stegreif, und du hast es nicht mit dem Islam in Verbindung gebracht? Obwohl sie mit Tarik zusammen war und nachmittags fast nur noch Nesrin traf?«

Luca schüttelt den Kopf. »Ich wäre nie darauf gekommen, dass sie wirklich konvertieren würde. Jedes andere Mädchen meinetwegen, aber nicht Malina. Das Gedicht alleine war kein Hinweis für mich.«

»Dann hast du aber echt geschnarcht«, bemerkt Enzo aus der letzten Reihe. Luca springt auf, alle sehen überrascht zu ihm hin, so kennt man ihn gar nicht. Sonst ist Luca die Ruhe selbst, der stille Blonde, der schon in der fünften Klasse die Streitschlichter-Ausbildung absolviert hat. Luca, der durch seine Zwillingsschwester einen gelassenen Umgang mit Mädchen gewohnt ist, um den andere Jungs ihn oft heimlich beneiden. Jetzt ist er kurz davor auszurasten, hechtet auf Enzo zu, stößt ihn gegen die Schulter.

»Was weißt du schon, he?«, herrscht er ihn an. Enzo hat

nicht die geringste Ahnung, er kann Mädchen immer nur anbaggern, bei Malina hat er es versucht und auch bei Nele, bei so einem Typen würde ich auch Kopftuch tragen, denkt er und muss fast über sich selbst lachen, fast, wenn er nicht so wütend wäre. Malina im Islam. Für Luca ein solcher Verlust. »Welchen Glauben man annimmt, ist eine Lebensentscheidung. Davon kann man jemanden nicht einfach abbringen, egal wie gern man es möchte. Genauso wenig, wie man jemanden dazu zwingen kann.«

»Ach.« Enzo lehnt sich zurück und verschränkt die Arme vor der Brust. »Kann man das nicht? Wenn sie meine Braut gewesen wäre, hätte ich gewusst, was sie braucht, um ihren Allah zu vergessen.«

»Alter Wichser«, zischt Luca und will erneut auf ihn losgehen. Herr Bischoff packt ihn an beiden Armen und zerrt ihn zurück.

»Ruhe«, sagt er. »Ruhe. Setz dich wieder hin, Luca, und dann erzählt mal jemand anders, wie es weitergegangen ist. Wer weiß etwas? Nele vielleicht? Oder Lydia?«

15.

Vor der Haustür treffen Malina und Luca auf Nele. Sie trägt eine Tasche, die Malina noch nie an ihr gesehen hat, braunes Wildleder mit Fransen, bestimmt vom Flohmarkt.

»Ich wäre gern mitgekommen«, sagt Malina. »Nächstes Mal sagt bitte Bescheid, Lydia und du. Ich mag Flohmärkte, man findet oft Schnäppchen, die man anderswo nicht bekommen hätte. Sieht man ja an dir.« Sie weist auf die Tasche.

»Wusste ich nicht«, entgegnet Nele knapp. »In letzter Zeit machst du dich rar.«

»Lass uns nicht streiten.« Malina legt ihre Hand auf den Arm ihrer Freundin. »Natürlich will ich auch mit dir gerne mal wieder was machen. Oder mit allen Mädels aus der Klasse.«

»Und was schwebt dir vor? Nächste Woche soll es wieder heiß werden. Freibad?«

Malina zögert, dann erzählt sie ihr in wenigen Sätzen, dass mit Tarik Schluss ist.

»Deshalb ist mir gerade nicht so nach Jungs. Von dir mal abgesehen, Luca«, fügt sie lachend hinzu und drückt Neles Zwillingsbruder kurz an sich. »Mal nur was mit unseren Mädels, das fänd ich toll. Und ich weiß auch schon was: Wie wäre es, wenn wir uns alle bei einer von uns zum Kleidertausch treffen? Jede bringt alle Klamotten mit, die sie nicht mehr anziehen will, die Sachen sollten natürlich noch gut erhalten sein. Und dann wird getauscht oder verschenkt. Bei teuren Sachen geht Verkaufen natürlich auch.«

Sie beobachtet Nele und sieht, wie diese allmählich auftaut. Ihre etwas störrische Miene weicht einem Lächeln, das verrät, auch Nele hat Lust dazu. Mit allen Freundinnen und Klassenkameradinnen zusammensitzen, quatschen, essen und trinken, Modenschau machen und lauter coole Teile wechseln die Besitzerinnen.

»Ich hätte eine Menge beizusteuern«, sagt sie. »Am besten, wir machen das bei Lydia.

Sie hat das größte Zimmer von allen und nachmittags oft sturmfrei.«

Malina, Nele und Luca schieben sich bei den Zwillingen noch eine Pizza in den Ofen, Malina ist froh, dass diese nur mit Tomate und Mozzarella belegt ist. Sie sehen eine DVD von Mario Barth, es tut gut, einfach nur zusammen zu lachen, Malina schafft es, nicht über Tarik nachzudenken. Als sie sich später verabschiedet, spürt sie, wie froh sie ist, sich mit Nele wieder versöhnt zu haben. Aber alles weiß Nele noch nicht. Das Wichtigste steht noch bevor.

Die anderen Mädchen aus der Klasse sind begeistert von der Idee des Kleidertauschs. Auch einige andere aus dem elften Jahrgang haben Wind davon bekommen und schließen sich an. Am Samstagnachmittag darauf verwandelt sich Lydias Zimmer in der geräumigen Altbauwohnung ihrer Eltern in eine überfüllte Kleiderkammer, alle packen ihre Taschen aus und breiten Jeans, Tops, Kleider, Röcke und Jacken in allen denkbaren Farben und Mustern aus.

»Nicht alles wird jeder von uns passen«, vermutet Lydia,

»aber das macht nichts. Vieles kann man passend machen oder wir zeigen uns ab sofort alle im Lagenlook. Also, auf ins Gewühl, Mädels!«

Alle stürzen sich auf die Klamotten. Die Mädchen äußern sich begeistert über die Teile, die die anderen mitgebracht haben.

»So ein süßes Top«, ruft Nele und hält ein sehr knappes Oberteil mit Spagettiträgern hoch, das Malina beigesteuert hat. »Bist du ganz sicher, dass du es nicht mehr haben willst?«

»Absolut«, sagt Malina. »Mir gefällt es nicht mehr.«

Nele streift ihr eigenes T-Shirt vom Körper und zieht Malinas an.

»Steht dir super«, stellt Lydia fest, auch sie hebt jetzt ein Kleidungsstück von Malina nach dem anderen an, Malinas Klamotten sind alle noch topmodisch, fast alles Sommersachen, für die gerade die richtigen Temperaturen herrschen. Jeansshorts mit ausgefransten Kanten, Stretchminis, ärmellose und kurzärmelige Blusen, T-Shirts mit weitem Ausschnitt. Die anderen Mädchen reißen sich ihre Sachen gegenseitig beinahe aus den Händen.

»Das sieht doch alles noch toll aus«, staunen Nele, Lydia und die Schulkameradinnen Laura, Viktoria, Manja, Benita und Jasmin. Malina hebt die Schultern.

»Ich will meinen Style etwas ändern«, sagt sie. »Tobt euch nur aus. Unter euren Sachen finde ich bestimmt auch was.« Sie stellt sich an einen anderen Tisch und findet eine lange Leinenhose, die sie früher an Benita gesehen hat, ein geblümtes Maxikleid von Lydia, ein marineblaues Langarmshirt von Viktoria und einen Unterziehrolli, den Manja letzten Winter unter einem wollenen Cardigan trug, weil dieser kratzte.

Jasmin, die einen ähnlich schlanken Körperbau hat wie Malina, tritt neben sie.

»Ich habe Sommersachen dabei, die dir bestimmt super stehen würden«, sagt sie und zeigt ihr einen kleinen Stapel. »Diese enge schwarze Shorts zum Beispiel. Oder das kurze Kleid. Da kommen deine Beine top zur Geltung. Probier doch beides mal an! Der Herbst kommt noch früh genug.«

Also tue ich ihr den Gefallen, denkt Malina; was wirklich mit mir los ist, merkt ihr alle noch früh genug. Sie nimmt Jasmin die zwei Teile ab und will im Bad verschwinden, um sich umzuziehen, da baut sich Nele vor ihr auf.

»Das glaube ich jetzt nicht«, sagt sie und hält Malinas schwarz-roten Bikini in die Höhe. »Den willst du loswerden? Erst vor ein paar Wochen haben wir ihn zusammen gekauft und jetzt liegt er schon hier? Das kann nicht sein.« Auch die anderen Mädchen murmeln Verwunderung, eine nach der anderen nimmt Malinas Bikini in die Hand, nicht jede hat die Figur dafür.

»Das war ein Fehlkauf«, antwortet Malina. »Ich gefalle mir nicht mehr darin.«

»Der Bikini war dein ganzer Stolz«, widerspricht Nele. »Weißt du nicht mehr, was für Augen die Jungs gemacht haben? Besonders …

»Falsches Thema«, unterbricht Malina sie. »Nehmt euch meinen Bikini und lasst mich mit den Jungs in Ruhe.«

Der Kleidertausch geht weiter, doch jetzt ist die Stimmung gedämpft. Alle versuchen, Rücksicht darauf zu nehmen, dass Malina sich von Tarik getrennt hat und nicht so gut drauf ist wie sonst.

»Die Typen haben sowieso alle einen an der Klatsche«,

meint Lydia und wedelt mit einem Loopschal in der Luft herum. »Am besten, wir gehen alle ins Kloster oder tragen Kopftücher wie Nesrin und die anderen Türkinnen.« Sie legt sich das Tuch um den Hals und zieht es von hinten über den Kopf wie eine Kapuze.

»Das ist nicht witzig, Lydia.« Malina tritt auf sie zu und reißt ihr das Tuch wieder vom Kopf. »Du warst selber bis vor kurzem noch eng mit Nesrin befreundet. Es ist gemein, über sie zu lästern, wenn sie selber nicht dabei ist.«

»Dann zieh du es doch an«, mault Lydia und wirft Malina das Kopftuch zu. »Du hast mir Nesrin weggenommen, dann kannst du das hier auch haben.«

Malina nimmt das Tuch und stopft es in ihre Tasche. Also gut, denkt sie. Ich mache es. Jetzt erst recht.

* * *

Am nächsten Morgen in der Schule geht Malina auf Nesrin zu, nimmt sie beim Arm und zieht sie in eine ruhige Ecke im Flur, wo sich hinter den Türen nur der Kartenraum und die Kammer mit den Putzutensilien befinden. Im Augenblick ist hier niemand außer ihnen.

»Ich möchte konvertieren«, flüstert sie. »Jetzt gleich.«

»Oh«, flüstert Nesrin zurück, Malina liest Erstaunen in ihren Augen, aber auch Freude. »Jetzt gleich ist ein bisschen schwierig«, meint Nesrin jedoch. »Du musst die *Schahada* nach Möglichkeit vor zwei Muslimen sprechen.«

»Das stimmt nicht. Ich habe mich genau erkundigt. Einer genügt«, erwidert Malina. »Ich hätte sogar online im Chat konvertieren können. Aber es ist mir wichtig, dass gerade du mein Glaubensbekenntnis hörst.«

»Das ist lieb von dir.« Nesrin lächelt und drückt ihre Hand. »Aber es soll doch etwas Besonderes sein, ein bisschen feiern sollten wir also schon. Vor der ersten Stunde schaffen wir es aber nicht mehr, jemanden zu fragen. Du bist dir ganz sicher?«

»Ich kann es kaum erwarten«, versichert Malina.

»*Schahada* hast du drauf?«

»Fast so gut wie du.«

»Dann machen wir es in der großen Pause. Bis dahin habe ich jemanden und wir finden auch leicht einen leeren Klassenraum, weil alle anderen auf dem Hof sind. Wenn du willst, können wir aber auch heute Nachmittag in die Moschee gehen. Da ist es feierlicher.«

»Das ist es bestimmt. Aber ich will nicht mehr warten. Keine Minute länger als unbedingt nötig. Ich habe mir sogar extra passende Sachen angezogen, die trotzdem nicht so auffällig sind, dass gleich die ganze Schule Bescheid weiß.« Sie blickt an sich herunter und ist noch genauso zufrieden wie heute früh in ihrem Zimmer, als sie die Leinenhose, flache Ballerinas, ein dünnes Langarmshirt und darüber ein ärmelloses schwarzes Top angezogen hat, das fast bis zu den Knien reicht. »Genau heute ist der richtige Tag, Nesrin. Ich habe ihm so lange entgegengefiebert.«

»Das verstehe ich.« Nesrin nickt und blickt auf ihre Armbanduhr, dann grinst sie verheißungsvoll. »Noch zwei Stunden und du bist ganz offiziell eine Muslima«, flüstert sie. »Innerlich bist du es längst.«

In der ersten Stunde wird ein Vokabel- und Grammatiktest in Englisch bei Herrn Bischoff geschrieben. Gut so, denkt Malina. Die Lösungen aufschreiben hilft, dass ich nicht vollkommen durchdrehe. Der Test gelingt ihr, in Englisch hat sie keine Schwierigkeiten, still lächelt sie vor sich hin, als sie daran denkt, was für eine Herausforderung Arabisch dagegen ist.

In der kleinen Pause gibt Nesrin ihr durch ein Handzeichen zu verstehen, sie werde gleich zurück sein und verschwindet. Tatsächlich ist sie noch vor dem Stundenklingeln zurück und hebt verstohlen den Daumen.

»Sibel aus der Abiturklasse wird dabei sein«, sagt sie leise, sobald sie sicher ist, dass niemand zuhört. »Wir treffen uns so schnell wie möglich im Klassenraum der 7a. Die machen heute einen Ausflug, also wird uns niemand stören.«

7a, ist das nicht die Klasse von Tariks Schwester Dilek, überlegt Malina. Macht nichts.

Während der zweiten Englischstunde blickt Malina immer wieder heimlich auf die Wanduhr neben dem Smartboard. Noch nie schien die Zeit in der Schule so langsam zu vergehen. Nach dem Test fordert Herr Bischoff die Klasse kaum noch. Er stellt den Schülern einige Kurzgeschichten vor und stellt ihnen die Aufgabe, sich in Vierergruppen zusammenzufinden und eine Fotostory daraus zu machen, die später als Präsentation vorgetragen werden soll. Normalerweise liebt Malina solche kreativen Aufgaben und kniet sich mit Eifer und Ehrgeiz hinein. Heute bekommt sie kaum mit, wovon gesprochen wird. Erst als Nesrin sie anstößt, weil Lydia und Nele gefragt haben, ob sie zu viert zusammenarbeiten wollen, gelingt es ihr, sich etwas zusammenzureißen, bietet sich zum Aufschreiben der ersten Einstellungen an, schlägt Requisiten und Schauplätze vor. Die ganze Zeit jedoch versucht sie vergebens, das Ziehen und Flattern in ihrer Magengegend zu ignorieren, diese kaum noch erträgliche aufgeregte Vorfreude. Sie kann sich nicht erinnern, je zuvor eine solche Ungeduld empfunden zu haben, höchstens als Sechsjährige vor ihrem Geburtstag.

Endlich ist es soweit. Beim Klingeln zur großen Pause springt nicht nur Malina von ihrem Platz auf. Fast alle warten unruhig darauf, dass Herr Bischoff die Stunde schließt und ankündigt, wie es beim nächsten Mal weitergeht. Dann eilen alle nach draußen, einige noch in ihre Unterhaltung über das geplante Projekt vertieft, die meisten schnell bei anderen Themen.

»Kommt ihr mit in die Cafeteria?«, fragt Nele. »Ich würde sterben für ein Nougatcroissant.«

»Wir kommen gleich nach«, verspricht Nesrin. Nele und Lydia zucken mit den Schultern, als hätten sie genau mit so einer Antwort gerechnet. Als sich der Flur fast ganz geleert hat, steuern Malina und Nesrin den Klassenraum der 7a an. Sibel wartet bereits an einem Gruppentisch, Malina kennt sie vom Sehen, die älteren Jahrgänge geben sich selten mit den jüngeren ab, es sei denn, man nimmt gemeinsam an einer AG teil. Sibel jedoch lächelt ihr zu und nimmt sie in die Arme.

»Du willst also konvertieren«, sagt sie. »Was für ein großer, bedeutender Tag für dich! Ich freue mich sehr, dass ich dabei sein darf.« Auch sie fragt nach, ob Malina die *Schahada* wirklich beherrsche, wie es auch Nesrin bereits getan hat. Beide stellen sich vor Malina auf und sehen sie erwartungsvoll an. Malina holt tief Luft. Jetzt. Jetzt ist es soweit. Jetzt werde ich Muslimin, denkt sie und kann es kaum fassen. Ihr Mund ist trocken. Zuerst blickt sie Nesrin, dann Sibel fest in die Augen und sagt sich die arabischen Worte zunächst in Gedanken vor. Dann spricht sie:

»Aschhadu an la illaha illa llah wa-aschhadu anna Muhamadan rasulu llah. Und noch auf Deutsch: Ich bezeuge, dass es keinen Gott gibt außer Allah. Und ich bezeuge, dass Mohammed sein Prophet ist.«

Ich habe es gesagt, fährt es ihr anschließend durch den Kopf. Ich habe es wirklich gesagt, und es hat sich so richtig angefühlt wie noch nie zuvor etwas in meinem Leben. Auf einmal spürt Malina, dass ihr die Tränen kommen, sie kann es nicht stoppen, sie fühlt eine nie gekannte Form der Erleichterung, als ob etwas Schwieriges von ihr abfällt und sie befreit ist, befreit von ihrem bisherigen Leben, von der Ziellosigkeit.

»Süß, deine Freudentränen«, meint Nesrin, umarmt Malina erneut und hält sie lange fest. »Willkommen im Islam, meine Schwester.« Das Gleiche tut auch Sibel.

»Danke.« Malina lacht und weint zugleich, ein wenig ist es ihr peinlich, so aufgelöst vor den beiden zu stehen. »Ihr glaubt nicht, wie froh ich bin. Es geht mir so gut. Jetzt fängt ein neues Leben an.«

»Ganz bestimmt tut es das.« Sibel steht auf, rückt ihr Kopftuch zurecht und nickt Malina und Nesrin zu. »Schön, dass du dich für den Islam entschieden hast. Ich bin sicher, du wirst es nicht bereuen – das strahlst du einfach aus. Wenn du Fragen hast, ist natürlich vor allem Nesrin für dich da. Aber du kannst auch jederzeit zu mir kommen – und zu jeder anderen muslimischen Schwester auf unserer Schule.« Dann erklärt sie, sie müsse für die kommende Stunde noch etwas vorbereiten, und lässt die Freundinnen allein.

»Ich bin Muslima«, sagt Malina, als sie wieder mit Nesrin allein ist. »Ich habe es geschafft, Nesrin. Kneif mich mal, damit ich weiß, dass dies kein Traum ist. Ich bin konvertiert. Ich habe den Islam angenommen. Jetzt bin ich wirklich Muslima. Endlich.« Sie sieht Nesrin an, wischt sich die Tränen ab und umarmt sie. »Danke, Nesrin. Danke für alles. Ohne dich wäre ich nie so weit gekommen.«

Ein paar Minuten bleiben sie noch, setzen sich jede auf einen Stuhl und reden darüber, was sich von nun an alles ändern werde. Beide kichern, als Nesrin versucht, Malina noch rasch ein paar arabische Wörter beizubringen, die im Islam gebräuchlich sind und oft gesagt werden.

»*Iman* ist der Glaube im Herzen an Allah und seine Eigenschaften, den Propheten, die Bücher, die Engel, und an den Jüngsten Tag«, erklärt sie. »Mein Islam«, sagt Malina. »Endlich bin ich angekommen. Endlich gehöre ich ganz zu Allah.«

Es klingelt zum Pausenende. Der nächste Block ist Deutsch bei Frau Krüger, auch hier geht es um Literatur, »Sonnenallee« von Thomas Brussig, darauf haben die Elftklässler mehr Lust als auf die alten Klassiker, deren Sprache ihnen so fremd erscheint, so weit weg.

An Malina rauscht alles vorbei. Stolz und glücklich kehrt sie in den Unterricht zurück und setzt sich auf ihren Platz. Blickt sich im Klassenraum um, sieht Nele und Lydia, sieht Tarik und alle anderen. Ihr wisst gar nichts von mir, denkt sie; ihr habt keine Ahnung, was gerade passiert ist. Ich bin Muslimin, jetzt habe ich es wirklich durchgezogen, ich bin zum Islam übergetreten. Sie kann kaum das Grinsen unterdrücken, diese unbändige Freude, die aus ihr heraus will und die sie doch unterdrücken muss, um nicht sofort die skeptische Aufmerksamkeit aller Mitschüler auf sich zu ziehen. Ich bin konvertiert, denkt sie immer wieder, während sie die Seite aufschlägt, die Frau Krüger genannt hat. Ich habe den Islam als meine Religion angenommen. Lebe für Allah, nach der Lebensweise, die der Prophet Mohammad überbracht hat. Endlich ergibt alles einen Sinn. Endlich lebe ich nicht mehr nur für mich und irgendwie vor mich hin. Alles, was ich mache, ist nicht mehr nur für den Augenblick, nicht mehr nur für den Genuss, den Zeitvertreib. Ab heute habe ich einen Platz auf dieser Erde. Eine Aufgabe. Allah dienen, den Menschen dienen. Nie mehr werde ich mir überflüssig vorkommen wie früher so oft. Seht ihr mich nicht, Leute? Wollt ihr nicht auch so werden, nicht auch teilhaben am Großen, Ganzen, an Allahs allumfassendem Plan?

16.

Anfangs behält Malina für sich, dass sie konvertiert ist. Niemand außer Nesrin weiß es. Nach der langen Hitzeperiode hat ein Gewitter die Stadt merklich abgekühlt und so fällt es zunächst kaum auf, dass Malina statt der gewohnten kurzen Kleider, Röcke und Hotpants nun stets Shirts und Hosen anhat, die Arme und Beine ganz bedecken. Lydia freut sich, als Malina mit dem Maxikleid von ihr in die Schule kommt.

»Steht dir super«, meint sie. »Das Dunkelblau deiner Strickjacke passt genau zu dem Muster.«

Das Schuljahr dümpelt dem Ende entgegen, im Unterricht passiert nicht mehr viel. Ein wenig Abschiedsschmerz breitet sich in der Klasse aus; einige werden nach dem mittleren Schulabschluss abgehen und eine Ausbildung beginnen, so auch Tarik, der durch seinen Vater überraschend eine Lehrstelle als Koch bekommen hat. Malina und er gehen sich aus dem Weg, giften sich jedoch nicht an, er weiß nicht, dass sie konvertiert ist, und sie weiß nicht, ob er mit dem Mädchen vom Tempelhofer Feld fest zusammen ist. Es ist ihr egal.

»Wenn du jetzt wieder solo bist, können wir doch mal wieder alleine was machen«, schlägt Nele vor, als Malina und sie einmal mittags noch den Klassenraum ausfegen, Frau Krüger hat sie damit beauftragt. »Nur wir beide, wie früher.

Kein Luca und keine Lydia, auch keine Nesrin, manchmal nervt es mich, dass ich nie in Ruhe alleine mit dir reden kann. Wir können zusammen was backen und später noch ins Kino gehen. Oder skaten, wenn es nicht so heiß ist. Oder worauf du sonst Lust hast.«

»Gerne«, sagt Malina. »Gute Idee. Backen und Kino klingt toll. Du fehlst mir auch, das wird super, endlich mal wieder wir beide.«

»Dann am Freitag gleich nach der Schule? Da hätten wir Zeit mit open end.«

Malina überlegt. Freitags ist nach der sechsten Stunde Schluss, das Mittagsgebet ist freitags besonders wichtig, es wird zeitgleich zum Freitagsgebet abgehalten, zu dem muslimische Männer die Moschee aufsuchen können. Man muss es zurzeit um 13:45 Uhr durchführen, das verschiebt sich je nach Sonnenstand, also muss Malina zuerst nach Hause, muss sich sogar beeilen. Es dauert nur ein paar Minuten. Das bekommt sie schon hin.

»Super, so machen wir das«, sagt sie.

Am Freitag erntet Malina einen verwunderten Blick von Nele, als sie doch nicht gleich mit ihr in die Wohnung geht.

»Ich bin gleich bei dir«, versichert sie. »Muss nur noch eine Kleinigkeit erledigen, bei der Gelegenheit sehe ich gleich nach, ob wir noch Blaubeerkompott im Glas haben. Für die Muffins.«

Nele ist einverstanden und verkündet, sie werde inzwischen die anderen Zutaten bereitstellen. »Beeil dich«, ruft sie ihr noch nach, als Malina die Treppen nach oben steigt.

Zu Hause horcht Malina erst einmal nach, ob niemand da ist, doch die Wohnung ist leer. Gut so, denkt sie und stellt ihre Tasche auf dem Boden in ihrem Zimmer ab. Sie geht ins Bad und wäscht sich Gesicht, Hals, Hände, Arme und Füße, ehe sie in ihr Zimmer zurückgeht und die Tür schließt. Weil sie den Wortlaut des Gebets auf Arabisch noch nicht ganz auswendig kann, hat sie ihn sich als Audiodatei auf ihren MP3-Player gezogen. Sie sucht die richtige Datei heraus, dann nimmt sie ihren blauen Gebetsteppich mit Kompass aus dem Schrank, Nesrin hat ihn für Malina bestellt, nachdem sie neulich von Luca dabei gestört worden ist. Dann legt sie sich eines ihrer Halstücher als Kopftuch um, ein richtiges besitzt sie bislang nicht. Schließlich sammelt sie sich innerlich, um sich ganz darauf konzentrieren zu können.

»Zum Wohlgefallen Allahs möchte ich nun das Mittagsgebet beten«, sagt sie in Gedanken. Dann drückt sie auf die Abspieltaste und verrichtet das Gebet in den vorgeschriebenen Körperhaltungen. Zum Abschluss, als das vorgesagte Gebet beendet ist, wirft sie sich noch einmal nieder und spricht einfache Worte zum Lob Gottes, die sie schon weiß: »Subhanallah« (Preis sei Gott), »Al-hamdu lillah« (Alle Lobpreisung sei Gott), »La ilaha illa llah« (Es gibt keinen Gott außer Allah), »Allahu akbar« (Gott ist am allergrößten), »La hawla wa la quwwata illa billah« (Es gibt keine Macht noch Kraft außer bei Allah). Dann richtet sie sich wieder auf, innerlich noch ganz bei Allah, spürt Ruhe und Frieden in sich. Ein paar Sekunden verharrt sie noch auf dem Gebetsteppich und beginnt an den Nachmittag mit Nele zu denken, sie freut sich darauf. Früher haben sie einander alles erzählt, vielleicht kann sie ihr anvertrauen, dass sie konvertiert ist. Wenn sie ihrer besten Freundin ausführlich darlegt, was alles zu dieser Entscheidung geführt hat, wird sie es vielleicht verstehen.

Gerade ist Malina aufgestanden und will den Gebetsteppich zusammenrollen, als die Zimmertür von außen geöffnet wird. Nele steht vor ihr. Als sie Malina sieht, prallt sie zurück. Natürlich hat sie die Lage mit einem Blick erfasst.

»Was machst du denn da«, entfährt es ihr. »Spinnst du jetzt vollkommen?«

Malina lässt ihre Hände sinken.

»Wie bist du denn reingekommen?«, fragt sie und überlegt fieberhaft, ob sie selbst die Wohnungstür offen gelassen hat.

»Ich wollte nachsehen, wo du bleibst, und als ich im Treppenhaus war, kam Simone nach Hause. Weiß sie Bescheid, was für einen Budenzauber du hier betreibst?«

Malina schüttelt den Kopf. »Ich bin kurz davor, es ihr zu sagen. Verrate mich nicht, bitte.«

»Ihr was zu verraten?« Nele hat sich noch nicht einen Schritt bewegt, aus der Küche hört Malina, wie ihre Mutter Einkäufe in den Kühlschrank räumt, Gemüse abspült, die Kaffeemaschine einschaltet. Sie soll nur nicht reinkommen. Nicht schon jetzt.

»Mach bitte die Tür zu«, sagt Malina leise. Nele drückt die Klinke zu, ohne Malina aus den Augen zu lassen.

»Komm her. Setz dich.« Wie oft haben sie schon hier in Malinas Korbstühlen gesessen. Jetzt muss sie an den ersten Nachmittag mit Nesrin denken. Gern würde sie jetzt eine behagliche, gastfreundliche Atmosphäre schaffen, etwas zu trinken servieren, Gebäck hinstellen. Wenn sie jetzt in die Küche geht, merkt ihre Mutter gleich, dass etwas in der Luft liegt, sie braucht Malina nur anzusehen. Bisher hat sie alles nur verbergen können, weil Simone so viel unterwegs war, mit ihrem eigenen Leben beschäftigt. Sie rollt ihren Teppich zusammen und verstaut ihn wieder im Schrank, dann setzt sie sich Nele schräg gegenüber. Also gut. Dann eben jetzt.

»Ich bin zum Islam konvertiert«, sagt sie und ist ganz beglückt darüber, wie sicher und klar ihre Stimme dabei klingt. Nele erstarrt.

»Nein, oder? Das ist nicht dein Ernst.«

»Doch«, antwortet Malina. »Mein voller Ernst. Seit ein paar Tagen bin ich Muslima.«

»Aber wieso denn, das ist doch absurd, gerade du, die nicht mal an Gott glaubt ... von der Kirche willst du nichts wissen, bist nicht mal konfirmiert wie Luca und ich, hast im Mai noch herumgetönt, es gebe keinen Gott ... und jetzt ausgerechnet der ISLAM?«

»Ausgerechnet der«, bestätigt Malina. »Und natürlich glaube ich an Gott. Eine ganze Weile schon.«

»Gerade du. Vor einer Weile hast du dich noch darüber aufgeregt, wenn einer was Positives über den Glauben gesagt oder sich dazu bekannt hat, hast so getan, als ob sogar Luca und ich bekloppt sind, weil wir am Christentum festhalten. Und jetzt erzählst du mir, du bist Muslimin? Versetzt mich beinahe, um dich hier im Kopftuch auf den Gebetsteppich zu werfen und arabisches Zeugs zu murmeln?«

»Spotte nicht über das Gebet, Nele. Ich mache das jetzt auch nicht mehr über euren christlichen Glauben. Mohammed hat zur gegenseitigen Toleranz gemahnt.«

»Mohammed«, wiederholt Nele und betont dabei jede einzelne Silbe. »Hat Tarik dir das eingeredet? Du bist doch gar nicht mehr mit ihm zusammen, also brauchst du auch nicht nach seiner Pfeife zu tanzen.«

»Es ist nicht wegen Tarik.«

»Dann war es Nesrin. Wie blind bin ich eigentlich gewesen? Du hast ja nur noch mit ihr abgehangen, wenn du nicht bei Tarik warst und da wahrscheinlich von seiner Familie eingelullt wurdest. Hätte ich nur früher gemerkt, was die alle mit dir machen!«

»Du hättest keinen Einfluss darauf gehabt.«

»Malina.« Nele spricht mit gedämpfter Stimme weiter, beugt sich vor und sieht sie eindringlich an. »Du lässt dich doch sonst nicht so leicht beeinflussen, aber hier glaube ich, du weißt überhaupt nicht, in was du dich da reinreitest. Wie lange geht das schon so, es können nicht mehr als ein paar Wochen sein, oder?«

»Es hat sich entwickelt. Das allerdings ziemlich schnell, muss ich zugeben. Aber von Reinreiten kann gar keine Rede sein.«

»Nenn es, wie du willst, aber jetzt ist es noch nicht zu spät. Du kommst da noch raus, bist ja noch nicht so fest verankert in irgendeiner Gruppierung oder so, stimmt's?«

Malina schüttelt den Kopf.

»Dann schaffst du das noch. Ich helfe dir dabei, versprochen. Du musst nur Nesrin aus dem Weg gehen, aber jetzt fangen sowieso bald die Ferien an, dann brauchst du weiter keine Ausreden, warum du dich von ihr zurückziehst. Wir beide oder wir drei – mit Luca, meine ich – machen einfach wieder öfter was zusammen, dann bist du bald wieder frei. Du kriegst die Kurve noch.«

Malina schüttelt den Kopf, die ganze Zeit schon, während Nele redet.

»Du verstehst da was falsch«, sagt sie. »Nesrin hat mich genauso wenig zu irgendwas gezwungen oder überredet wie

Tarik. Es war ganz allein meine Entscheidung, den Islam anzunehmen.«

»Ich glaub dir kein Wort. Nesrin ist schon ziemlich extrem, finde ich. Ich meine, hallo, sie läuft in der Schule mit Kopftuch herum, das muss sie gar nicht. Wir haben andere türkische Mädchen in der Schule, die tragen ihre Haare offen, gehen auf Partys und ziehen sich an wie wir. Banu, Aylin, Sevde und wie sie alle heißen. Wenn du schon zum Islam konvertieren willst, dann halte dich doch an sie. Du musst dich nicht gleich völlig umkrempeln.«

»Ich krempel mich nicht um. Ich lebe nur so, wie es jetzt zu mir passt«, versichert Malina. »Es tut mir leid, dass du mich jetzt so gesehen hast, ohne dass ich dir vorher davon erzählt habe. Das wollte ich heute Nachmittag tun. Auf jeden Fall.«

»*Das* soll zu dir passen? Guck dich doch mal an mit deinem Kopftuch. Willst du jetzt immer so rumlaufen?« Nele greift nach einem T-Shirt, das über Malinas Stuhl hängt und wickelt es sich selbst so um den Kopf, dass es ihre Haare verbirgt. »Das sieht doch behämmert aus. Wir leben nicht im Mittelalter.«

»Bisher trage ich es nur beim Gebet«, sagt Malina und nimmt ihr eigenes Tuch wieder ab. »Nele«, beginnt sie erneut. »Lass uns nicht streiten. Ich bin vollkommen freiwillig zum Islam konvertiert, weil mich das, was ich in den letzten Monaten darüber gelernt habe, überzeugt hat. Ich will ein anderes Leben führen, ein besseres, ruhigeres. Ich habe schon damit angefangen und merke, wie gut es mir tut. So wie ich vorher war, immer Partys, Jungs, Styling, Klamotten und Fun ohne Ende, das bringt mir nichts mehr. Ich habe es einfach satt, das macht mir keinen Spaß mehr. Ich will mehr vom

Leben. Im Islam habe ich den Sinn gefunden, nach dem ich die ganze Zeit gesucht habe.«

»Ich höre wohl schlecht.«

»Du hörst ganz richtig.« Malina versucht ein Lachen. »Wollen wir jetzt nicht zu dir gehen und unsere Muffins backen, wie wir es geplant haben? Dabei erzähle ich dir in aller Ruhe, wie es dazu gekommen ist, dass ich zum Islam übergetreten bin.« Sie nimmt die Hand ihrer Freundin. »Ich wünsche mir so sehr, dass du mich verstehst.«

Nele sieht sie lange an. Dann schüttelt sie den Kopf und steht auf. »Tut mir leid«, sagt sie. »Da gibt es nichts zu verstehen. Zum Islam konvertieren, ohne mir auch nur ein Fünkchen davon zu verraten, dass du dich zu dieser Religion hingezogen fühlst – das ist so ziemlich das Übelste, was du machen konntest. So hatte ich nicht den Hauch einer Chance, dich umzustimmen. Nein, Malina.« Sie wendet sich in Richtung Tür. »Das hätte ich nie von dir gedacht, nie. Ich bin so was von enttäuscht. Der Appetit auf Muffins ist mir vergangen. So kann ich nicht mehr mit dir befreundet sein. Sorry.«

»Okay, es tut mir leid, klar hätte ich dich eher einweihen sollen«, versucht Malina sie zu beschwichtigen. »Das war nicht richtig von mir, entschuldige bitte. Aber nur weil ich jetzt Muslima bin, bin ich doch kein anderer Mensch. Es gibt ein paar neue Regeln, an die ich mich jetzt halten will, aber ich bin immer noch Malina. Zwischen uns beiden muss sich nicht viel ändern.«

»Doch, das muss es«, sagt Nele. »Alles ändert sich. Wir sind keine Freundinnen mehr, Malina. Ich will nichts mehr mit dir zu tun haben.«

* * *

E-Mail vom 10. Juli, 16:23 Uhr
Von: hanna.teschke@e-mail.de
An: malina.teschke@e-mail.de

Hey Cousinchen,
du meldest dich gar nicht mehr. Ist was passiert?
Ich hoffe, du bist nicht sauer auf mich, weil ich in meiner letzten Mail so gegen den Islam gewettert habe. Das galt wirklich nur dem Islam, nicht dir! Eigentlich finde ich es ja gut, dass du dich so umfassend darüber informierst. In einer Metropole wie Berlin ist das auf jeden Fall angemessen. Werde mir von deiner Toleranz mal eine Scheibe abschneiden, versprochen. ☺
Was macht dein Tarik? Mit Emanuel komme ich überhaupt nicht weiter. Dabei ist er so süß … Aber ich bin auch nicht so locker wie du. Wenn wir uns das nächste Mal sehen, kannst du mir ja ein paar Flirt- und Stylingtipps geben. ☺
Also, meld dich mal, Süße.
Liebe Grüße, deine Hanna

* * *

Also gut, denkt Malina und fährt ihren Laptop wieder herunter. Nachdem Nele gegangen ist, hat sie zuerst nichts mit sich anzufangen gewusst. Hat weiter auf ihrem Korbstuhl gesessen und ins Leere gestarrt und dabei immer wieder gedacht: Nele ist weg. Was mache ich denn jetzt, wir waren doch verabredet. Die Freundschaft mit Nele ist aus. Fast ihr ganzes Leben lang kennen sie sich schon und jetzt ist es zu Ende. Das tut weh. Viel mehr als das Fiasko mit Tarik.

Nach einer Weile hat sie ihr Tuch in die Schublade gelegt und angefangen, im Internet zu surfen, nichts Zielgerichtetes, nur so herumgesurft, um sich ein wenig abzulenken, ist dann auf einer Seite mit Hadithen gelandet und hat sich darin vertieft. Erst dadurch gelingt es ihr, sich wieder zu sammeln und wegen Nele nicht allzu traurig zu sein. Freunde kommen und gehen, aber der Islam wird bleiben, Allah wird bleiben, Allah ist der Ewige. Erst als Malina sich wieder ruhig, ausgeglichen und zuversichtlich fühlt, öffnete sie ihre Mails und fand die von Hanna. Meine nächste Aufgabe, dachte sie. Aber die kommt später dran.

Sobald ihr Laptop aus ist, geht sie in die Küche, wo Simone angefangen hat zu kochen. Erleichtert stellt Malina fest, dass es dieses Mal nichts mit Schweinefleisch ist, Simone hat Kartoffeln geschält und Rahmspinat aufgetaut. Malina tritt neben sie und beginnt, auf einem Brett Zwiebeln zu hacken und rührt Eier mit etwas Milch in einer Schüssel an.

»Nele hätte ruhig mitessen können«, sagt ihre Mutter. »Warum ist sie so plötzlich weggegangen? Habt ihr euch gestritten?«

»Ein bisschen«, antwortet Malina. »Ich mag jetzt nicht darüber reden. Später vielleicht.«

»Es wird sich schon wieder einrenken«, meint Simone. »Anke und ich sind auch nicht immer einer Meinung, wie du dir denken kannst. Manchmal kann sie ja ganz schön spießig sein. Früher war sie wie ich, ein bisschen flippig, hat alles Mögliche ausprobiert und sich keine Vorschriften machen lassen.«

»Kann ich mir bei ihr gar nicht vorstellen«, sagt Malina und nimmt eine Pfanne aus dem Küchenschrank.

»War aber so.« Simone lässt ihren Blick aus dem Fenster schweifen. »Ihre Mode hättest du sehen sollen! Zerfetzte Jeans, Nieten, Fransen, wohin das Auge schaute. Vieles machte sie selber, damals haben wir alle gestrickt und Angela gelangen immer so schöne verträumte Pullis und Schals. Bis sie Thorsten kennenlernte. Lisas Vater.« Sie schaltet den Herd ein, wie immer auf höchster Stufe, Malina weiß jetzt schon, dass der Spinat anbrennen wird.

»Verstehe. Seitdem ist nur noch Mann, Kind und Vorgarten angesagt. DVD-Abende am Kamin statt Festival an der Nordsee, weiße Bluse statt Patchwork-Strickjacke und Sonntagskaffee mit Schwiegereltern statt Käse- und Rotweinabende mit den besten Freunden.«

»Nicht ganz. Neulich war sie ja hier und jedes Mal merke ich, wie sehr sie sich manchmal nach unserem alten, verrückten Leben zurücksehnt. Angela genießt dieses Flair von mir und den anderen Film- und Theaterleuten. Das Künstlermilieu. Ein bisschen beneidet sie mich vielleicht manchmal, weil ich unser Leben zu dritt auch ohne Mann gestemmt habe und immer meine Freiheit hatte. Ich würde mich nicht wundern, wenn sie ausbricht, sobald Lisa erwachsen und aus dem Haus ist.«

»Muss nicht sein«, meint Malina. Sie hat den Herd heruntergedreht, ohne dass Simone es mitbekommen hat, und rührt im Spinattopf. »Vielleicht fühlt sie sich bei ihrem Mann geborgen und will nicht mehr anders leben.«

Simone sieht sie an, als wäre Malina lange verschollen gewesen und unvermittelt wieder aufgetaucht.

»Du hast dich verändert«, stellt sie fest. »In letzter Zeit ruhst du so in dir, wirkst so erwachsen.«

In der Wohnungstür dreht sich ein Schlüssel.

»Lasse ist da«, sagt Malina und nimmt Teller und Besteck aus dem Schrank. »Übrigens wird sogar mein Zeugnis besser als das vom Halbjahr. Ich hab mich echt reingehängt.«

17.

Am späten Nachmittag erhält Malina eine SMS von Luca.

»Kannst du in den Probenraum kommen?«, liest sie. »Wir wollen was mit dir besprechen. Sind noch bis mindestens 20 Uhr hier. Luca«

Warum nicht, denkt Malina. Einige Male hat sie Luca und seine Band BwithU schon im Probenraum im Keller einer Schule in Friedenau besucht, mit dem Fahrrad ist sie schnell dort. Sie mag die Musik der Jungs, etwas Abwechslung kann ihr heute gut tun, mit Luca muss sie nicht über ihren Übertritt zum Islam reden, das hat noch Zeit, wahrscheinlich geht es wieder um die Benefiz-Konzerte, die BwithU plant. Luca scheint sie alle bequatscht zu haben, denkt sie und lächelt vor sich hin, während sie ihr Fahrrad aus dem Schuppen im Hof holt und losfährt. Die meisten Bands, besonders so junge, sind bestimmt auf jede Gage angewiesen und würden jedem einen Vogel zeigen, der ihnen vorschlägt, umsonst aufzutreten. Luca muss es tatsächlich geschafft haben, sie alle von seiner Idee zu überzeugen. Aber mit ihrem Text über den Glauben an Gott dabei aufzutreten … Malina zweifelt, ob sie das möchte, sie fühlt, dass sie nicht mit dem gleichen Fieber dabei wäre, mit dem sie alles in sich aufsaugt, was mit dem Islam zu tun hat. Für sie hat etwas Neues begonnen, das sie voll und ganz beansprucht, sie ist verliebt in ihre neue

Religion, will Zeit dafür haben wie für einen neuen Freund, nein, noch mehr, das ist jetzt ihr Leben. Wenn Luca nicht locker lässt, wird sie auch ihm heute alles erzählen.

Malina wundert sich, dass sie keine Musik hört, als sie den Gang zum Probenraum entlanggeht; normalerweise dringen die Sounds von Schlagzeug, Gitarre und Bass durch das ganze Erdgeschoss des Schulhauses. Erst als sie die Kellertreppe hinuntergegangen ist und näher kommt, hört sie Lucas Stimme und noch eine weitere, die sie im ersten Moment nicht zuordnen kann. Sie öffnet die Tür und tritt ein.

Neben Luca steht Bastian. Die anderen Bandmitglieder sitzen auf den abgeranzten Polstermöbeln, die irgendjemand irgendwann mal organisiert hat, trinken Bier und Cola und knabbern Chips. Malina begrüßt sie mit Handschlag, den Sänger Philip, den Bassisten Francesco und Felix, der am Schlagzeug sitzt. Sie hat nicht das Gefühl, mit Blicken ausgezogen zu werden, Lucas Jungs von der Band sind in Ordnung, jeder von ihnen hat eine Freundin. Vor allem aber haben sie Musik im Kopf.

»Schön, dass du da bist«, sagt Luca und drückt Malina an sich. Sie unterdrückt ein Kichern, manchmal redet Luca wie ein älterer Typ, ernsthaft und höflich.

»Ich hab den Jungs erzählt, dass du auch Lust hast, dich irgendwo zu engagieren. Philip hat einen Gig für den ersten Advent klargemacht. Du ahnst nicht, wo das sein wird.«

»Das werde ich sicher gleich erfahren«, antwortet Malina, sie ist noch nicht ganz bei der Sache, der Streit mit Nele sitzt ihr mehr in den Knochen, als sie gedacht hätte, und auch das Gespräch mit ihrer Mutter hat sie nachdenklich gemacht. Ihr alles zu erzählen, steht Malina ebenfalls noch bevor.

»Wir spielen in einer Flüchtlingsunterkunft«, erzählt der Sänger selbst. »Die Betreiber wollen eine große multikulturelle Adventsfeier veranstalten, zu der auch die ganze Nachbarschaft eingeladen wird. Wenn wir da eine Sammelbüchse herumgehen lassen und jeder gibt, was er möchte, können wir den Flüchtlingen richtig helfen und gleichzeitig werden BwithU bekannter.«

»Und was macht Bastian hier? Bist du jetzt auch in der Band?«, will Malina wissen. Bastian nickt. »Erst mal probeweise als Backgroundsänger und Perkussionist«, erklärt er. Dann fährt Philip fort:

»Lucas neue Songs sind genau das Richtige dafür – aber wir bräuchten zwei hübsche und talentierte Sängerinnen, die uns unterstützen. Da dachten wir an Nele und dich.«

Malina hebt die Augenbrauen. »Also weißt du es noch nicht, Luca«, sagt sie. »Nele hat mir die Freundschaft gekündigt. Heute Mittag, als wir uns eigentlich treffen wollten.«

Die Jungs auf den Polstermöbeln lehnen sich abwartend zurück. Bastian bläst Luft aus den Backen. Luca räuspert sich und wischt mit dem Zeigefinger imaginären Staub von der Kopfplatte seiner E-Gitarre. Ein paar Atemzüge lang schweigen alle.

»Doch«, beginnt Luca schließlich. »Doch, ich weiß es. Nele hat mir eine WhatsApp geschickt, gleich nachdem sie von dir weggegangen ist.«

»Dann kennst du also auch den Grund.«

Luca nickt. Bastian schabt mit seiner Schuhspitze auf dem versifften Teppichboden herum, wirkt unruhig, schließlich hält er es nicht mehr aus.

»Okay, Malina«, sagt er etwas außer Atem. »Ich glaube, du

kannst dir vorstellen, dass Luca und ich darüber genauso entsetzt sind wie Nele, dass du offenbar zum Islam übergetreten bist. Kannst du dir ja denken.«

»Dass ihr erstaunt seid, ja. Die Malina, die ihr kennt, war ja ganz anders. Aber für ein Entsetzen gibt es keinen Grund.«

»Aber warum gleich so ein radikaler Wandel?«, ereifert sich Luca. »Du und ich, wir haben so oft darüber geredet, dass wir was Sinnvolles machen wollen. Anderen Menschen helfen. Kein Mensch hat was dagegen, dass du dich für andere Religionen interessierst, meinetwegen auch für den Islam. Den können wir nicht leugnen, den gibt es nun mal in unserer Stadt.«

»Du sagst es«, bestätigt Malina. »Und wir haben Religionsfreiheit im Grundgesetz. Jeder darf sich seinen Glauben aussuchen, ohne dass ihm da reingeredet wird.«

»Schon«, sagt Luca. Aber es ist doch kein Muss, dass du gleich konvertierst. Wenn Christen, Juden und Muslime friedlich nebeneinander leben und sich gegenseitig respektieren, ist doch schon viel gewonnen! Und genau dafür ist so was wie unser Benefiz-Konzert doch genau das Richtige. Menschen aller Nationen und Religionen kommen zusammen und feiern miteinander, essen, trinken, hören Musik, reden, tanzen. Die Kinder können zusammen spielen, auch dafür wird gesorgt. Wenn wir uns da engagieren und dieser Abend Früchte trägt, ist doch schon viel erreicht.«

»Schön ist es auf jeden Fall«, gibt Malina zu. »Nur leider viel zu selten.«

»Deswegen sage ich das!« Lucas Augen leuchten, jetzt stellt er seine Gitarre in den Ständer und setzt sich auf einen

Amp. »Wir können doch auch auf eigene Faust interkulturelle Begegnungen organisieren.«

»Braucht ihr nicht«, tönt Felix. »Kommt einfach in meine Schule, da habt ihr genug Multikulti. Mehr Moslems als Deutsche.«

»Es heißt Muslime«, korrigiert Malina.

»Ist doch jetzt egal, Mann.« Luca wird sichtlich ungeduldig. »Jedenfalls gibt es so viele Möglichkeiten, mit andersgläubigen Gleichaltrigen gemeinsam etwas für einen guten Zweck machen. In der Arche, in Behindertenheimen, bei der Stadtmission, es gibt so vieles. Dabei lernst du den Islam ganz automatisch besser kennen, da gehe ich jede Wette ein. Aber du musst es nicht übers Knie brechen. Wenn du dann später immer noch konvertieren willst, wird bestimmt niemand versuchen, dich davon abzubringen.«

»Du hast da was nicht kapiert, Luca«, wirft Malina ein. »Ich *bin* schon konvertiert. Abbringen kann mich also sowieso keiner.«

Bastian stöhnt auf. »Malina, das kannst du doch wieder rückgängig machen. Da war doch keine Taufe dabei, kein Formular oder so was, ich hab mich schlau gemacht, wie einfach das beim Islam geht. Da muss man doch genauso wieder zurück können, wenn man will.«

»Wenn man will«, wiederholt Malina. »Ich will aber nicht.«

»Weißt du, was mich daran wirklich stört?« Bastian verschränkt die Arme vor der Brust. »Du hast nicht mal versucht, dich mit der Religion zu beschäftigen, die eigentlich deine ist. Hast dich in der Schule vom Religionsunterricht abgemeldet, weil du angeblich so sicher warst, dass das alles nichts für dich ist und dass es keinen Gott gibt. Und jetzt gleich der Islam. Das finde ich nicht korrekt, Malina. Das nehme ich dir übel.«

»Es ist nicht ganz so, wie du sagst«, widerspricht Malina. »In letzter Zeit habe ich mich ganz allgemein viel mit Religionen beschäftigt.« Sie erzählt von dem Besuch in der katholischen Kirche bei Hanna und begründet ihre Zweifel am Christentum.

»Na gut«, lenkt Bastian ein. »Aber mach dir doch nicht so viele Gedanken um das mit dem Vater, dem Sohn und dem Heiligen Geist. Davon abgesehen, dass es gar nicht so schwer zu verstehen ist, wenn man genau drüber nachdenkt. Es stimmt auch nicht, dass es drei Götter sind, das ist absoluter Quatsch. Du sagst, der Islam sei so schön einfach. Dann hast du aber nicht kapiert, dass das Christentum viel einfacher ist.«

»Aha. Und wieso?«

»Im Islam gibt es doch diese fünf Säulen. Richtig? Die Grundsätze, nach denen jeder leben muss, und wenn nicht, kommt man in die Hölle.«

»Man soll sie aber nicht nur aus Angst vor Strafe befolgen, sondern auch aus Liebe zu Gott. Wir sollen unsere Sünden bereuen und auf Vergebung hoffen. Und uns vornehmen, die Sünde, die uns vergeben wurde, nicht mehr zu begehen.«

»Aber im Christentum genügt *allein Gottes Gnade und allein der Glaube*, um Vergebung zu erlangen«, sagt Bastian. »Martin Luther hat das im Bibelstudium herausgefunden und damit die Reformation ausgelöst. Man muss nicht fünfmal am Tag beten, oder denkst du, Gott zählt jedes Mal mit und schreibt dir Strafpunkte auf, wenn du es nur viermal geschafft hast? Oder hast ein Gebet gut, wenn du das Bedürfnis hattest, sechsmal zu beten? Gott hat uns durch Jesus

Christus alle Sünden vergeben, weil er genau weiß, dass wir immer Sünden begehen werden, egal wie sehr wir uns anstrengen, das nicht zu tun. Er liebt die Menschen so sehr, dass er seinen Sohn geopfert hat, um uns alle zu retten.«

»Siehst du. Und genau das will ich nicht. Ich will selber für mein Tun verantwortlich sein.«

»Das bist du doch trotzdem!«, ruft Bastian und läuft im Raum auf und ab. »Vergebung heißt doch nicht, dass jeder machen kann, was er will! Vergebung ist ein Geschenk, Malina. Vergebung und grenzenlose Liebe. Gottesliebe und Nächstenliebe. Das ist es, worauf es im Christentum ankommt. Ein unfassbar großes Geschenk. Willst du es nicht annehmen?«

Malina schweigt, lässt Bastians Worte auf sich wirken. Bastian, der ein so engagierter Christ ist, auch nach der Konfirmation fast jeden Sonntag zur Kirche geht und keinen evangelischen Kirchentag auslässt. Malina kennt nicht viele Christen, die ihren Glauben so ernst nehmen wie er, das hat ihr an Bastian schon immer imponiert. Trotzdem. Es geht einfach nicht. Was Malina fühlt, fühlt sie nur in Bezug auf den Islam.

»Was du sagst, klingt schön«, sagt sie schließlich. »Aber meine Entscheidung für den Islam kam vor allem aus dem Herzen. Wenn man sich verliebt, weiß man vorher auch nicht alles über den anderen und wird vielleicht vor ihm gewarnt. Trotzdem will man genau den. Zu mir passt der Islam am besten von allen Religionen, das spüre ich einfach. Tut mir leid.« Sie atmet aus, ein wenig Mut hat es sie gekostet, vor Luca und Bastian so klar für ihren Glauben, ihre Überzeugung einzutreten. Immerhin haben die beiden sie nicht gleich abgeschrieben wie ausgerechnet Nele. Jetzt ist es still im Probenraum, oder fast still. Philip verzieht den Mund und schüttelt den Kopf, nimmt bereits seinen Hefter mit den Songsheets von dem klebrigen Couchtisch und beginnt, einen Text zu studieren, indem er Zeile für Zeile liest und danach mit tonlosen Lippenbewegungen und geschlossenen Augen wiederholt. Francesco rutscht auf seinem Platz hin und her, jetzt ist ja wohl alles gesagt, ihr merkt doch, dass die Tussi fanatisch ist, also vergesst sie und lasst uns anfangen zu proben. Felix trommelt mit flachen Händen einen komplizierten Beat auf seine Oberschenkel.

»Okay«, sagt Bastian. »Wenigstens hab ich es versucht. Vielleicht überlegst du es dir ja noch mal.«

»Du machst also nicht bei uns mit?«, fragt Luca. Er sieht traurig aus, aber nicht wütend.

Malina hebt die Schultern.

»Es passt für mich nicht«, sagt sie. »Aber zum Zuschauen komme ich trotzdem, das Fest wird bestimmt super. Ich werde gleich Nesrin fragen, ob sie mitkommt.« Sie blickt in die Runde der Musiker. »Ich geh dann mal jetzt.«

»Ich bring dich noch raus«, beeilt sich Luca zu sagen und ist schon auf dem Weg zur Tür. Draußen verabschiedet er sich nicht sofort, sondern bleibt so stehen, dass Malina ausweichen müsste, um zur Treppe nach oben zu gelangen. Auch sie hält an.

»Wegen Nele«, beginnt Luca leise, blickt an ihr vorbei, auf den Boden und dann doch in ihr Gesicht. »Ihre Reaktion fand ich ziemlich übertrieben. Was mich betrifft … von mir aus können wir befreundet bleiben. Nach so langer Zeit und wo wir uns so gut kennen … ich lasse dich nicht fallen. Wenn was ist, egal was – du kannst immer zu mir kommen.« Ganz langsam hebt er seine rechte Hand, sieht Malina in die Augen und streicht ihr eine Haarsträhne aus der Stirn. »Das wollte ich dir nur sagen.«

»Danke«, antwortet Malina. »Dann bis morgen in der Schule.«

»Wir können zusammen hingehen«, schlägt Luca vor. »Klingel einfach, wenn du soweit bist.«

Malina schüttelt den Kopf. »Ist lieb von dir«, sagt sie. »Aber du solltest lieber mit Nele gehen. Sie ist deine Schwester, nicht ich.«

* * *

Am nächsten Morgen – dem vorletzten Tag vor den Sommerferien – spürt Malina, dass die Stimmung in ihrer Klasse gekippt ist. Als sie vor der ersten Stunde den Klassenraum betritt, stehen Nele, Benita, Jasmin, Lydia und Laura in einer Gruppe dicht zusammen und reden, doch als sie Malina bemerken, verstummen sie. Ab und zu sehen sie zu Malina hin, doch niemand lächelt, als sie erscheint, niemand winkt sie heran, um sie in den fröhlichen Morgentratsch über die letzten Neuigkeiten einzubeziehen. Malina ahnt, dass Nele dahintersteckt, gewiss hat sie bereits allen erzählt, dass Malina zum Islam konvertiert ist. Sie ist froh, als Nesrin kommt; zusammen gehen sie raus auf den Flur. Bis zum Klingeln sind es noch sieben Minuten. Malina hat Nesrin von Nele, Luca und ihrer Absage bei der Band bereits am Abend im Facebook-Chat erzählt. Jetzt berichtet sie ihr von den Reaktionen der anderen Mädchen.

»Mach dir nicht allzu viel draus«, rät Nesrin ihr. »Jetzt

sind sie natürlich alle aufgeregt, aber nach den Sommerferien werden sie gar nicht mehr viel darüber nachdenken und irgendwann ist es für alle ganz normal, dass du Muslima bist. Und meine Güte, du bist nicht die Erste und wirst auch nicht die Letzte sein, die konvertiert. Allein in Berlin werden es immer mehr. Und du tust ja niemandem was. Wenn die anderen das kapiert haben, werden sie dich in Ruhe lassen.«

»Hoffentlich«, seufzt Malina.

»Da fällt mir noch was ein«, fügt Nesrin hinzu. »Wegen Luca und seiner Band. Gut, dass du abgesagt hast. Aber nicht wegen des interkulturellen Adventsfestes.«

»Weshalb dann?«

»Du warst mit fünf oder sechs Jungs allein im Probenraum, oder?«

Malina nickt. »Fünf, ja. Warum fragst du?«

»Es ist deine Entscheidung. Aber ich würde es nicht machen. Es sind alles Jungs und da könnte es passieren, dass du auch mal mit einem von ihnen alleine in einem geschlossenen Raum bist. Das ist im Islam verboten.«

Malina denkt an Luca, an die liebevolle Geste beim Abschied. Das war doch harmlos, überlegt sie. Oder nicht?

An diesem Vormittag findet kein Unterricht mehr statt. Die ersten beiden Stunden lang frühstückt die Klasse mit Frau Krüger im nahe gelegenen Volkspark. Malina versucht gezielt, sich nicht mit Nesrin abzusondern, sondern setzt sich mitten ins Geschehen, versucht sich an den locker vor sich hin plätschernden Plaudereien zu beteiligen. Sie lacht beim Herumalbern der anderen Mädchen mit, grinst über schräge Sprüche der Jungs, lobt Jasmins neues Sommerkleid, hört zu, als von allen möglichen Ferienplänen erzählt wird. Als Tarik berichtet, er freue sich auf sechs Wochen in Fethiye, lächelt sie ihm zu, erzählt selbst von den geplanten Tagen an der Ostsee.

»Einfach mal weg von allem«, sagt sie in die Runde. »In Warnemünde oder auf Usedom ist man ja schnell. Mama, Lasse und ich warten einfach auf gutes Wetter, dann geht es los.« Benita und Jasmin schenken ihr ein leicht abwesendes Lächeln, streifen sie kaum mit ihren Blicken, die anderen sehen schweigend an ihr vorbei. Niemand hakt nach, kein einziges Mädchen fragt, ob Malina denn vorher noch Zeit habe. Als Frau Krüger die für den Abend bevorstehende Zeugnisvergabe und Feier des bestandenen MSA zum Thema macht, spricht ebenfalls niemand gezielt mit Malina, nicht einmal Luca. Die Lehrerin bemerkt es nicht.

»Was machen wir eigentlich morgen Nachmittag, Mädels?«, fragt Laura plötzlich. »Wollen wir nicht die Ferien einläuten? Ich bin für Shoppen in der Mall. Seit Wochen ist schon Schlussverkauf und ich war noch nicht ein Mal da!«

»Ich wäre dabei«, sagt Malina. In ihrem Kleiderschrank gibt es auch nach dem gemeinsamen Tauschnachmittag nicht mehr vieles, das sie noch anziehen möchte. Leichte, aber lange Shirts, Röcke und Hosen müssen her. »Wer noch?«

»Weiß noch nicht«, murmelt Benita. »Freibad fände ich besser. Stimmen wir ab?«

Freibad gewinnt. Malina verzichtet darauf, ihr Kommen anzukündigen. Als alle auseinandergehen, holt sie Nele ein.

»Du hast es allen erzählt«, sagt sie ihr auf den Kopf zu. »Das finde ich blöd von dir. Ich wollte es nicht an die große Glocke hängen, sondern bei Gelegenheit selbst erzählen. Oder irgendwann hätten es einfach alle gemerkt und fertig.«

»Und fertig«, motzt Nele. »Ist dir eigentlich klar, wie fertig mich das macht? Ich musste einfach mit jemandem darüber reden, du hast dich so verändert!«

»Ich weiß.« Malina versucht, ruhig zu bleiben. »Aber warum durfte ich dieser Jemand nicht selber sein?«

Nele weiß keine Antwort. »Meinen Eltern habe ich nichts erzählt«, sagt sie schließlich.

»Ich bin immer noch dieselbe«, sagt Malina genau wie am Tag zuvor und will Nele umarmen. Nele weicht zurück.

»Nicht für mich«, sagt sie. Ein paar Meter weiter wartet Lydia. Nele eilt auf sie zu, hakt sich bei ihr unter und steuert ohne Malina den Heimweg an.

18.

E-Mail vom 12. Juli, 13:04 Uhr
Von: malina.teschke@e-mail.de
An: hanna.teschke@e-mail.de

Liebe Hanna,
danke für deine Mail. Lieb von dir, dass du dir Sorgen um mich machst, aber das musst du nicht. Es geht mir gut, besser als je zuvor. Und auch wenn ich weiß, was jetzt vermutlich auf mich zukommen wird, will ich dir den Grund dafür verraten. Es ist viel passiert, weswegen ich den Kopf so voll hatte, dass ich dir nicht eher antworten konnte. Sei bitte nicht böse. Also:
a) Ich bin nicht mehr mit Tarik zusammen. Es gab Streit – gar keinen schlimmen, aber wir haben beide gemerkt, dass wir doch nicht so gut zusammen passen. Außerdem habe ich ihn mit einem anderen Mädchen gesehen, das ist aber nicht der einzige Grund, weshalb wir Schluss gemacht haben.
b) Ich fürchte, Luca ist in mich verliebt. Ich mag ihn ja, aber aus uns beiden kann nichts werden, denn
c) ich bin zum Islam konvertiert. Doch, du liest richtig. Ich plane es nicht, ich habe es bereits getan. Zu einem friedlichen, liebevollen, toleranten und gemäßigten Islam. Das ist der Grund, warum es mir so gut geht. Es ist erst ein paar Tage her und vieles verändert sich seitdem rasant, vor allem meine Freundschaften, aber

das, was ich durch den Islam gewinne, wiegt es für mich wieder auf. Du musst mich nicht verstehen. Ich hoffe aber, dass du es eines Tages kannst. Ich bin jederzeit zum Gespräch bereit, frag mich, was immer du willst, wir können auch telefonieren. Wir werden uns nie verlieren, Hanna. Im Islam zählt Familie sehr viel, und das ist einer der Punkte, der mir daran gefällt.
Liebe Grüße, deine Malina

Zum Mittagessen gibt es Schweinegeschnetzeltes mit Reis und Champignonsoße, dazu grünen Salat.

»Du kannst doch nicht schon wieder das ganze Fleisch aussortieren«, sagt Simone fassungslos, als sie bemerkt, dass Malina nur Reis, Pilze und Salat auf ihrem Teller hat. »Was ist denn nur los mit dir, das wird ja immer schlimmer.«

»Die ist auf dem neuen Vegan-Trip«, tönt Lasse. »Wenn du die Soße mit Butter angerührt hast, fällt sie tot um.«

»Sehr witzig, Lasse«, gibt Malina zurück. »Ich dachte, wir sind frei erzogen. Darf man hier also nicht essen, was man will?«

»Schweinegeschnetzeltes hast du immer gern gegessen, Malina.« Simone rührt wie besessen in der Schüssel, in ihrem verrückten Alltag ist ja nun wirklich kaum Zeit, ihren Kindern jeden Wunsch von den Augen abzulesen, sagt ihr Blick. »Neulich schon der Schinken … wenn man jeden Ernährungstrend mitmachen wollte, dürfte man bald gar nichts mehr essen.«

»Ich hechle keinen Ernährungstrends hinterher«, sagt Malina. »Der Salat ist der beste, den du je gemacht hast, Mama.«

»Wenigstens etwas«, seufzt Simone. »Aber jetzt seid so gut

und beeilt euch ein bisschen, ja? Bei der MSA-Feier nachher gibt es ja auch noch was zu essen, Malina wird also nicht verhungern. Vielleicht hätte ich gar nicht kochen sollen, dann hätte ich mir den Stress hier erspart.«

»Ich brauche noch was zum Anziehen für nachher«, sagt Malina und weiß, dass ihr jetzt etwas bevorsteht, das für alle Beteiligten nicht einfach wird. Sie fühlt ihren Puls in der Halsschlagader, eigentlich ist es nicht der richtige Tag, um mit etwas so Existentiellem herauszurücken.

»Du hast doch schon ein Kleid«, erinnert Simone auch prompt. »Sag jetzt bloß nicht, dass es dir nicht mehr gefällt.«

Malina strafft ihren Körper. Das schaffst du, beschwört sie sich selbst; so schlimm wird es nicht. Ruhig bleiben, keine Ausflüchte, nicht lügen. Du machst das für Allah.

»Es gefällt mir noch«, sagt sie also. Langsam vorwärts tasten. »Aber es passt nicht mehr zu mir. Ich kann so was nicht mehr anziehen. Als wir es gekauft haben, ging es noch, aber das hat sich geändert. Ich brauche wirklich etwas Neues.«

Simone legt ihre Gabel hin. »Hör mal, Malina. Dein Kleid hat hundertdreißig Euro gekostet, die Schuhe achtzig. Damals musste es unbedingt dieses eine Kleid sein, dieses und kein anderes, obwohl ich es dir ausreden wollte. Ich kann es mir nicht leisten, dass du deinen Modegeschmack ständig änderst. Außerdem ist doch kaum noch Zeit. Wir müssen dir noch die Haare machen, schminken willst du dich auch. Wann soll das alles passieren? Willst du an so einem wichtigen Tag zu spät kommen?«

»Mach dir keine Sorgen. Ich schaffe das schon.«

»Dann verrate mir wenigstens, warum das Kleid auf einmal nicht mehr zu dir passen soll. Es ist wirklich ärgerlich,

Malina. Nach so langer Zeit kannst du es doch nicht mehr umtauschen.«

»Ich bin zum Islam konvertiert«, sagt Malina. Jetzt ist es heraus. »Deshalb passt es nicht mehr. So was Kurzes kann ich als Muslima nicht mehr anziehen.«

Lasse erstarrt mitten im Kauen. »Du bist *was*? Bist du verrückt geworden?«

»Wie bitte?«, fragt auch Simone entgeistert. »Ich habe mich wohl verhört. Das kann nicht sein. Das glaube ich nicht.«

»Doch, Mama. Und Lasse. Ich wusste, dass es euch nicht gefallen wird, aber es stimmt. Seit ein paar Tagen gehöre ich dem Islam an. Deshalb kein Schweinefleisch, deshalb kein kurzes Kleid.«

Lasse findet die Sprache als erster wieder. »Ich bring ihn um«, faucht er und springt auf. »Habe ich nicht gleich gesagt, dass so was passiert, wenn du mit einem Türken zusammen bist? War doch klar, dass der dich unter seiner Fuchtel hält und dir jeden Schritt vorschreibt! Aber das macht er nicht ungestraft. So weit darf er nicht gehen, deutsche Mädchen haben auch große Brüder. Ich werde …«

»Gar nichts wirst du«, unterbricht ihn Malina. »Mit Tarik hat das nichts zu tun. Ich bin gar nicht mehr mit ihm zusammen.«

Lasse setzt sich wieder hin, sackt ein wenig in sich zusammen, schüttelt den Kopf, fängt sich jedoch schnell wieder. Malina sieht ihm an, dass er nicht so schnell aufgeben wird.

»Ich fasse es nicht«, äußert Simone. Da keiner von ihnen mehr isst, räumt sie die Teller zusammen und legt das Besteck scheppernd oben drauf. »Das machst du doch nur wieder aus Protest, habe ich recht? Weil dich wieder irgendwas geritten hat und du mir und dem Rest der Welt beweisen musst, dass du nur nach deiner eigenen Nase gehst. Du und Muslimin, das ist nicht dein Ernst.«

»Doch.« Malina bleibt ganz ruhig. »Es ist mein voller Ernst. Ich habe mich lange und ausführlich genug über den Islam informiert und festgestellt, dass diese Religion genau das ist, was mir in meinem Leben gefehlt hat.«

Simone hebt den Stapel Teller hoch und stellt ihn wieder hin. »Was habe ich denn nur falsch gemacht«, sagt sie jetzt mehr zu sich selbst. »Ist das nun das Ergebnis meiner freien Erziehung? Habe ich euch nicht beigebracht, frei zu denken und euren Kopf zu benutzen, statt irgendwelchen jahrtausendealten Vorschriften hinterher zu rennen? Und dann ausgerechnet der Islam. Ich begreife dich nicht, Malina. Alles hätte ich von dir erwartet, aber nicht das. Dass du zum Islam konvertierst – niemals. Du lässt auch nichts aus, was du mir zumuten kannst. Ich kann es einfach nicht glauben.« Jetzt steht sie doch auf und trägt Teller und Besteck in die Küche, kommt aber gleich darauf zurück und setzt sich wieder an den Tisch.

»Ich *habe* meinen Kopf benutzt, Mama«, betont Malina erneut. »Nur so habe ich herausgefunden und entschieden, dass ich dem Islam angehören möchte. Das ist alles vollkommen freiwillig passiert.«

»Aber irgendjemand muss dich doch beeinflusst haben«, wendet Simone ein. »Dieses türkische Mädchen, Nesrin. Bisher fand ich sie immer sympathisch. Hat sie dich dazu überredet? Oder mit in ihre Kreise genommen, in die Moschee?«

»Wir waren mit der Klasse in der Moschee, als wir die Weltreligionen durchgenommen haben. Da habe ich zum ersten Mal diese tiefe Verbindung zu Gott gespürt. Mit Nesrin war ich zu dem Zeitpunkt noch gar nicht so dicke. An ihr liegt es genauso wenig wie an Tarik.«

»Erzähl mir doch nichts«, mischt sich jetzt wieder Lasse ein. »Ihr beide habt doch in jeder freien Minute zusammengesteckt, ganz geheuer war mir das sowieso nie, aber wenn man was sagt, gilt man ja gleich als ausländerfeindlich. Ihr habt euch doch bestimmt über den Islam unterhalten.«

»Klar. Aber entschieden habe ich ganz allein und aus freien Stücken.« Dann erzählt sie noch, wie einfach es sei und wie schnell und unbürokratisch es gehe, zum Islam zu konvertieren. Und dass sie es nicht wieder rückgängig machen wolle.

»Aber wenn du es doch mal willst«, versucht es Simone weiter. »Ich meine, es kann doch sein, dass du das jetzt alles spannend und aufregend findest, vielleicht damit protestieren willst, dich mit Nesrin solidarisieren oder was weiß ich. Dagegen ist ja nichts einzuwenden. Aber was ist, wenn du irgendwann merkst, das ist alles doch nicht das Richtige für dich? Wenn du wieder raus willst? Was glaubst du denn, was die Moslems dann mit dir machen? Denkst du, die lassen dich einfach gehen, wenn du eines Tages sagst, ach nee Leute, das mit Allah und Mohammed und dem Koran ist doch nicht so meins, ich gehe wieder in mein altes Leben zurück? Was machen sie dann mit dir?«

»Das wird nicht passieren«, sagt Malina.

»Nein, das wird nicht passieren«, bemerkt Lasse und lächelt mit herabgezogenen Mundwinkeln. »Weil sie dich nämlich vorher nach Syrien locken, zum Islamischen Staat. Liest man doch dauernd, wie viele deutsche Mädchen dahin verschwinden, und keiner hat mehr Einfluss drauf! An der Grenze nehmen sie dir erst mal alles ab, Handy, Kamera, Laptop und was du sonst noch bei dir hast, womit du Kontakt zur Außenwelt aufnehmen könntest. Dann wirst du da als Braut eines Dschihad-Kämpfers unterjocht und hast keine Rechte mehr, und wenn du aufmuckst –« er zieht seine Handkante über Malinas Kehle – »zack, Kopf ab. Weiß man doch, wie das läuft.«

»Unsinn«, sagt Malina. »Das habe ich absolut nicht vor, das ist mir auch zu extrem. Vieles wird aber auch von den Medien hochgepusht. Alle Muslime werden mit Islamisten in einen Topf geworfen. Die allermeisten Muslime lehnen aber den IS ab. Ich übrigens auch.«

»Wenigstens das«, seufzt Simone.

»Dschihad ist auch nicht der Heilige Krieg, über so viel Dummheit kann ich nur den Kopf schütteln«, sagt Malina. »Dschihad heißt *Bemühen*, ein gottgefälliges Leben zu führen und dass man sich für den Islam einsetzt. Niemals bedeutet es Aufforderung zur Gewalt. Über den IS und Krieg müssen wir jetzt wirklich nicht reden. Das hat nichts mit mir und meinem Glauben zu tun.«

»Ach nein? Dann sag mir doch mal, zu welcher Religion sich diese ganzen Selbstmordattentäter bekennen.«

»Ich weiß, was du meinst. Aber die haben über den Islam meistens nicht mal was gelesen und sind auch nicht wirklich gläubig. Es geht ihnen um Anerkennung, Respekt und Ruhm. Oder sie sind arbeitslos, gelangweilt und benutzen den Islam, um ihren Hass zu kanalisieren. Sie wollen im Heiligen Krieg ein neues Leben beginnen und das, was sie unter Islam verstehen, gibt ihnen einen festen Rahmen dafür. Mitläufer gibt es natürlich auch. Wer wirklich an Gott und an seine Liebe und Barmherzigkeit glaubt, *kann* Krieg und Gewalt nicht gutheißen.«

»Ganz zu schweigen von denen, die Ehrenmorde an Frauen begehen. Das ist auch noch ein Thema.« Lasse kocht immer noch vor Zorn.

»Wie gesagt, es hat nichts mit dem Islam zu tun, dem ich folge. Ich bin, genau wie Nesrin, eine Sunnitin, die den orthodoxen Islam befolgt. Und dieser ist dynamisch, es gibt in vielen Situationen verschiedene Wege, ihn zu befolgen.«

»Verschiedene Wege? Kapiere ich nicht.«

»Eine Überlieferung erzählt zum Beispiel, dass der Prophet zu seinen Gefährten vor einer Reise gesagt hat, dass sie das Nachmittagsgebet an dem Ankunftsort beten sollen.

Als dann die Gefährten auf dem Weg waren und für das Nachmittagsgebet nicht mehr viel Zeit war, gab es eine Diskussion innerhalb der Gefährten. Eine Gruppe war der Meinung, dass sie nun beten sollten, da sie es sonst nicht mehr schaffen innerhalb der Zeit zu beten und der Prophet lediglich sagen wollte, dass sie sich beeilen sollen, um diese Zeit anzukommen. Die andere Gruppe war der Meinung, dass sie das Gebet erst dort beten sollen, und hat die Aussage wörtlich verstanden.

So hat die eine Gruppe gebetet und die andere Gruppe nicht.

Später haben sie dies dem Propheten berichtet und ihn gefragt, wer nun richtig gehandelt hat, und er antwortete, dass beide Gruppen richtig gehandelt haben.«

»Das ist eine schöne Geschichte«, findet Simone, die aufmerksam gelauscht hat.

»Genau. Und sie zeigt, dass Meinungsverschiedenheiten innerhalb eines Rahmens, und zwar den wenigen eindeutigen Stellen, die Lebensweise der Muslime bestimmen. Wir leben nach dem Koran und den Ratschlägen Mohammeds, weil uns das gefällt. Aber wir wissen: Religion soll nicht den Verstand ausschalten. Man soll trotzdem zeitgemäß denken.«

»Das ist ja alles gut und schön«, meint Simone. Sie sieht müde aus, erschöpft. Malina hat ein etwas schlechtes Gewissen, weil sie ihre Mutter so aufgeregt hat. Aber es ging nicht anders. Sie bekennt sich zum Islam und dazu gehört nun einmal, dass sie ihre Familie einweiht. Ihre Mutter fährt sich mit der Hand übers Gesicht und fährt fort: »Aber meine Meinung dazu ist, es gibt eine Welt, eine Schöpfung für uns alle, und das Wichtigste ist doch, nach menschlichen Regeln friedlich zu leben. Das ist viel wichtiger, als Mitglied einer bestimmten Religion zu sein. Jede hat ihr Dogma und meint, sie sei die einzig richtige und wahre Religion. Aber jetzt bin ich halbwegs beruhigt, dass du wenigstens mit den Islamisten nichts zu tun haben willst. Was noch lange nicht bedeutet, dass ich deinen Schritt gutheiße, Malina.«

»Nicht gutheißen«, schnaubt Lasse. »Sie ist vollkommen durchgeknallt, so sieht es aus. Für den Glaubenskrieg zwischen Moslems und Andersgläubigen sind im Laufe der Jahrhunderte so viele Menschen gestorben. Wenn du dich nur im Geringsten zu einem Glauben bekennst, gerade zum Islam, schaltest du doch dein Gehirn aus und lässt dir den Blick fürs Wesentliche vernebeln. Aber bitte.« Er steht auf. »Ich sehe schon, du bist unbelehrbar.«

Malina schiebt ihren Stuhl zurück. Fürs erste ist alles gesagt, es hat keinen Sinn, jetzt noch weiter zu diskutieren. »Was ist jetzt mit meinem Kleid?«

Der Blick ihrer Mutter wirkt kühl. »Geh meinetwegen los und kauf dir was«, sagt sie. »Aber von deinem Geld. Das andere verkaufst du. Den Betrag, den wir damals gezahlt haben, gibst du mir bitte zurück. Auf den Cent genau.«

Im Flur klingelt das Telefon. Simone stürzt hin. Für mich wird es sowieso nicht sein, denkt Malina; außer Nesrin ruft mich niemand mehr an und sie meldet sich sowieso auf meinem Handy. Lasse hält es mit seinen Leuten genauso. Festnetz ist fast immer für Simone.

»Hanna!«, ruft diese aus, lauscht, seufzt. »Natürlich«, sagt sie schließlich und geht mit dem Apparat in ihr Schlafzimmer. »Natürlich habe ich Zeit.«

* * *

Malina hat sich für die Feier zum MSA eine schmale, schwarze lange Hose ausgesucht, dazu eine Bluse mit langen Ärmeln und eine Bolerojacke. Die Schuhe, die sie im Mai für das Cocktailkleid gekauft hat, passen gut dazu und sind auch flach genug, dass Malina sich darin wohlfühlt. Ihre Kleidung wirkt durchaus modisch, dennoch fällt sie zwischen den anderen Mädchen auf, die alle im Kleid gekommen sind, manche in Lang, am besten gefällt Malina das von Lydia, ein knielanges mit raffiniertem Faltenwurf und einem fließenden Stoff, der das Grün ihrer Augen wiederholt. Auch Nele sieht hübsch aus mit ihrer eleganten und doch verspielten Hochsteckfrisur und dem dunkelblauen Satinkleid, nur ihre Pumps sind so hoch und spitz, dass sie kaum darin gehen kann. Auch alle anderen Mädchen sehen toll aus in ihren Kleidern, die über dem Knie enden. Malinas wäre das Kürzeste gewesen, wenn sie das Schwarze angezogen hätte.

Nur Nesrin ist ähnlich angezogen wie Malina, auch sie trägt eine etwas schmalere helle Hose, darüber aber ein farblich passendes Kleid, um ihren Körper nicht hervorzuheben. Bei ihr darf das Kopftuch nicht fehlen.

Alle zusammen strömen in den Veranstaltungssaal, die Klassensprecher haben ein Lokal mit Bühne in Wittenau gemietet. Wenige Wochen zuvor hat Frau Krüger die Klasse für die Zeugnisverleihung in Gruppen eingeteilt. Immer zu viert oder fünft sollen die Absolventen nach vorn kommen und ihr Abschlusszeugnis entgegennehmen. Für Malina war vereinbart, dass sie mit Nele, Luca, Lydia und Nesrin nach vorn geht. Als das Unterhaltungsprogramm, das von den Schülern selbst gestaltet wird, beendet ist, tritt Frau Krüger nach vorn und hält eine Ansprache, danach ruft sie die erste Gruppe auf. Enzo, Jannik, Richard und Marvin erhalten ihre Zeugnisse. Nachdem die Klassenlehrerin ihnen gratuliert hat, will sie die nächsten aufrufen. Malina sieht, dass Nele auf ihrem Stuhl unruhig wirkt, zu ihr blickt, sie sitzen in der letzten Reihe, die von Schülern besetzt ist, hinter ihnen sitzen die Familien. Malina begreift. Nele will nicht mehr mit ihr zusammen nach vorn treten, so wütend, so verletzt ist sie. Aber ihre Eltern sind da, Luca sowieso und auch Simone; Lasse war drauf und dran sich zu weigern, ist aber doch noch mitgekommen. Wenn Nele jetzt eine Szene macht, ist allen der Abend verdorben.

Schließlich werden sie aufgerufen. Als Malina nach vorn geht, vernimmt sie ein verhaltenes Raunen der Mitschüler in den Reihen, natürlich hätten noch vor wenigen Tagen alle erwartet, dass sie in einem Kleid erscheint, das ihren Körper zur Geltung bringt und ihre Haare zu Korkenzieherlocken eingedreht hätte. Zu ihrem neuen Outfit hat sich Malina einen französischen Zopf geflochten. »Wenigstens trägt sie kein Kopftuch«, hört sie Laura flüstern.

Bei der Zeugnisvergabe achtet Nele darauf, neben Lydia zu stehen, Malina merkt es und stellt sich selbst neben Nesrin am anderen Ende der kleinen Reihe auf. Sie fühlt sich beobachtet, alle Augen scheinen auf ihr zu ruhen, wahrscheinlich haben alle Mitschüler zu Hause erzählt, was geschehen ist, stellt euch vor, Malina aus meiner Klasse ist zum Islam konvertiert; lass du dich da bloß nicht auch noch reinziehen; Quatsch, ich bin doch nicht blöd. In einer der ersten Elternreihen entdeckt sie Tariks Familie, die Mutter lächelt ihr zu und winkt mit leicht erhobener Hand.

Später stellen sich alle am Buffet an. Auch Malina füllt ihren Teller. Da sie mittags nicht viel gegessen hat, ist sie jetzt richtig hungrig und legt voller Vorfreude gegrilltes Gemüse, Putensteaks, Baguette und Zaziki auf ihren Teller. Sie hört, dass hinter ihrem Rücken getuschelt wird.

»Bei Malina muss jetzt alles *halal* sein«, lästert Lydia. »Wer weiß, ob die Pute nicht in Schweineschmalz gebraten wurde.«

»Vielleicht ist das Brot auch Schweinebaguette.« Neles Stimme.

»Und Schweinezaziki. Schweinegemüse.« Wieder Lydia. Malina fühlt den Impuls, sich mit den beiden anzulegen, verzichtet jedoch darauf. Tariks Mutter kommt auf sie zu, auch sie ist elegant gekleidet und war beim Friseur, trägt jetzt einen asymmetrischen Schnitt. Sie drückt Malina an sich und küsst sie auf beide Wangen.

»Wie schön, dich zu sehen«, sagt sie. »Es ist so schade, dass ihr beide nicht mehr zusammen seid. So schade.« Malina ist froh, dass sie mit ihr plaudern kann. Sie bemerkt, dass Lasse sie mit einem Bierglas in der Hand beobachtet.

»Das war Tariks Mutter?«, fragt er, als Malina mit ihm zurück zum Tisch geht. Sie nickt.

»Hätte ich nicht gedacht«, sagt er. »Sei doch wenigstens so modern wie sie, Malina. Dann würde keiner was sagen. Sei wenigstens so.«

19.

»Beim MSA schon«, wiederholt Herr Bischoff. »Bei eurer Zeugnisverleihung zum Abschluss der zehnten Klasse habt ihr alle gewusst, dass Malina zum Islam übergetreten ist, und habt nichts gemacht. Also ehrlich, Leute. Da hätte ich euch mehr zugetraut.«

»Was hätten wir denn machen sollen?« Nele kippelt mit ihrem Stuhl. »Sie hatte es mir gerade kurz vorher erst gesagt. Einen oder zwei Tage vorher. Knallt mir an den Kopf, sie sei jetzt Muslimin, und nun sieh zu, wie du damit klarkommst, Nele. Macht ja nichts, dass wir beste Freundinnen waren und uns immer alles anvertraut haben. Ist doch egal, dass sie so was Wichtiges im Alleingang durchzieht, ohne mir vorher auch nur eine Silbe zu verraten.«

»Nele«, sagt Luca. »Das bringt jetzt nichts mehr. Du kannst es nicht mehr ändern.«

»Nimm du sie noch in Schutz.«

»Das tue ich nicht.« Luca bleibt ruhig.

»Mein Bruder kommt auch nicht mehr an sie ran. Keiner schafft das. Am Anfang haben wir hier und da noch Versuche gestartet, mit ihr zu reden, aber Malina hat völlig dicht gemacht. Die war auf einmal wie hinter einer Wand.«

»Wie habt ihr denn mit ihr geredet?«, hakt Herr Bischoff nach. »Hoffentlich nicht nur mit Vorwürfen. Damit erreicht man meist nur das Gegenteil: Der oder die Angesprochene fühlt sich in die Ecke gedrängt und hat das Gefühl, sich rechtfertigen zu müssen.«

»Ja, genau! Genau das hätte sie mal machen können!« Nele lässt ihren Stuhl mit einem Knall nach vorne fallen. »Mal irgendwas erklären. Keiner kann von mir verlangen, dass sie zu mir kommt und sagt, hallo Nele, ich bin übrigens zum Islam konvertiert, sorry, dass ich dich da ausgeschlossen habe; und ich vor Begeisterung einen Salto rückwärts mache. Nein.« Sie schüttelt heftig den Kopf. »Ich musste das erst mal verdauen, Herr Bischoff. Malina hat mich total gekränkt, weil sie mich nicht einbezogen hat in diesen Prozess. Für mich war das ein totaler Verlust.«

»Und ist es immer noch, nehme ich an.«

Nele weint.

20.

Malina denkt nicht daran, so zu werden, wie andere es von ihr erwarten. Stattdessen übernimmt sie immer mehr islamische Grundsätze in ihren Alltag: Sie isst kein Schweinefleisch mehr, betet fünfmal am Tag und der Wunsch, ein Kopftuch zu tragen, wird immer stärker. Sie will mit Nesrin eine Mädchengruppe in deren Moscheegemeinde besuchen; dort kommen alle mit Kopftuch hin. Als einziges Mädchen ohne würde sie sich nackt vorkommen. Also drängt Malina darauf, dass Nesrin ihr zeigt, wie man ein Kopftuch richtig anlegt.

»Du kannst erst mal eines von mir haben«, schlägt Nesrin vor. »Ich habe so viele. Dann kannst du dir in Ruhe überlegen, ob du wirklich ein Kopftuch tragen willst. Auch das ist freiwillig. Man sollte es machen, aber nicht, weil man sich dazu gezwungen fühlt. Jedes Mädchen und jede Frau muss selbst darüber entscheiden.

»Okay«, sagt Malina. »Machen wir also eine Modenschau der anderen Art.« Sie setzt sich auf Nesrins Bett, Nesrin reicht ihr einen kleinen Handspiegel und tritt mit einem leichten hellblauen Kopftuch hinter sie. Sie zeigt Malina, wie sie auch ohne Untertuch die Haare ganz darunter verbergen kann, und steckt ihr das Tuch unterm Kinn eng zusammen, damit auch das Dekolleté keinen Blicken ausgesetzt ist. Die

Enden nimmt Nesrin hoch und steckt sie über Malinas Ohren am Stoff fest, sodass der Stoff weich und fließend über Brust, Nacken und Schultern fällt.

»Jetzt du«, fordert sie Malina auf. »Versuch es selbst einmal, es ist nicht schwer.«

Malina versucht es. Beim zweiten Mal gelingt es ihr schon fast so gut wie Nesrin. Mein erstes richtiges Kopftuch, denkt Malina und betrachtet sich lange im Spiegel. Im Vergleich zu Nesrins Augen wirken ihre etwas blass, weil sie nicht den dunklen Strich mit Kholstift trägt, mit dem Nesrin und viele andere Musliminnen sich die Augen schminken.

»Ich zeig dir, wie das geht«, sagt Nesrin und weist Malina auch in diese Technik ein.

»Jetzt sehen wir aus wie Schwestern«, findet Nesrin. »Komm, wir gehen.«

Als sie auf die Straße treten, erwartet Malina zunächst, angestarrt zu werden. Nesrin kichert. »Das ist nur für dich neu«, sagt sie. »Alle anderen sehen jeden Tag Mädchen mit Kopftüchern in der Stadt. Entspann dich einfach und finde heraus, wie du dich fühlst.«

Sie haben noch Zeit, das Treffen in der Moscheegemeinde beginnt erst in einer Stunde und der Fußweg ist nicht weit. Malina und Nesrin bummeln an Schaufenstern vorbei, kaufen sich Eis, setzen sich an einen Springbrunnen und beobachten die Leute. Niemand nimmt von ihnen Notiz, Frauen und Männer scheinen durch sie hindurchzusehen, zum ersten Mal seit sie älter als zwölf Jahre alt ist, hat Malina das Gefühl, frei zu sein. Einfach sie selbst zu sein, Malina unverfälscht. Kein Typ pfeift ihr hinterher, niemand streift im Gedränge absichtlich und doch wie zufällig ihren Körper, keiner lässt mit diesem genüsslich-provozierenden Blick seine Augen an ihren Beinen hinauf- und hinunterwandern, um viel zu lange am Rocksaum hängen zu bleiben. Es macht aber auch niemand Komplimente. Nicht über ihr Outfit, nicht über ihre Figur und nicht über ihr Haar. Malina kann sich frei bewegen. Außer Gefahr. Umhüllt und geschützt. Was unter dem Kopftuch ist, geht keinen etwas an. Malina sieht Jungs, hübsche Jungs, verspürt aber keinen Drang zum Flirten. Das hat sie alles gehabt, lange genug. Es geht auch ohne. Sie ist frei, frei von gaffenden Blicken, ist mehr als nur ein hübsches Gesicht, schöne lange Haare und eine sexy Figur.

»Und?«, fragt Nesrin, »wie fühlt es sich an?«

»Gut«, antwortet Malina. »Ich glaube, es geht mir wirklich gut damit.«

Sie steuern die Moschee an, in der Nesrin ihre Heimatgemeinde hat. Malina spürt, wie aufgeregt sie ist, wieder etwas Neues, sie ertappt sich dabei, dass sie sekundenlang an Nele denkt. An die unzähligen Nachmittage zu Hause, an denen sie Tee getrunken haben, Kekse gegessen, zusammen Kuchen gebacken oder Sahnebonbons zusammengerührt, ihre Lieblingsmusik gehört, Frisuren ausprobiert, Hausaufgaben gemacht oder nicht, über alles geredet, was ihnen gerade so einfiel, Belangloses und Tiefes, sie konnten miteinander die Gedanken einfach aussprechen, laut fließen lassen. Jetzt kennt sie niemanden außer Nesrin, jedes der acht Gesichter hier ist ihr fremd, sie wird angelächelt und herzlich begrüßt, aber ihr fehlt die Wiedersehensfreude, das Vertraute. Nele fehlt ihr. Der Raum im Gemeindehaus wirkt ansprechend, hübsch dekoriert mit Kerzen, Blumen und anderen Dekosachen, es gibt ein Bücherregal und riesige

Bodenkissen, auf denen sie es sich jetzt gemütlich machen. Malina schluckt ihre Tränen hinunter, nicht weinen, Neles Ansage war eindeutig, es ist vorbei und etwas Neues beginnt. Kein Heimweh vorschützen, der Schmerz wird vergehen. Etwas viel Wertvolleres tritt an die Stelle des alten Lebens, das du Stück für Stück hinter dir lassen musst, wenn dein neues nicht toleriert wird. Du hast jetzt den Islam, hast Allah und die Schwestern im Glauben. Es wird schon werden, niemand hat je behauptet, dass die Umgewöhnung leicht fallen werde.

Sie lesen zusammen eine Sure im Koran, die Zeit danach kann frei gestaltet werden. Eines der Mädchen, das sich als Canan vorgestellt hat, schlägt vor, dass sie sich gemeinsam auf den Fastenmonat Ramadan vorbereiten, der in wenigen Tagen beginnt. Ramadan zu Hause bei Mama und Lasse, denkt Malina. Das kann was werden. Aber sie will es durchziehen, unbedingt. Der erste Ramadan in ihrem Leben und gleich so kurz nach dem Übertritt. Einfach irre. Eines der Mädchen geht in die Küche des Gemeindehauses und kocht türkischen Tee, der in kleinen Gläsern serviert wird, eine andere namens Batul hat Baklava mitgebracht, ein drittes Mädchen, das sich zu Beginn als Füsun vorgestellt hat, legt einen Teller Kekse dazu, in deren Mitte eine Füllung aus roter Marmelade prangt. Als alles bereit ist, rücken die Mädchen sich ihre Kissen so zurecht, wie es für sie am bequemsten ist.

»Was nimmt sich jede von euch für den Fastenmonat vor? Welche persönlichen Ziele habt ihr euch gesetzt, was möchtet ihr erreichen?«, fragt Canan in die Runde. Eines der anderen Mädchen antwortet, jedoch auf Türkisch und sie kann nur wenige Wörter auf Deutsch einfließen lassen, obwohl sie sich bemüht. Auf einmal reden sie alle auf Türkisch, auch Nesrin, die jedoch neben Malina sitzt und hastig versucht, das Wichtigste zu übersetzen. Irgendwann gibt sie auf, das Gespräch rauscht an Malina vorbei, sie versteht nichts mehr, bekommt nur mit, dass es nach einiger Zeit nicht mehr nur um den Ramadan geht, sie reden über »die Deutschen«.

»Ich bin auch deutsch«, wirft Malina ein, im Islam geht es um gegenseitige Toleranz, die Schwestern sollen begreifen, dass sie eine von ihnen ist. Dass sie dazugehört, jetzt, wo sie konvertiert ist.

»Du bist eine von uns«, sagt Canan. »Wenn jemand den Islam annimmt, ist es egal, aus welchem Land er kommt.« Die anderen Mädchen nicken und lächeln, alle betonen, wie schön es sei, dass Malina gekommen ist, noch einmal wird sie herzlich willkommen geheißen.

»Was ist denn dein Ziel für den Ramadan?«, erkundigt sich Canan bei Malina. »Was möchtest du durch die Fastenzeit erreichen?«

Malina fühlt alle Blicke auf sich gerichtet. Nesrin zwinkert ihr beruhigend zu.

»Puh«, sagt sie. »Es ist ja mein erster Ramadan, weil ich erst vor ein paar Wochen konvertiert bin. Fürs Erste will ich … vor allem durchhalten.«

Die Mädchen nicken anerkennend, niemand lacht sie aus.

»Das ist ein guter Wunsch«, sagt Canan und sieht nach, ob noch genug Tee in der bauchigen Kanne ist. »Durchhalten ist das Wichtigste. Nur so kann man sich darauf besinnen, worauf es im Leben ankommt und die Verbindung zu Allah für diese Zeit intensivieren.«

»Du hast Glück, dass dein erster Ramadan in die Sommerferien fällt«, sagt Füsun. »Da ist es nicht so schwer wie in der Schulzeit. Wenn es heiß ist und man Arbeiten schreiben muss, kann Ramadan einen schon an die Grenzen bringen.«

»Ansonsten will ich den Ramadan einfach kennenlernen«, fügt Malina noch hinzu. »Wie alles im Islam. Erst mal reinwachsen, mich dran gewöhnen.«

Erneut nicken die anderen ihr zu, doch dann sagt Aydan etwas auf Türkisch, und wieder verfallen alle in die Sprache. Schade, denkt Malina. Sie sind nett, aber sie sind so unter sich. Solange ich nicht Türkisch rede, werde ich nie eine von ihnen sein. Für den Koran und die Gebete muss ich aber schon Arabisch lernen. Noch eine Sprache zur selben Zeit ist nicht zu schaffen.

Dasselbe sagt sie auch Nesrin, als sie zusammen auf dem Heimweg sind.

»Das verstehe ich«, äußert die Freundin. »Soll ich noch mal mit ihnen reden, damit sie mehr darauf achten, Deutsch zu sprechen?«

»Ich möchte nicht eure Gewohnheiten ändern. Vielleicht ist es besser, wenn ich mir eine andere Gemeinde suche. Mit einer Mädchengruppe, in der auch Konvertiten sind.«

* * *

Die Sommerferien beginnen. Malina genießt die freie Zeit. Es tut gut, dass sie sich nach dem Morgengebet, das zwischen Anbruch der Morgendämmerung und dem Sonnenaufgang gesprochen wird, noch einmal hinlegen kann, denn es wird früh hell.

Auch sonst ist sie froh, dass sie sich ganz in Ruhe und ohne Schulstress und Hausaufgaben mit dem Islam beschäftigen kann. Malina liest viel im Koran und in den Hadithen, den überlieferten Aussprüchen des Propheten Mohammed. Hier findet sie besonders viele Texte, die sie unmittelbar ansprechen. Einige davon schreibt sie ab; Malina hat sich ein ganz persönliches »Islam-Buch« angelegt, in dem sie ihre liebsten Texte festhält:

> »Wer (immer) will, dass Allah seinen Lebensunterhalt, sein Alter (und seine Nachkommen) segnet, sollte seine Verwandtschaftsbeziehungen pflegen.«
> »Behandelt Frauen gefühlvoll. Eine Frau ist aus einer Rippe geschaffen. Die Rippe, die
> am meisten gebogen ist, ist die oberste Rippe, wenn du versuchst sie zu begradigen,
> bricht sie, aber wenn du sie so lässt, wie sie ist, wird sie ihre Form behalten.
> Behandelt Frauen gefühlvoll.«
> »Allah sieht nicht auf euer materielles oder immaterielles Äußeres, sondern in eure Herzen.«

Das habe ich auch schon woanders gehört, denkt Malina. Vielleicht hat Bastian diesen Spruch mal in der Schule vorgetragen. Doch, so war es. Er erzählte im Ethikunterricht die Geschichte aus dem Alten Testament, in der David als jüngster von sieben Brüdern und einfacher Hirte vom Propheten Samuel als zukünftiger König Israels auserwählt wurde. In diesem Zusammenhang zitierte er den Satz als Bibelvers: »Der Mensch sieht, was vor Augen ist; Gott aber sieht das

Herz an (1. Sam 16,7)«. Kein Wunder, denkt Malina; letztlich haben Christentum und Islam das Judentum als Ursprung, wie auch Hanna ihr bei ihrem Besuch in Passau erklärt hat. Alles geht zurück auf Vater Abraham, der ein Diener und Freund Gottes war. Abraham und sein Sohn Ismael haben nach der Überlieferung die Kaaba mit dem berühmten schwarzen Stein nach der Vertreibung aus dem Paradies errichtet, jedoch stellten andere Stämme ihre Götterfiguren dort auf. Erst Mohammed beseitigte diese, ließ jedoch eine Marienstatue mit dem Jesuskind stehen.

So sind alle drei Weltreligionen miteinander verbunden, stellt Malina fest. Eigentlich ist das doch toll. Es gibt keinen Grund, dass Gläubige einander anfeinden, im Gegenteil, sie sollten sich gegenseitig tolerieren und unterstützen, denn alle haben denselben Ursprung und folgen demselben Gott, auch wenn nicht in allen Glaubensfragen Übereinstimmung besteht.

Auch dazu gibt es bestimmt Suren im Koran, denkt sie. Nach einigem Suchen findet sie die Stellen:

Sure 10,99: »Und wenn dein Herr wollte, würden fürwahr alle auf der Erde zusammen gläubig werden. Willst du etwa die Menschen dazu zwingen, gläubig zu werden?«

Sure 29,46: »Und streitet mit den Leuten der Schrift nur in bester Weise – außer denjenigen von ihnen, die Unrecht tun. Und sagt: ›Wir glauben an das, was (als Offenbarung) zu uns herabgesandt worden ist und was zu euch herabgesandt worden ist; unser und euer Gott ist Einer, und wir sind Ihm ergeben.‹«

Also haben alle drei Religionen einen wahren und gleichen Kern, stellt Malina fest; jedoch ist der Islam die jüngste davon. In einem anderen Text liest sie, dass Mohammed die Botschaft Jesu aktualisiert habe und man nun ihm, dem Propheten Mohammed, folgen solle.

Muslim heißt nichts anderes als *gottergeben*, findet Malina in einem der Hefte, die Nesrin ihr gegeben hat, heraus. Eigentlich beschreibt das alle drei Religionen.

Was Malina sonst noch über den Islam liest, vor allem aber ihre ersten Erfahrungen mit dem Tragen eines Kopftuches, verstärken in ihr den Wunsch, es regelmäßig zu tragen. An einem Vormittag kauft sie sich in einem Geschäft für muslimische Kleidung gleich drei auf einmal, dazu dieselbe Anzahl eng anliegender schwarzer Unterücher, wie auch Nesrin und Sibel sie tragen, und lässt sich verschiedene Varianten zeigen, wie sie ihren neuen Kopfschmuck binden kann. Eines behält sie gleich an und spürt erneut, wie sicher sie sich darin fühlt. Ohne jede Anmache streift sie durch die Straßen und Geschäfte in Kreuzberg und Neukölln und genießt den Schutz, den dieses einfache Stück Stoff ihr bietet. Bevor sie jedoch nach Hause zurückkehrt, legt sie es wieder ab und versteckt es mit den anderen Tüchern in ihrer Tasche. Im Zimmer legt sie ihre Kopftücher ganz hinten in den Kleiderschrank, unter ihre Winterpullover. Vorerst soll niemand sie finden; Malina wird selbst entscheiden, wann sie so weit ist, dass sie auch im Alltag Kopftuch tragen möchte.

Zuhause ist die Situation angespannt. Malina hat das Gefühl, von ihrer Mutter und Lasse ständig argwöhnisch beobachtet zu werden. Sie reden nicht mehr unbefangen mit ihr, genau wie in der Schule wird sie nicht mehr in Alltagsdinge einbezogen. Wenn Simone oder Lasse sie von sich aus ansprechen, dann meistens, um den Islam schlechtzumachen.

Immer wieder versuchen sie sie zu überreden, ihren Übertritt rückgängig zu machen. Nicht immer ist es leicht für Malina, standhaft zu bleiben und sich nicht mit ihnen anzulegen. Anders als früher versucht sie jetzt immer, ruhig zu bleiben, wo sie früher mit frechen Antworten gekontert hätte. Besonders bei Lasse spürt sie, dass es ihn wahnsinnig macht, Malina nicht mehr so leicht provozieren zu können. Jedoch spürt sie mitunter Simones Blick mit einem nachdenklichen Ausdruck auf sich ruhen, wenn Malina gelassen und mit klaren Worten argumentiert, statt auszurasten und sich mit ihr anzulegen. Malina hat nicht vergessen, dass ihre Mutter den Eindruck geäußert hat, Malina sei erwachsener geworden. Sie weiß, dass Simone sich noch nicht eingestehen kann, dass sie sich durch den Islam und seine Regeln dahin entwickelt hat. Was jedoch nicht heißt, dass Simone sich bereits damit abgefunden hat, dass ihre Tochter jetzt Muslima ist. Besonders deutlich bekommt Malina dies beim Essen zu spüren. So auch am letzten Tag vor dem Fastenmonat Ramadan, der dieses Jahr knapp in der Mitte der Sommerferien beginnt. Malina freut sich auf das Mittagessen mit der Familie, wird es doch für vier Wochen das letzte sein, das sie mit Lasse und Simone zusammen einnehmen kann. Im Ramadan darf sie nur noch nach Sonnenuntergang essen und sogar trinken. Die letzte Mahlzeit muss sie vor Sonnenaufgang zu sich nehmen – im Juli eine lange Zeit. Aus der Küche hört sie, das offenbar etwas in der Pfanne gebrutzelt wird, es duftet lecker nach gebratenem Fleisch. Hoffentlich ist es dieses Mal Geflügel oder Rind, denkt Malina und geht hin, um den Tisch zu decken. In der Küche wendet Simone gerade drei große Scheiben Fleisch in verquirltem Ei und Paniermehl.

»Wiener Schnitzel«, bemerkt Malina erfreut. »Eines meiner Lieblingsessen.«

Simone legt die erste Scheibe in heißes Fett. »Schnitzel *Wiener Art*«, korrigiert sie. »Echtes Wiener Schnitzel ist aus Kalbfleisch, was denkst du denn, was das kostet? Das aus Schwein war heute im Angebot und sah sehr gut aus. Ich kann nicht immer Rücksicht darauf nehmen, was dein Koran vorschreibt.«

»Hättest du mir nicht ein Stück Hähnchenbrust oder Pute mitbringen können?«, fragt Malina. »Ich erwarte nicht, dass du für mich was anderes kochst als für dich und Lasse. Aber Geflügel darf ich essen und es ist auch nicht so teuer wie Kalb.«

»Und wenn ich nicht will?«, gibt Simone zurück. »Den ganzen Tag vergräbst du dich in deinen Schriften, man kommt überhaupt nicht mehr an dich heran. Ich bin heilfroh, dass Nele und Luca mit ihren Eltern fast die ganzen Ferien verreist sind; was meinst du, wie unangenehm es war, als ihre Mutter mich neulich gefragt hat, ob ich nichts dagegen hätte tun können, dass du zum Islam überwanderst? Wenn ich Schweinefleisch zubereiten will, bereite ich Schweinefleisch zu und fertig.«

»Dann kann ich nur die Kartoffeln essen«, meint Malina und spürt einen Kloß im Hals, ich tue doch niemandem was und verlange nicht viel, denkt sie. Hoffentlich spielt sich das alles irgendwann ein.

»Erbsen und Möhren gibt es auch«, sagt Simone. »Wer weiß, ob dir nicht in drei Wochen was anderes einfällt, nachher tun dir die Tiere leid und ich soll gar kein Fleisch mehr kaufen oder du rennst einem anderen Trend hinterher. Soll ich dann jedes Mal nach deiner Pfeife tanzen? Nein, Malina. Wenn sich jemand anpassen muss, dann du. Morgen gibt es übrigens Königsberger Klopse«, fügt sie noch hinzu. »Aus Schweinehack.«

»Machst du das jetzt extra?«, will Malina wissen.

»Nenn es, wie du willst.« Simone gießt die Kartoffeln ab. »Dein Bruder und ich richten uns jedenfalls nicht nach dem Islam.«

21.

Simone hat eine Woche drehfrei. Nachdem es anderthalb Tage lang immer wieder gewittert hat, ist das Wetter ein wenig abgekühlt, doch besonders für den Norden Deutschlands ist ein stabiles Hoch angesagt. Also schlägt sie vor, die losen Pläne wahr zu machen und gemeinsam mit Malina und Lasse für ein paar Tage an die Ostsee zu fahren.

»Wer weiß, wie lange ihr beide noch Lust habt, mit mir zu verreisen«, sagt sie. »Aber eine Woche werdet ihr es hoffentlich aushalten.«

»Natürlich«, antwortet Malina. Sie freut sich wirklich darauf, endlich einmal wieder weichen Sand unter den Füßen zu spüren, den Horizont zu sehen, aufs Wasser zu schauen, den Flug der Möwen über ihrem Kopf zu beobachten. Frischen Fisch zu essen, in den Dünen zu liegen und einfach zu entspannen. Vielleicht im Meer zu baden. Sie denkt an Nesrin, die nie mit der Klasse ins Freibad geht. Jetzt versteht sie sie. Seit Malina selbst Muslimin ist, steht auch sie vor der Frage, was sie anziehen kann, wenn sie sich am Strand aufhalten möchte. Sie könnte eine Ausnahme machen und zumindest einen Badeanzug anziehen, wie sie es Nesrin auch geraten hatte. Aber es passt nicht mehr. Malina möchte nicht halb nackt zwischen all den anderen Badegästen liegen. Schon gar nicht im Ramadan.

Simone hat sich statt für Usedom für ein kleines Stranddorf in Schleswig-Holstein entschieden, das Kalifornien heißt.

»Ich mag keine Hotels«, sagt sie zum wiederholten Male, als sie alle drei mit ihrem Dacia Kombi die Autobahn A24 von Berlin nach Hamburg verlassen und nahe Neumünster auf die B 404 in Richtung Kiel abbiegen. »In Kalifornien ist der nächste Betonklotz glücklicherweise weit genug weg. Angela hat uns über Freunde ein kleines Häuschen vermittelt, in dem seit gefühlten fünfzig Jahren kaum etwas verändert wurde. Ist das nicht toll?«

Malina genießt die Fahrt. Schon jetzt wirkt die Gegend ländlich, sie fahren an saftigen Wiesen vorbei, auf denen zufrieden aussehende Kühe und Schafe grasen, gondeln über kurvige Straßen und sanfte Hügel, passieren rote Backsteingebäude, teils mit Reetdächern, schlängeln sich durch malerische Dörfer und beschauliche Kleinstädte. Sie muss lachen, als sie schließlich das Ortsschild »Kalifornien« passieren – im Vergleich zu Amerika wirkt hier alles so niedlich. Beinahe im Schritttempo fahren sie einen langen Deichweg entlang, bis eine Schranke ihnen den Weg versperrt.

»Dann sind wir hier richtig«, weiß Simone, steigt aus und klingelt im ersten Haus auf der linken Seite. Wenig später kommt sie mit einem Schlüssel zurück und öffnet die Schranke, flugs springt Lasse auf den Fahrersitz und fährt den Wagen auf den Stellplatz, den Simone ihm zuweist.

Hier ist wirklich die Zeit stehen geblieben, denkt Malina, als sie sich umsieht. Einige der Wochenendhäuser hier scheinen zwar erst in den letzten Jahren gebaut worden zu sein, die meisten jedoch tragen die Patina der Fünfzigerjahre mit ihren kleinen, einfachen Fenstern und den leicht verwitterten

Außenmauern und Dachziegeln. Einige der Gärten wirken ein wenig verwildert, als hätten die Eigentümer hier zum Sommeranfang nach dem Rechten gesehen, um dann doch den Urlaub im Süden zu verbringen. Vor einem solchen Haus parkt Lasse ein. Malina steigt aus, Simone eilt mit dem Schlüssel herbei.

Innen ist das Haus so eng, dass sie nicht zu dritt im Flur stehen können, also öffnet Malina die Zimmertür, vor der sie gerade steht, und tritt ins Wohnzimmer. Hier gefällt es ihr, der Raum ist im typisch nordischen Stil eingerichtet, die blau gestreiften Polstermöbel harmonieren mit den hellen Kiefernholzschränken und den maritimen Dekorationsgegenständen. In einer Ecke steht ein kleiner Röhrenfernseher, in den Regalen findet sie Brettspiele, Romane und ein Badminton-Set. Hier lässt es sich eine Weile aushalten, denkt sie.

»Gibt es hier keine Dusche?«, hört sie Lasse fragen, der sich weiter im vorderen Teil umgesehen hat. Malina findet ihn in der Küche, in der außer Platz alles vorhanden zu sein scheint, gegenüber hat Simone einen noch kleineren Raum mit Toilette und Waschbecken gefunden, mehr Räume gibt es im Erdgeschoss nicht. Zum Spitzboden führt eine schmale Holztreppe, Lasse klettert nach oben und ruft hinunter, dass dort vier einfach Betten stünden.

»Also wird offenbar draußen geduscht«, meint Simone achselzuckend. »Mit dem Gartenschlauch. Eine Woche lang werden wir das aushalten,oder? Schließlich ist Sommer und man kann ruhig mal auf etwas Komfort verzichten, damit man ihn wieder mehr zu schätzen weiß.«

»Oookay«, sagt Malina. »Na, zum Glück reicht mir das Waschbecken, wenn ich mich vor dem Gebet waschen will.«

Ihre Mutter starrt sie an. »Du willst damit doch nicht sagen, dass du sogar hier im Urlaub dein ganzes Islam-Programm durchziehen willst?«

»Natürlich will ich das. Es ist jetzt ein Teil von mir, Malina ohne Islam gibt es nicht mehr.«

»Kannst du dich nicht die paar Tage lang wie ein normaler Teenager verhalten? Außerdem weckst du uns alle auf, wenn du vor Sonnenaufgang diesen orientalischen Singsang herunterleierst.«

»Dann bete ich im Garten«, sagt Malina ungerührt. »Meinen Reiseteppich habe ich ja dabei.« In ihrer Schläfe beginnt es zu pochen, nach der langen Anreise hat sie Hunger und Durst, es war nicht leicht, Simone und Lasse ihren Burger essen und Cola trinken zu sehen, während sie sich selber nichts gönnte. Eigentlich brauchen Reisende nicht zu fasten, wenn der Zielort etwa 80 km oder mehr von zu Hause entfernt liegt. Von Berlin nach Schleswig-Holstein ist es viel weiter, mehr als 350 km. Malina will aber nicht so schnell aufgeben, sonst wird sie vielleicht bei jeder sich bietenden Gelegenheit schwach.

»Reiseteppich!« Lasse wiehert vor Lachen, auch wenn es nicht echt klingt. »Ist das ein fliegender Teppich? Klingt jedenfalls so. Nein, ernsthaft, Malina: Wenn du im Garten auf deinem Gebetsteppich herumkriechst, halten uns die Nachbarn doch für komplett verrückt.«

»Wirklich, Malina«, mischt sich jetzt auch Simone ein. »Überleg doch mal, die Nachbarn hier kennen uns überhaupt nicht, aber wenn sie dich *so* sehen, heißt es doch gleich, was haben die Hausbesitzer denn da für Volk angeschleppt. Willst du das?«

»Gegenfrage.« Malina hält dem Blick ihrer Mutter stand. »Willst du zu den Spießern gehören, denen es vor allem darum geht, was die Nachbarn denken? Ich denke, du bist für Freiheit und Individualität. Aber jetzt schämst du dich, weil deine Tochter offen zeigt, dass sie Muslimin ist?«

»Das kann man doch überhaupt nicht vergleichen.«

»Kannst du denn jetzt mit mir an den Strand gehen und eine Runde Federball spielen?«, nörgelt Lasse. »Ich bin so eingerostet vom langen Sitzen, mir tun alle Knochen weh.«

»Klar, kann ich«, sagt Malina. »Muss nur mein Nachmittagsgebet verrichten, in fünf Minuten ist die vorgeschriebene Zeit dafür. Danach bin ich bereit.« Sie lächelt Lasse an, es ist ihr wichtig, dass ihre Familie merkt, ihnen geht nichts verloren, nur weil Malina jetzt Muslimin ist und dadurch einen veränderten Tagesablauf hat.

Ihr Bruder verdreht die Augen, als Malina ihren Teppich aus dem Auto holt, sich in der Toilette einschließt, um am Waschbecken ihre rituelle Waschung durchzuführen und sich anschließend ins Wohnzimmer zurückzieht, lästert jedoch nicht mehr, sondern hilft Simone, das Auto auszuladen. Malina hört die beiden, wie sie die schweren Reisetaschen die enge Treppe hoch wuchten. Ich hätte helfen sollen, denkt sie; nachher nehme ich Mama auf jeden Fall den Abwasch ab.

Nach dem Gebet steigt auch sie nach oben, um sich umzuziehen. Während der Autofahrt hat sie kein Kopftuch getragen, an den Strand will sie auf keinen Fall ohne gehen. Draußen ist es noch warm, sicher werden noch viele Leute baden, da geht es nicht anders. Also öffnet sie ihre Reisetasche und sucht alles heraus, was sie für ein angemessenes

Strand-Outfit nach muslimischer Art benötigt. Sie zieht die Leinenhose vom Kleidertausch an, dazu ein dünnes, langärmeliges weißes Shirt und darüber ein schwarzes Trägerkleid. Zum Schluss bindet sie sich ein Kopftuch um, das sie extra für die warmen Tage gekauft hat, aus weißem, dünnen Stoff mit rosa und türkisfarbenen Blüten darauf, ihr Lieblingstuch.

»Wir können gehen«, sagt sie zu Lasse, der mit dem Rücken zu ihr über seinen Wanderrucksack gebeugt steht und nach seiner Badehose wühlt. Jetzt richtet er sich auf.

»Nee, oder?«, entfährt es ihm, als er Malina sieht. »Du gehst jetzt nicht in diesem Outfit an den Strand. Das bringst du nicht.«

»So oder gar nicht«, antwortet Malina ruhig. Es passiert nichts Schlimmes, sagt sie im Stillen zu sich selbst. Das hier ist nur ein weiterer Schritt in Richtung Normalität. Sie werden es akzeptieren müssen, dass es mir ernst ist.

Lasse stürmt aus dem Haus, rennt in den Garten, durchwühlt mit den Haaren seine blonden Locken, bleibt stehen und legt seinen Kopf in den Nacken, als könne er in den Wolken die Antwort lesen, geht weiter, prügelt mit dem Federballschläger auf das hoch gewachsene Gras ein. Dann kommt er zurück.

»Warum musst du unbedingt nach außen zeigen, dass du zum Islam konvertiert bist?«, brüllt er. »Warum kannst du nicht ganz normal weiterleben und deinen Glauben für dich ausüben, ohne andere damit zu belästigen? Schaut her, ich bin eine Muslimin, wie ich es mache, ist es richtig und ihr seid alle Ungläubige?«

»Weil es dazugehört.« Auch Malina nimmt sich einen

Federballschläger, es ist nicht einzusehen, warum sie nicht spielen sollte. »Nicht für jede Muslima, aber für mich.«

Lasse stöhnt auf. »Warum hüllen sich konvertierte deutsche Mädchen immer gleich in dämliche Tücher? Wieso musst du zu 150 Prozent aufgesetzt Muslimin sein? Hast du dein früheres Ich und dein Selbstwertgefühl mit dem Bikini und deinen schönen Sommerkleidern eingemottet? Willst du aussehen wie Ayşe aus Ostanatolien, die nach dreißig Jahren bei uns immer noch kein Deutsch kann oder mit fünfundzwanzig schon aussieht wie fünfzig?«

»Hör auf, Lasse. Es hat keinen Sinn, dass du dich so aufregst. Ich werde mich sowieso nicht mehr vom Islam abbringen lassen, also entspann dich lieber. Schließlich tue ich nichts, was dir oder Mama schadet.«

Simone tritt zu den beiden, in der Hand hält sie ihre Strandtasche, die sie bereits fertig gepackt aus Berlin mitgenommen hat

»Na gut«, sagt sie. »Ich denke auch, dass wir es uns sparen können, Malina umzustimmen. Dann müssen wir da jetzt durch. Gehen wir also zum Strand, Kinder. Alle zusammen.«

Sie überqueren den Deichweg und sind kurz darauf am Strand. Tatsächlich ist er noch gut besucht, Malina sieht sofort, dass außer ihr kein einziges Mädchen muslimische Kleidung trägt, einige Frauen sonnen sich sogar oben ohne. Wie gut, dass mich so ein Anblick nicht schockiert, denkt sie; als Türkin wäre es mir bestimmt peinlich. Lasse schmollt noch und legt sich in die Dünen, also greift Simone nach seinem Badmintonschläger und steuert eine freie Stelle an. Na bitte, geht doch, denkt Malina und tut es ihr gleich. Im Federball ist sie immer gut gewesen, jetzt muss sie sich daran gewöhnen, wie schnell es unter dem Kopftuch warm wird. Auch hat sie Angst, es könnte verrutschen, und zupft immer wieder verstohlen daran herum. Gleich morgen wird sie versuchen, eine andere Art des Bindens auszuprobieren. Simone und sie spielen nicht um Punkte, es geht nur um den Spaß und ein wenig Bewegung. Nach einer Weile verkündet Simone, sie wolle jetzt ins Wasser gehen, und reicht ihren Schläger an Lasse weiter, der nur widerwillig ein paar Bälle mit Malina wechselt. Insgeheim ist sie froh, als Lasse bereits nach wenigen Minuten den Schläger wieder in die Badetasche steckt, sein T-Shirt abstreift und sich kopfüber in die Ostsee stürzt. Malinas Durst ist kaum noch zu ertragen, sie sehnt sich danach, dass gegen neun Uhr abends endlich die Sonne untergeht. Sie setzt sich auf ihr ausgebreitetes Handtuch und versucht sich abzulenken, indem sie aufs Meer schaut, spürt ihre Augenlider schwer werden, der Hunger und Durst machen sie müde, die Stimmen um sie herum nimmt sie wie aus weiter Ferne wahr, versteht nur Satzfetzen.

»Die Arme muss sich ja totschwitzen«, hört sie irgendjemanden sagen, eine junge Frauenstimme ganz in der Nähe. »Endlich ist Hochsommer, man kann mal raus, ohne sich dick einpacken zu müssen, aber die Türkinnen können nie die Sonne auf der Haut spüren, immer tragen sie diese langen Sachen. Furchtbar.«

»Nicht alle«, antwortet jemand, »aber mir tut sie auch leid, sie scheint noch so jung zu sein. Nie kann sie fühlen, wie ihre Haare im milden Sommerwind flattern, sich nicht einmal an den heißesten Tagen im Wasser abkühlen. Echt bedauernswert.«

Das sind ja meine Worte, fährt es Malina durch den Kopf.

Genauso habe ich früher über Nesrin gedacht, es ist noch nicht lange her. Jetzt verzichte ich selbst darauf, aber es macht mir nicht halb so viel aus, wie ich damals gedacht hätte. Ja, es ist warm, ja, der Ramadan ist anstrengend. Aber was ich dafür bekomme, ist so viel mehr. Eine nie zuvor gespürte Verbindung zu Gott.

Sie sieht Lasse weit hinausschwimmen, auch Simone ist noch im Wasser, sie schwimmt jetzt neben einer anderen Frau, die beiden scheinen sich zu unterhalten. Mama lernt immer schnell Leute kennen, denkt Malina lächelnd; vielleicht hat die andere sie auch erkannt, hin und wieder passiert das schon, meist kurz nachdem ein Fernsehfilm mit ihr gelaufen ist. Als die Frauen jedoch aus dem seichten Wasser am Ufer steigen, erkennt Malina, wen Simone mitbringt. Angela. Sie hätte es sich denken können, dass auch sie hier ist, wenn sie ihrer besten Freundin schon ein Ferienhaus vermittelt hat. Die beiden kommen näher. Im selben Moment werden nebenan wieder Stimmen lauter, dieses Mal ist es ein Mann, der redet.

»Jetzt breiten die sich auch schon hierher aus«, hört Malina die Stimme eines älteren Herrn. »Nicht einmal an unserer Ostsee ist man vor denen sicher. In welchem Land leben wir denn eigentlich, frage ich mich manchmal.«

Simone ist herangekommen und stutzt. Der Mann redet sich jetzt in Rage, schimpft über das »Türkenpack«, das sich an die Sitten und Gebräuche des Landes halten solle, in dem es unbedingt leben will. »Kopftuchweiber« wolle man hier am Strand nicht sehen, in der Türkei gebe es schließlich genug Strände, wo sie in ihren Kaftan gehüllt baden gehen könnten oder auch nicht, aber hier trage man Bikinis und Badeanzüge und wer damit nicht klarkommt, solle doch bitteschön wegbleiben. Malina amüsiert sich insgeheim, Simone jedoch baut sich vor dem dünnen, faltigen Mann auf.

»Unterlassen Sie bitte Ihre rassistischen und ausländerfeindlichen Äußerungen«, sagt sie in ruhigem, aber bestimmten Ton. »Zu den Sitten und Gebräuchen in diesem Land gehört zufällig auch das Grundrecht der Religionsfreiheit. Wenn Sie meine muslimische Tochter weiter beleidigen, rufe ich die Polizei.«

Meine muslimische Tochter. Malina glaubt, sie habe sich verhört. Ihre Mutter hat sie verteidigt? Und das im Beisein von Angela, die Malina ansieht, als wäre sie aus einem UFO ausgestiegen.

»Ihre muslimische Tochter? Sie haben das Mädchen adoptiert? Dann hätten Sie sie doch christlich oder neutral erziehen können«, meint die Ehefrau des Mannes und drängt ihm ein Stück Kuchen auf. Als er mit mürrischem Gesicht ablehnt, isst sie es selbst, Malina muss lachen, so kommt es also, dass er so hager ist und sie kaum noch in ihren geblümten Badeanzug passt.

»Malina ist mein leibliches Kind«, korrigiert Simone. »Und vor allem habe ich sie und ihren Bruder zum freien, selbstständigen Denken erzogen. Meine Kinder dürfen alles ausprobieren und eigene Entscheidungen treffen, nur so können aus ihnen mündige, ernstzunehmende Bürger werden. Und meine Tochter hat ihren Weg im Islam gefunden. Wenn Sie es nicht ertragen, dass sie sich entsprechend kleidet, gehen *Sie* woanders hin.« Dann dreht sie sich um, winkt Angela zu sich heran und setzt sich zu Malina aufs Handtuch. Auch Lasse ist aus dem Wasser gekommen und hat alles mit angesehen.

»Wow, Mama. Du bist ja richtig zur Löwin geworden«, stellt er fest. »Hat der Typ Malina echt für eine Türkin gehalten?«

»Das ist ja auch kein Wunder«, mischt sich Angela ein, noch ehe Simone etwas sagen konnte, und wendet sich an Malina. »Deine Mutter hat mir alles erzählt, während wir geschwommen sind. Mit allem Möglichen habe ich bei dir gerechnet, Malina. Mit allem Möglichen, aber nicht damit. Hast du das gewollt? Dass du jetzt von den Leuten für eine Türkin gehalten und diskriminiert wirst?«

»Das spielt für mich keine Rolle. Ich möchte mich nicht mehr jedem x-beliebigen Menschen halb nackt präsentieren und es geht mir gut damit.«

»Die Leute haben immer nur Vorurteile!« Simone regt sich immer noch auf, genau wie damals, als sich Lasse abfällig über Tariks Herkunft geäußert hatte. »Sehen ein Mädchen mit Kopftuch und denken gleich, sie wäre Türkin, würde von ihrem Mann unterdrückt und weiß der Kuckuck was noch alles. Noch dazu diese Ausländerfeindlichkeit. Malina hat dem alten Kerl nichts getan, nichts! Schubladendenken, nur Schubladendenken! Es kotzt mich so an.« Sie pfeffert ihr Handtuch in die Badetasche und schüttelt ihr nasses Haar. »Ich habe jetzt Kohldampf, ihr auch? Auf der Terrasse habe ich einen Kugelgrill stehen sehen, und wenn ich mich beeile, kann ich im Supermarkt am Ortseingang noch alles kaufen, was wir zum Grillen brauchen. Dann passt es ja, wenn wir bis Sonnenuntergang alles bereit haben. Sagst du Lisa Bescheid, Angela? Was möchtest du haben, Malina? Rind, Pute oder Hühnchen?«

Malina springt auf und umarmt Simone.

»Danke, Mama«, flüstert sie. Simone drückt sie an sich, dann seufzt sie, löst sich von ihr und streicht ihr über die Wange.

»Okay, ich halte zu dir. Versprochen«, sagt sie. »Aber toll finde ich das alles immer noch nicht, Schatz. Du machst es mir ganz schön schwer.«

22.

Im Laufe der Sommerferien wird es für Malina bereits so zur Gewohnheit, das Kopftuch anzulegen, bevor sie nach draußen geht, dass sie kaum noch darüber nachdenkt. »Deine schönen Haare«, seufzt Simone hin und wieder. »Immer versteckst du sie, macht dir das denn gar nichts aus?«

»Du darfst meine Haare sehen. Zu Hause trage ich ja kein Kopftuch«, antwortet Malina dann. Es tut ihr leid, dass ihre Mutter noch immer nicht unbefangen mit der Tatsache umgehen kann, dass sie jetzt Muslima ist, und der bekümmerte, mitunter sogar verzweifelte Blick Simones schmerzt sie. Das Kopftuch steht wie eine Wand aus Stoff zwischen ihr und ihrer Mutter, von Lasse ganz zu schweigen. Aber es gibt deshalb kaum noch Streit, denn seit den Anfeindungen am Strand macht Simone ihr keine bösen Vorwürfe mehr und auch Malina bemüht sich um ein besseres Verhältnis zu ihr. Für einen Muslim kommt die Mutter von allen Menschen an erster Stelle und deshalb versucht Malina, freundlich mit Simone zu reden, an ihrem Leben teilzuhaben und ihr zu helfen, wo immer es geht. Eines Tages, so hofft sie, wird ihre Mutter begreifen, dass der Islam Malina gut tut, statt ihr zu schaden. Dass die Religion sie friedfertiger gemacht hat. Dass die erwachseneren Verhaltensweisen, die ihr an Malina gefallen, daher kommen. Malina spürt, dass dies noch ein langer Weg ist.

Nele und Luca waren lange verreist. Erst am letzten Ferienwochenende hört Malina durch die geschlossene Wohnungstür, wie sie mit ihren Eltern die Koffer nach oben tragen. In allen anderen Jahren hat Nele gleich nach der Rückkehr bei Malina geklingelt und sie haben stundenlang zusammengesessen und sich alles erzählt, was in den Wochen passiert ist, in denen sie einander nicht gesehen haben. Malina weiß noch, dass Simone oft vergebens versucht hat, die Mädchen an die frische Luft zu schicken; für Malina und Nele hatte es nichts Schöneres gegeben, als sich endlich wieder zu zweit im Zimmer einzuigeln und um jede gemeinsame Minute zu kämpfen. Dieses Mal klingelt Nele nicht. Nur Luca schickt ihre eine SMS, als Malina bereits im Bett liegt und schon beinahe eingeschlafen wäre. *Freu mich drauf, dich morgen wiederzusehen*, schreibt er. Malina antwortet nicht. Aber danach bleibt sie wach bis zum Nachtgebet.

Am Montagmorgen, dem ersten Schultag nach den Sommerferien, legt sie ihr Kopftuch auch im Klassenraum nicht ab. Die Mädchen verdrehen die Augen, als sie sie so sehen, die üblichen Jungs reißen ihre Witze, imitieren orientalischen Gesang und werfen ihre Oberkörper auf die Tischplatten. Das machen sie nur, weil Tarik nicht mehr da ist, denkt Malina und setzt sich neben Nesrin. Laura, die seit dem Kleidertausch noch kaum mit Malina gesprochen hat, sitzt genau vor ihr und dreht sich um.

»Du bist doch gar nicht mehr mit Tarik zusammen«, sagt sie. »Wozu trägst du dann Kopftuch? Und immer noch diese langen Klamotten, obwohl es noch warm ist?«

»Weil ich keinen Bock mehr habe, blöd angegafft und belästigt zu werden«, antwortet Malina. Sie sieht, dass Laura etwas auf einen kleinen Zettel schreibt und diesen heimlich durch die Klasse wandern lässt; jeder, der ihn auseinanderfaltet und liest, sieht anschließend zu Malina hin und schüttelt den Kopf oder macht eine andere Geste des Unverständnisses. Frau Krüger kommt herein und begrüßt die Klasse. Als ihr Blick auf Malina fällt, hebt sie kaum merklich die Augenbrauen. Dann schreibt sie den Stundenplan an. Der Unterricht beginnt.

Auch in den Pausen wird Malina von niemandem angesprochen. Nele verschwindet mit Lydia, Laura und Jasmin in der Cafeteria, also gehen Malina und Nesrin zu zweit über den Schulhof. Noch immer ist Ramadan, sie hätten ohnehin nichts essen oder trinken können.

»Dein erstes Fastenbrechen steht bevor«, sagt Nesrin und hakt sich bei Malina unter. »Wenn du willst, kannst du Bayram bei mir feiern. Ich lade dich herzlich ein und auch meine Eltern und kleinen Geschwister freuen sich, wenn du kommst.«

Malina bedankt sich, froh, für dieses wichtige Fest eine Anlaufstelle zu haben. Sie hat schon viel gelesen über Bayram, auch Zuckerfest genannt, weil an dem Brauch entsprechend viel Süßes gegessen wird, gelesen und Nesrin hat ihr bereits erzählt, wie schön es ist. Junge und ältere Familienmitglieder besuchen sich gegenseitig, gratulieren einander und für die Kinder gibt es Geld, Geschenke und Süßigkeiten. Die Männer besuchen meist eine Moschee, während die Frauen das Essen für das Fastenbrechen zubereiten. Der türkischen Tradition gemäß küssen die Kinder den Erwachsenen die Hände, um ihnen Respekt zu erweisen.

»Das sollte ich mal bei meiner Mutter versuchen«, überlegt Malina laut und lacht. Dann jedoch wird sie wieder ernst. »Danke, dass ich zu euch kommen darf. Es muss furchtbar sein, mit niemandem Bayram feiern zu können.«

»Du bist auch sonst jederzeit willkommen«, bekräftigt Nesrin. »Vergiss das nie.«

Trotzdem sehnt sich Malina nach einer eigenen Gemeinschaft. Nach einer Gruppe, in der sie sich zu Hause fühlt, weil dort auch andere Konvertiten außer ihr sind. Deutsche Konvertiten, die dasselbe durchgemacht haben wie sie. Die ähnlichen Anfeindungen ausgesetzt sind oder glatt durch alles durchkommen. Mädchen, mit denen sie sich ohne Worte versteht, wie früher mit Nele. Sie mag Nesrin wirklich und weiß, dass sie ohne sie an manchen Tagen verzweifelt wäre. Aber Nesrin ist anders aufgewachsen, spricht Türkisch, hat mit anderen Türkinnen diesen gemeinsamen Hintergrund, wie Malina ihn mit deutschen Mädchen fühlt. Nicht umsonst sagt man, jemand »spricht dieselbe Sprache«, wenn man sich mit ihm besonders gut versteht. Malina spürt die Sehnsucht danach geradezu körperlich. Bayram mit anderen Konvertiten *und* geborenen Muslimen feiern, das wäre es. Eine Moschee, um mit Glaubensschwestern zu beten, die das Gleiche gesucht und gefunden haben wie sie, aber auch spüren, was sie verloren haben. Sich Trauer einzugestehen um das, was nie mehr zurückkommt, einander darin bestärken, weiter auf dem eingeschlagenen Weg zu gehen, von dem sie trotz allem wissen, dass er für sie der einzig richtige Weg ist. Mit ihnen einen Teil der Freizeit zu verbringen und gemeinsam den Islam leben. Malina gerät ins Träumen, wenn sie nur daran denkt.

»Sibel weiß eine«, sagt Nesrin, als sie sich in der Schule

erneut darüber unterhalten. »Ich bin ganz sicher. Sie hat von der deutschen Freundin einer Freundin erzählt, die sich da total wohlfühlt, und es sind keine Salafisten. Komm mit, wir fragen sie!«

Sie finden Sibel schnell.

»Dass ich darauf nicht gleich gekommen bin«, sagt diese. »Natürlich brauchst du eine Gruppe, in der du dich zu Hause fühlst. Hier ist die Mailadresse von Inga, die ich kenne. Grüß sie von mir.«

Inga antwortet fast sofort, nachdem Malina ihr geschrieben hat. Und lädt sie zu einem Treffen der Mädchengruppe wenige Tage später ein. Wieder ein Stück weiter, denkt Malina. Es macht solchen Spaß, langsam, aber sicher meinen Platz im Islam zu finden.

* * *

»Ich bin Inga«, begrüßt sie das Mädchen mit hellblauen Augen, das ihr per Mail bereits ein Bild von sich geschickt hat. Huskyaugen, denkt Malina im ersten Moment. »Schön, dass du da bist. Ich bin sicher, du wirst dich bei uns wohlfühlen, es ist alles ganz locker. Wir bereiten den *Tag der offenen Moschee* vor, der bundesweit am 3. Oktober stattfindet. Im Moment arbeiten wir dafür an einer Stellwand mit Texten und Fotos zur Information über den Islam. Komm mit, ich zeig dir alles.« Inga führt sie in einen Raum, in dem ähnlich wie in Nesrins Gemeinde eine Gruppe muslimisch gekleideter Mädchen auf einer bequem wirkenden Polstermöbelgruppe sitzt und sich angeregt unterhält. Als sie Malina erblicken, winken sie ihr fröhlich zu.

»Schön, dass du den Weg zu uns gefunden hast«, sagt ein

Mädchen, das Franziska heißt. »Du wirst dich bestimmt bei uns wohlfühlen. Dafür sorgen wir schon«, lacht eine andere, die sich als Anna vorstellt. Ein Mädchen namens Ayla begrüßt sie ebenfalls in akzentfreiem Deutsch; als Malina darüber staunt, erzählt Ayla, ihre Mutter sei Deutsche und ihr Vater Türke.

»Meine Mama hat dasselbe gemacht wie ihr«, lacht sie. »Sie ist auch zum Islam konvertiert. Alles, was meine konvertierten Schwestern erzählen, habe ich von ihr genauso gehört.«

»Ach, deshalb unterdrückst du immer dein Gähnen. Weil du alles schon kennst«, bemerkt Inga. »Jetzt zeige ich Malina noch schnell unseren Gebetsraum, die Bibliothek, den Vortragssaal, die Küche und den Waschraum. Danach kommen wir wieder zu euch.«

Malina fühlt sich sofort wohl in den Räumen, alles wirkt sehr sauber und aufgeräumt, das Haus ist gut geschnitten, sodass sie sich schnell zurechtfinden wird. Gern wäre sie noch eine Weile mit Inga allein, doch sie freut sich auch darauf, die anderen kennenzulernen.

»Trefft ihr euch hier immer alleine?«, fragt sie in die Runde, als sie es sich auf einem der Sofas gemütlich gemacht hat. »Ohne Leitung?«

»Zwei von uns haben jedenfalls einen Schlüssel, wir können jederzeit herein«, sagt Anna und hält ein Schlüsselbund in die Höhe. »Offiziell wird die Gruppe zwar von einer Frau geleitet – sie kommt nachher auch und macht bei der Stellwand mit, nachdem wir mit dem Imam gebetet haben. Aber wir treffen uns auch oft alleine, um einfach mal unter uns zu sein und in Ruhe zu quatschen. Nur wir Mädchen – da kann man über ganz andere Themen reden, als wenn Jungs dabei sind.«

Wenn Nele das sehen könnte, denkt Malina. Wenn Nele miterleben könnte, dass die muslimischen Mädchen hier auch nicht so viel anders sind als wir, als sie und Lydia und alle anderen. Allerdings sind die Gespräche tiefgründiger und drehen sich meist um die Religion.

Auch mit Hatice, der Gruppenleiterin, einer in sich ruhenden, mütterlich wirkenden Frau Mitte vierzig fühlt sich Malina sehr wohl und spürt eine große innere Freude, als sie gemeinsam mit ihr, dem Imam und den Glaubensschwestern das Nachmittagsgebet durchführt. Nach dem Gebet bittet Hatice sie zu erzählen, wie sie zum Islam gekommen ist und wie es ihr auf ihrem Weg bis hierhin ergangen ist. Während Malina redet, sieht sie die anderen Mädchen immer wieder nicken, ja, genauso haben wir das auch erlebt, so war es bei mir auch, das waren echt harte Zeiten, bis auch unser Umfeld uns einigermaßen akzeptiert hat. Schließlich heißt auch Hatice sie noch einmal ausdrücklich willkommen und anschließend machen sich alle ans Werk für die Stellwand, schreiben Texte aus Informationsschriften über den Islam auf Plakate, die sie mit typischen Ornamenten, aber auch besonders schönen Suren und Hadithen verzieren. Auch dabei wird so viel und so ungezwungen geredet und gelacht, dass Malina kaum merkt, wie die Zeit vergeht. Auch der Hunger und Durst wegen des Ramadan haben sich so besser aushalten lassen.

»Ich bin froh, wenn ich endlich wieder tagsüber essen darf«, sagt Inga später auf dem Weg zur U-Bahn zu Malina. »Kommst du an Bayram auch zu uns in die Moschee? Wir würden uns alle riesig freuen, wenn du mit uns feierst – ich natürlich besonders. Gibst du mir noch deine Handynummer und deinen Facebook-Namen? Dann können wir in Kontakt bleiben.«

»Klar!«, sagt Malina. »Und mit euch feiern möchte ich wahnsinnig gern, aber meine Freundin Nesrin hat mich auch eingeladen. Ich muss zuerst mit ihr sprechen, denn ich möchte sie nicht verletzen. Sie ist die Einzige, die die ganze Zeit zu mir gehalten hat.«

Zum Glück zeigt Nesrin Verständnis und ist nicht beleidigt. »Das ist gut für dich«, sagt sie. »Wir bekommen an Bayram so viel Besuch aus der Türkei, dass du dich vielleicht wieder wie das fünfte Rad am Wagen fühlen würdest, wenn wir Türkisch reden. Ich freue mich für dich, dass du jetzt eine Moscheegemeinde gefunden hast, die zu dir passt. Hauptsache, wir bleiben trotzdem Freundinnen.«

»Natürlich bleiben wir Freundinnen.« Malina nimmt Nesrin in die Arme und hält sie lange fest. »Danke für alles.«

Als Malina nach einem weiteren Nachmittag mit der Mädchengruppe in ihre Straße einbiegt, kommt auch Luca gerade mit seinem Fahrrad nach Hause, auf dem Rücken trägt er seine Gitarre im Gigbag. Malina merkt, dass er am liebsten nach oben stürmen würde, ohne sie zu beachten, dann entschließt er sich jedoch anders, schließt sein Rad an den Fahrradständer vor dem Haus an und wartet.

»Kommst du gerade von der Probe mit BwithU?«, fragt sie ihn. Luca nickt, hält deutlich mehr Abstand zu ihr als sonst.

»Und du?«, fragt er. »Alles okay bei dir?«

»Mir geht's super«, antwortet Malina und versucht, ein wenig davon zu erzählen, wie es war und was in ihr vorgeht.

Warum es sie so glücklich macht, diese Moscheegemeinde gefunden zu haben. Es wäre so schön, wenn er sie versteht. Aber das, was sie sagt, erreicht ihn nicht, sie erreicht Luca nicht. Er sieht ihr in die Augen, aber so, als ob er versucht, durch eine geriffelte Milchglasscheibe etwas zu erkennen. Unwillkürlich überprüft sie den Sitz ihres Kopftuches, es ist nichts verrutscht. Luca schiebt seinen Schlüsselbund in die Hosentasche und holt ihn wieder heraus, lässt ihn von einer Hand in die andere gleiten, fährt sich durchs Haar. Er hat seine Haare wachsen lassen, es steht ihm, die Mädchen vor der Bühne werden ihn anhimmeln. Malina schlägt die Augen nieder.

»Wir haben jetzt eine Sängerin gefunden«, erzählt er schließlich.

»Oh«, sagt Malina. »Das freut mich. Ich wäre nicht die Richtige gewesen. Steht sie denn auch hinter eurem Bandkonzept? Benefizkonzerte und so? Manche Musiker müssen ja davon leben.«

»Du weißt Bescheid«, stellt Luca fest. »Immer noch.«

»Denkst du denn, der Islam hat mir das Hirn ausgesaugt? Im Gegenteil. Wir sollen offen sein für die Welt, in der wir leben. Nur eben nach den Regeln des Islam. Das ist der einzige Unterschied.«

»Können wir nicht mal wieder was zusammen machen?« Luca nimmt ihre Hand. »So wie damals auf dem Tempelhofer Feld. Nur wir beide, ganz ungezwungen. Irgendwohin gehen und reden. Du fehlst mir so, Malina.«

Malina zögert. Sie will Luca nicht wehtun, aber es geht nicht anders. »Siehst du«, sagt sie, »genau so sind eben die Regeln. Es geht nicht. Als Muslima darf ich nicht mit einem

Jungen allein in einem Raum sein. Wir können zusammen rausgehen, was unternehmen, aber auch das ist nicht toll aus islamischer Sicht. So leid es mir tut, Luca.«

»Nie mehr? Auch wenn ich dich nicht anfasse? Es ist doch nichts dabei, wir sind zusammen aufgewachsen.«

»Das spielt keine Rolle.«

»Malina.« Luca lässt ihre Hand nicht los, sondern nimmt die andere auch noch. Sie stehen vor der Haustür, jeden Moment kann jemand heraus- oder nach Hause kommen und sie so sehen, Malina weiß, wie egal ihm das ist. Sie weiß auch, was jetzt kommt. Fühlt es. Fühlt beinahe dasselbe wie er. Beinahe.

»Ich … bin verliebt in dich«, gesteht Luca. »Die ganze Zeit schon, bestimmt mehr als ein Jahr. Ich weiß nicht, ob es dir genauso geht, vermutlich nicht, aber … wenn du doch was für mich empfindest, kannst du wieder frei sein. Du musst kein Kopftuch tragen und auf den Boden gucken. Wir können zusammen sein, das Leben genießen, in den Herbstferien zusammen verreisen, du würdest das Ziel bestimmen. Einfach in den Tag hinein leben, ganz ohne Krampf, wir kennen uns so gut. Ich würde …«

»Hör auf, Luca«, unterbricht sie ihn. »Du weißt, dass es nicht geht, also quäl mich nicht und erst recht nicht dich.«

»Du kannst meinetwegen Muslima bleiben«, versucht er es weiter, seine Augen schimmern feucht. »Im Koran lesen, sooft du willst, beten, die Moschee besuchen. Du hast selbst gesagt, dein Islam ist modern. Kannst du nicht Muslima sein *und* einen Freund haben?«

Malina schüttelt den Kopf. »Nicht so, wie du es brauchst«, sagt sie, und jetzt spürt sie, dass sich auch in ihrem Hals ein

Kloß ausbreitet. »Wir können Nachbarn sein, Schulkameraden und ja, auch Freunde. Aber ich kann nicht mehr mit dir allein etwas unternehmen. Das ist vorbei, Luca. Wenn du das nicht akzeptieren kannst, können wir nicht einmal mehr sein wie Geschwister. Wir sind ja nicht mehr klein.«

»Das heißt, du musst dich zwischen mir und dem Islam entscheiden?«

Malina nickt. »Für mich stehen die Gesetze Allahs an erster Stelle«, sagt sie. »Mit dir was anzufangen, wäre *haram*, also verboten. Es tut mir leid.«

»Ich würde dich so gern in den Arm nehmen.« Lucas Stimme klingt erstickt. »Nur dieses eine Mal noch. Bitte.« Er streckt seine Hände nach ihr aus. Malina zögert, doch dann weicht sie zurück.

»Es geht nicht, Luca«, sagt sie. »Meine Liebe zu Allah und zu meiner Religion ist größer als das, was wir beide vielleicht ein paar Wochen, Monate oder Jahre Liebe nennen würden. Du wirst das Mädchen finden, das du verdienst. Ich bin es nicht.« Jetzt holt sie ihren Schlüssel aus der Handtasche, öffnet die Haustür und schaltet das Licht im Treppenhaus ein. »Gute Nacht.«

23.

Mit Inga trifft sie sich an Bayram schon früh. Beide gehen an diesem wichtigen muslimischen Feiertag nicht zur Schule. Sie beten und frühstücken zusammen, kaufen zusammen für das gemeinsame Essen mit den Glaubensschwestern ein und besuchen den Gottesdienst in ihrer Moschee. Danach sind die Konvertitinnen an diesem Tag unter sich, weil die Mädchen aus muslimischen Familien mit ihren Verwandten feiern.

»Hat euch zu Hause heute früh jemand zum Zuckerfest gratuliert?«, fragt Inga die anderen Mädchen. Bis auf Anna, die berichtet, ihre Mutter habe ihr sogar ein Glas Tee und ein paar Datteln als erste kleine zuckerhaltige Mahlzeit ans Bett gebracht, verneinen alle. Wie gut, dass wir einander haben, denkt Malina. Zusammen verbringen sie einen schönen Tag mit gemeinsamem Kochen, Essen, Musikhören und Tanzen. Erst nach dem Abendgebet gehen sie auseinander.

Von nun an macht es Malina nicht mehr so viel aus, dass sie in der Schule, abgesehen von ihrer Freundschaft mit Nesrin, weitgehend isoliert ist. Sie freut sich auf die Nachmittage mit der Mädchengruppe in der Moschee oder allein mit Inga oder Nesrin, wenn sie ihre Hausaufgaben erledigt hat. Auch wenn im neuen Schuljahr erst wenige Tage vergangen sind, merkt sie bereits jetzt, dass sie sich besser auf den Lernstoff konzentrieren kann. Es fliegen keine Zettel mit geheimen Botschaften mehr auf ihren Tisch, sie denkt nicht mehr darüber nach, welcher Junge ihr gefallen könnte, und wird nicht mehr in die Alltagssorgen und -freuden der anderen Mädchen einbezogen. Wenn sie Nele ansieht, schmerzt es noch, doch Malina weiß, dass sie geduldig sein muss. Wenn erst ein wenig Gras über ihr Bekenntnis zum Islam gewachsen ist, so hofft sie, wird vielleicht auch der Umgang zwischen ihnen wieder ungezwungener. Vor allem aber ist Malina klar geworden, dass sie für ihre Religion, für Allah, auf einiges verzichten muss, das vorher zu ihrem Leben gehörte. Dass auch Menschen dazu gehören, die ihr wichtig waren, stimmt sie traurig, doch der Islam und die Gemeinschaft mit anderen Muslimen gibt ihr so viel, dass es ihr leichter fällt, innerlich loszulassen.

Am Tag nach Bayram ist die dritte Stunde Sport, Malina wird mit Kopftuch turnen, zum ersten Mal. Im Sommer findet der Sportunterricht meist draußen statt, also wird sie von Jungs gesehen. Es geht also nicht anders. Auch Nesrin behält zum Turnen ihr Kopftuch an, beide Mädchen haben sich extra dafür ganz leichte, weiße Tücher gekauft, unter denen sie weniger schwitzen. Gerade will Malina im Umkleideraum der Mädchen verschwinden, als Marvin und Enzo sich ihr in den Weg stellen.

»Du hier und nicht in Syrien?«, witzeln sie. »Wir wollten schon eine Suchmeldung aufgeben. Malina Teschke als Märtyrerbraut im IS.«

»Ihr habt so einen Knall«, zischt ihnen Malina entgegen. Es gibt Situationen, da kann sie nicht ruhig bleiben. »Gestern war Bayram, da hatte ich frei. Mit dem IS habe ich nichts am Hut. Und jetzt lasst mich bitte durch.«

»Ach so, da hattest du frei!« Marvin tritt näher, über Malinas gefühlten Sicherheitsabstand hinaus. Auf ihre Worte geht er nicht ein. »Und zu Weihnachten und Ostern gehst du in die Schule?«

»Du weißt, dass sie dann geschlossen hat. Außerdem ist Jesus bei uns ein großer Prophet, und seine Mutter Maria verehren wir sehr. Also können Muslime auch Weihnachten feiern, jedenfalls als kulturelles Fest, wenn auch nicht als religiöses. Das ist aber jetzt nicht unser Thema. Lass mich bitte in den Umkleideraum.«

Marvin gibt den Weg frei, inzwischen sind einige von den anderen Mädchen hinzugekommen.

»Hat es Stress gegeben?«, fragt Laura, die noch immer als Klassensprecherin fungiert. Malina will nicht zugeben, dass Marvins und Enzos verbaler Angriff sie ein wenig aus der Fassung gebracht hat, jetzt nur nicht drüber reden, sie ist es noch nicht gewohnt, sich verteidigen zu müssen, nicht so wie zu Hause, wo sie trotz allem dazugehört, Teil der Familie ist. In der Schule ist sie jetzt draußen. Sie will vor den anderen nicht heulen.

»Schon gut«, presst sie hervor und winkt Nesrin zu sich heran, die sich noch etwas zu trinken aus der Cafeteria geholt hat. »Ich hab das im Griff.«

»Du kannst auch zu Herrn Bischoff gehen«, schlägt Laura vor. »Der hat gestern nach dir gefragt und sich irgendwie Sorgen gemacht. Ich glaube, er möchte dich sowieso sprechen. Immerhin ist er unser Vertrauenslehrer.«

Malina überlegt einen Augenblick. »Gute Idee«, sagt sie schließlich. »Vielleicht mache ich das wirklich. Danke.«

* * *

Die Sprechstunde bei Herrn Bischoff für Schüler ist nach Unterrichtsschluss, in der achten Schulstunde. Bereits in der zweiten großen Pause hat Malina ihn im Lehrerzimmer aufgesucht und sich angekündigt, um sicherzugehen, dass niemand anders die Stunde blockiert. Jetzt sitzt Herr Bischoff am Schreibtisch in einem leeren Klassenraum, seinem eigenen, er leitet eine Neunte. Als Malina eintritt, blickt er auf. Malina setzt sich in die erste Reihe der frontal angeordneten Schülertische, die Tür hat sie einen Spalt breit offengelassen. Nesrin wollte sie begleiten, aber Malina wollte sie nicht in etwas hineinziehen, das allein Malinas Angelegenheit ist. Auf Nesrin reagieren die anderen nicht so empfindlich wie auf Malinas Veränderung. Und bei Herrn Bischoff muss sie keine Angst haben, er könnte sie begaffen. Es gibt Lehrer, die ganz offensichtlich Freude daran haben, den Oberstufenschülerinnen, die vor ihnen sitzen, schon mal in den Ausschnitt zu linsen. Oder auf der Klassenfahrt etwas zu häufig neben einer hübschen Achtzehnjährigen sitzen. Aber nicht Herr Bischoff. Der Englischlehrer ist irgendwo zwischen der Anti-Atomkraftbewegung der achtziger Jahre und dem Protest gegen Stuttgart 21 hängen geblieben, sitzt im zerknitterten Leinenhemd und in Biolatschen vor ihr, das etwas zu lange graue Haar lichtet sich an der Stirn. Ein vollkommen unerotischer Typ, würde Nele sagen. Fast muss Malina ein Kichern unterdrücken.

Herr Bischoff kommt ohne Umschweife aufs Thema zu sprechen.

»Deine Mitschüler sagen, du wärst zum Islam konvertiert«,

beginnt er. »Du trägst auch seit einiger Zeit die äußeren Merkmale. Es stimmt also?«

Malina nickt. »Kurz vor den Ferien habe ich das gemacht. Es ist also nicht mehr ganz frisch.«

»Ich nehme an, dadurch hat sich eine Menge für dich verändert.«

»Mein ganzes Leben«, gibt Malina zu. »Aber es geht mir besser damit. Ich möchte nicht mehr so sein, wie ich vorher war.«

»Du warst durchaus nicht immer einfach«, meint Herr Bischoff. »Immer ein bisschen vorlaut, nicht die Fleißigste, wenn ich das mal so sagen darf, aber meistens gut drauf und bei allen beliebt.«

»So könnte man es bezeichnen. Aber eines haben Sie noch vergessen.«

»Und das wäre?«

»Ich war oberflächlich«, sagt Malina. »Aber tief in mir drinnen auch wieder nicht. Der Islam hat meinem Leben erst einen Sinn gegeben.«

»Das sind große Worte«, äußert der Lehrer. »Deine Mitschüler haben allerdings andere Eindrücke genannt.«

»Das kann ich mir denken.«

»Sie befürchten, du seist von Tarik Cengiz und Nesrin Karani dazu gezwungen worden, ihre Religion anzunehmen.«

»Das ist absoluter Unsinn. Ich habe keine Berührungsängste und habe mich mit ihrer Religion beschäftigt, weil wir befreundet sind. Aber das und alles, was danach kam, ist vollkommen freiwillig passiert. Tarik zum Beispiel ist weniger religiös als ich. Jeder, der mich kennt, weiß, dass ich mich zu nichts zwingen lasse.«

»Das unterschreibe ich sofort.« Herr Bischoff lächelt. »Aber gibt es im Islam nicht jede Menge Zwänge? Allein schon die Kleidervorschriften?«

»Sie meinen das Kopftuch. Es ist ein Zeichen, das man nach außen setzt, weil man zeigen will, dass man nicht für Flirts und Anmache zur Verfügung steht. Die Jungs reagieren tatsächlich drauf. Deutsche machen zwar blöde Sprüche, aber keiner versucht mehr, mich zu begrapschen, oder macht anzügliche Bemerkungen über meine Figur. Mir tut das gut. Es war lange genug anders.«

»Du fühlst dich also nicht in deiner Freiheit beschnitten?«

»Keineswegs«, beteuert Malina. »Ich fühle mich freier als je zuvor. Freiheit heißt ja nicht, dass man machen kann, was man will, ohne Rücksicht auf andere und sich selbst. Das ist eine falsch verstandene Interpretation von Freiheit. Ich bin frei von vielen anderen Zwängen. Und frei für Allah.«

Herr Bischoff bläst Luft aus den Backen. »Das klingt ja … so durchaus erst mal nachvollziehbar«, gibt er zu. »Aber deine Mitschüler stören nicht nur diese äußeren Merkmale. Vor allem haben sie sich beschwert, du würdest nicht mehr mit ihnen reden, seist völlig unzugänglich geworden und hättest dich zurückgezogen. Es gäbe nur noch den Islam für dich und du wolltest ausschließlich andere Muslime als Freunde haben. Total verändert hättest du dich. Keiner käme mehr an dich heran.«

»Das stimmt nicht«, widerspricht Malina. Sie spürt, dass sie wütend wird, am liebsten würde sie aufspringen und aus dem Raum stürmen, so hätte sie es vor wenigen Monaten noch getan. Jetzt bleibt sie sitzen. »Es ist genau andersherum, Herr Bischoff. Die anderen aus der Klasse grenzen *mich* aus. Wenn sie mit mir reden, kommen entweder islamfeindliche Sprüche oder sie versuchen mich zu überreden, meine Religion wieder abzulegen. Über ganz normale Sachen redet keiner mehr mit mir. Ich habe es wirklich versucht.«

»Oha.« Herr Bischoff kratzt sich am Hinterkopf. »Das stellt die Sache natürlich in einem ganz anderen Licht dar. Das, was du schilderst, ist ein typischer Fall von latenter Islamophobie, die wir auf keinen Fall an unserer Schule dulden können. Ich glaube, ich sollte einmal mit eurer Ethiklehrerin reden. Das wäre doch ein Thema, was sie mit euch thematisieren könnte.«

»Ich weiß nicht«, zweifelt Malina. »Wir waren schon mal mit ihr in einer Moschee und da waren auch alle ganz neugierig und offen. Als ich dann aber wirklich konvertiert bin, haben alle dichtgemacht.« Sie blickt verstohlen auf ihre Armbanduhr, bis nach Hause ist sie zwanzig Minuten unterwegs, dann muss sie essen, danach wird es bald knapp bis zum Nachmittagsgebet. »Ich dachte eigentlich, Sie könnten mir einen Rat geben, wie ich mich am besten verhalten soll. Wir sind immer noch eine Klasse, sitzen jeden Tag im selben Raum. Es wäre doch bescheuert, wenn wir jetzt ein muslimisches und ein nicht muslimisches Lager hätten.«

Der Lehrer überlegt, kritzelt auf seiner Schreibtischunterlage herum. Dann schüttelt er den Kopf.

»Ich kann dir nichts raten, Malina. Das, was ich sagen möchte, willst du nicht hören, aber ich sage es trotzdem: Am meisten tut mir deine Mutter leid. Für sie muss es schlimm sein. Wenn meine Tochter das durchziehen würde, was du gerade machst, würde ich alles dransetzen, um sie zurückzubekommen.«

»Ich bin nicht weg«, widerspricht Malina und steht auf. »Aber ich gehe jetzt. Tschüss, und vielen Dank.«

* * *

E-Mail vom 3. September, 19:38 Uhr
Von: malina.teschke@e-mail.de
An: hanna.teschke@e-mail.de

Liebe Hanna,
willst du jetzt wirklich nichts mehr mit mir zu tun haben?
Nur weil ich zum Islam konvertiert bin?
Ich habe nicht verlangt, dass irgendjemand meine Entscheidung toll findet. Aber ist es wirklich Grund genug, so zu tun, als gäbe es mich nicht?
Ich warte auf dich.
Liebe Grüße, Malina

Herr Bischoff scheint mit Frau Krafft gesprochen zu haben. Gleich für den übernächsten Tag ist ein gemeinsamer Dombesuch angesetzt.

»Und wie Bastian bereits vor Wochen ganz richtig geäußert hat«, sagt sie und rückt ihre Brille zurecht, »Es gibt keinen Grund für die Muslime unter euch, *nicht* an unserer Exkursion teilzunehmen. Ich habe mich zwischendurch ein bisschen schlau gemacht – es gibt kein Verbot für euch, christliche Gotteshäuser zu betreten.

Allgemeines Gemurmel. Die Klasse ist endlich mal wieder einig. Auch Nesrin, die so gezögert hat, als dieser Vorschlag zum ersten Mal kam, nickt. Malina drückt unter dem Tisch ihre Hand. Solange man zu seinem eigenen Glauben steht, gibt es keine Gefahr, abtrünnig zu werden. Das kann Nesrin ihren Eltern jederzeit versichern und Malina würde ihr beistehen.

Als sie den Dom betreten, werden alle genauso still wie bei dem gemeinsamen Moscheebesuch. Die Schüler bestaunen das hohe Kuppelgewölbe, die Relief-Darstellungen biblischer Geschichten darunter und an den bunten Fenstern, die imposante Orgel, die Schnitzereien in den Holzbänken, den roten Teppich unter dem Altar. Frau Krafft hat auch hier eine Führung organisiert; ein älterer Herr erklärt der Klasse, dass die Grundsteinlegung des Bauwerks in der jetzigen Form bereits 1894 stattgefunden habe und der Dom nach nahezu elfjähriger Bauzeit 1905 eingeweiht wurde. Da er eine protestantische Kirche ist, hätten Kritiker oft gesagt, er sei zu teuer und wirke zu protzig. Dennoch diente er von jeher als Insel der Stille und des Gebets und Rückzugsmöglichkeit in der hektischen Mitte der Großstadt und ist auch als Konzertsaal und Theaterbühne und wegen seiner erhebenden, feierlichen Architektur sehr beliebt. Im zweiten Weltkrieg wurde er innerhalb einer Nacht zur Ruine, jedoch ab 1975 wieder neu errichtet und 1993 feierlich eröffnet.

»Schön, nicht wahr?«, flüstert Malina Nesrin zu und freut sich, als diese still nickt. »Kein Krieg kann den Menschen ihren Glauben nehmen, sie bauen sich ihre Gebetsstätten immer wieder auf oder finden sich unter einfachsten Bretterdächern zusammen, um Gottesdienst zu feiern.«

»Vor einer Weile hättest du gesagt, durch Religion sind die meisten Kriege entstanden«, bemerkt Enzo.

»Der Zweite Weltkrieg nicht«, erwidert Malina. »Außerdem geht es in den meisten Fällen um Macht und Eroberung. Warum wird es einem in Deutschland nur so schwer gemacht zu glauben? Ist man jüdisch, muss man Angst vor Nazis haben. Christen bekommen die Kreuzzüge um die Ohren gehauen und Muslime haben es sowieso nicht leicht. Mann muss doch mal hinter sich lassen, was hunderte von Jahren her ist.«

»Und die Gotteshäuser der verschiedenen Religionen nebeneinander stehen lassen«, fügt Frau Krafft hinzu. »Der Dom, die Gedächtniskirche, die Synagoge in der Oranienburger Straße, der buddhistische Tempel in Frohnau – das alles macht unsere Gesellschaft doch reich.«

»Gehen wir in die anderen Gotteshäuser auch noch?«, will Jasmin wissen. »In einer Synagoge war ich noch nie, aber früher im Religionsunterricht haben wir schon mal Mazzen gegessen und so ein Fest gefeiert … Passahmahl hieß das, glaube ich.«

»Und ich will zu den Buddhisten«, ruft Marvin. »Ohmmm machen und ein bisschen chillen. Buddhisten sind cool.«

»Machen wir«, verspricht die Lehrerin. »Jetzt habt ihr noch eine halbe Stunde Zeit, euch alleine umzusehen. Um eins treffen wir uns am Ausgang.«

24.

E-Mail vom 1. Oktober, 15:23 Uhr:
von: hanna.teschke@e-mail.de
an: malina.teschke@e-mail.de

Hallo Malina,
es tut mir leid. Ich kann deinen Schritt überhaupt nicht nachvollziehen. Habe ja gleich nach deiner Mail mit deiner Mama telefoniert – sie tut mir so leid. Ich hoffe, du weißt, was du ihr antust und ebenso Lasse.
Vielleicht kommst du ja irgendwann wieder zur Vernunft. Ich wünsche es dir, wünsche es euch allen. Uns allen.
Bis dahin möchte ich keinen Kontakt mehr zu dir haben. Schreib mir also, wenn du wieder normal geworden bist.
Gruß, Hanna

In der folgenden Zeit wird es in der Schule ruhiger für Malina. Ihre Mitschüler haben begriffen, dass sie keineswegs blind irgendeiner radikalen islamistischen Strömung gefolgt ist, sondern sich aktiv mit der Religion auseinandergesetzt hat. Sie wissen, das Malina von niemandem gezwungen wurde, sondern sich frei und aus ihrem eigenen Bedürfnis heraus für den Islam als ihre Religion entschieden hat. Und ihnen ist klar geworden, dass es Unsinn ist, nicht mehr mit ihr zu reden und sie von gemeinsamen Aktivitäten auszuschließen, weil sie konvertiert ist. Und dass sie deswegen kein anderer Mensch geworden ist. Nicht alles ist wieder wie früher, aber die Feindseligkeit Malina gegenüber scheint ihren Zenit überschritten zu haben. Gut so, denkt sie, als sie in der ersten Englischstunde seit dem Gespräch mit Herrn Bischoff ihren Blick über ihre Klasse wandern lässt. Wenn sie mir gegenüber ruhiger werden, haben auch die anderen Muslime etwas davon. Bei uns und langfristig hoffentlich auch in den anderen Klassen.

Am meisten hat sich Malinas Verhältnis zu den Jungs verändert. Anfangs kamen von ihnen noch spöttische Bemerkungen über ihre langen Kleidungsstücke und besonders das Kopftuch. »Sie kommen nicht damit klar, dass du dich verändert hat«, meinten die Mädchen aus der Moscheegruppe. »Die frühere Malina war immer zu einem Flirt bereit, locker drauf und sie konnten dich mit Blicken ausziehen, wann immer ihnen danach zumute war. Das geht jetzt nicht mehr. Du behältst deinen Körper für dich; mit der neuen Art dich zu kleiden verweist du sie auf ihre Plätze. Das passt ihnen nicht. Aber früher oder später werden sie sich daran gewöhnen. Außerdem gibt es genug andere Mädchen, die sich gern begaffen lassen.«

Mit der Zeit werden die Bemerkungen tatsächlich weniger und hören schließlich fast ganz auf. Eine Zeitlang wird Malina von den Jungs fast gar nicht mehr angesprochen oder nur, wenn es nicht anders geht. Selbst Marvin, Enzo, Richie und Jannik wirken unsicher und beinahe scheu, wenn sie Malina nur um einen Bleistift bitten oder in einer Gruppenarbeit mit ihr zusammen eingeteilt werden.

»Jetzt haben sie Respekt vor dir«, sagt auch Nesrin. »Als potenzieller One-Night-Stand stehst du ihnen nicht mehr zur Verfügung, das merken sie ganz genau. Jetzt wissen sie kaum, wie sie sonst mit dir reden können. Geschieht ihnen recht. Manchmal übertreiben sie es wirklich oder reden einfach gedankenlos über Mädchen. Ein kleiner Dämpfer schadet ihnen nichts.«

Das findet Malina auch. Umso mehr freut sie sich darüber, dass sie nach und nach besonders von den Mädchen wieder angesprochen wird. Es geht dabei jedoch nicht wie früher in erster Linie darum, zusammen Spaß zu haben, und auch nicht um Äußerlichkeiten. Vielmehr wird Malina um Rat gefragt, wenn es jemandem nicht gut geht. Benita zum Beispiel wendet sich in einer Freistunde an Malina, nachdem sie den halben Vormittag im Unterricht mit den Tränen gekämpft hatte, weil sie sich zu Hause heftig mit ihrer Mutter gestritten hat. Jasmin erzählt ihr auf einem Wandertag von ihrem neuen Freund, der wesentlich älter ist als sie und schon mehr von ihr will, als sie zu geben bereit ist. Selbst Bastian spricht in den Pausen ab und zu mit Malina.

»Ich habe zu Hause jetzt auch mehr über den Islam gelesen«, gibt er zu. »In vielem seid ihr Muslime uns doch ähnlicher, als ich jemals gedacht hätte. Dass Jesus für euch so eine große Bedeutung hat, war mir absolut nicht klar.«

»Das ist vielen nicht klar«, antwortet Malina. »Dabei gibt es sogar Muslime, die sagen, wenn sie zur Zeit Jesu gelebt hätten, wären sie ihm bestimmt gefolgt. Das Wort *Muslim* heißt übrigens nichts anderes als *Gott ergeben.* Also ist eigentlich jeder, der an Gott glaubt und versucht, sein Leben so gut es geht danach auszurichten, ein Muslim. Und Religion kommt von *re-ligio*, also Rückbindung. Jeder Mensch interessiert sich für die Frage, welchen Sinn sein Leben hat, aber auch, woher er kommt, wo seine Wurzeln sind. Am Ende haben wir alle dieselben Wurzeln.«

»Die Spaltung in drei monotheistische Weltreligionen existiert trotzdem«, meint Bastian. »Aber es ist schön zu wissen, dass wir alle an denselben Gott glauben und unseren gemeinsamen Ursprung in der Überlieferung vom Vater Abraham haben, der Gott bedingungslos gefolgt ist und dafür reich belohnt wurde.«

Nur Nele und Luca gehen Malina weiterhin aus dem Weg.

»Darüber musst du dich nicht wundern«, bemerkt Malinas Mutter, als sie beim Einkaufen darüber sprechen. »Es ist ein Schock für die beiden. Schließlich kennen sie dich ihr ganzes Leben und dann brichst du plötzlich aus, ohne einem von ihnen vorher ein Sterbenswörtchen darüber erzählt zu haben, was in dir vorgeht. Du hast alles nur mit Nesrin ausgemacht und ein wenig vielleicht mit Tarik und seiner Familie. Nele ist nicht böse darüber, dass du konvertiert bist, Malina. Aber sie kann dir deinen Alleingang nicht verzeihen.«

»Das verstehe ich«, sagt Malina. »Ich will versuchen, möglichst bald mit ihr zu reden.« Von Luca und seiner Liebeserklärung sagt sie nichts.

* * *

Die letzten Spätsommertage stehen ganz im Zeichen der Vorbereitungen zum *Tag der offenen Moschee*. Die Stellwände mit Informationen über den Islam haben Malina und ihre Freundinnen aus der Mädchengruppe fertiggestellt. Bei den letzten Treffen helfen sie den erwachsenen Gemeindemitgliedern, die Kunstausstellung aufzubauen, und richten einen Tisch ein, an dem Kinder sich in islamischer Kunst ausprobieren können.

Ihren eigenen Raum, der am *Tag der offenen Moschee* als Gesprächs- und Begegnungsraum für junge Muslime und Nichtmuslime dienen soll, schmücken sie mit gerahmten Versen in arabischer Schrift, Blumen und Girlanden. Gemeinsam mit ihrer Imamin Hatice backen sie Kuchen und Kekse, die sie anbieten werden. Malina ist glücklich, als sie dicht neben Inga steht und den Raum betrachtet, als alles fertig ist.

»Jetzt bin ich erst seit ein paar Wochen hier und fühle mich schon richtig zu Hause«, sagt sie. »So könnte es immer weitergehen.«

»Das ist schön, ich freue mich sehr darüber«, sagt Hatice. »Dann kannst du am *Tag der offenen Moschee* viel dazu beitragen, dass andere junge Menschen begreifen, der Islam ist nichts, wovor man Angst haben muss, sondern dass wir uns auf positive, friedliche Art und Weise in die Gesamtgesellschaft einbringen wollen.«

Als es endlich so weit ist und die Moschee ihre Türen öffnet, ist Malina überrascht, wie schnell sie sich mit Interessierten füllt. Das für jedes Jahr auf diesen Tag festgelegte Datum ist günstig gewählt, weil im gesamten Bundesgebiet Feiertag ist; am »Tag der deutschen Einheit« haben die meisten Arbeitnehmer frei und auch die Schulen sind geschlossen. Bereits am Vormittag kommen vor allem ältere Leute und Familien mit Kindern. Malina und die anderen Mädchen begrüßen jeden freundlich, der ihren Raum betritt, beantworten Fragen zu ihrer Religion und islamischen Bräuchen, erklären die gerahmten Texte und Verse in arabischer Schrift, reichen Tee und kalte Getränke, bieten Gebäck an. Abwechselnd betreuen sie Kinder beim Malen und zeigen ihnen Vorlagen oder lassen sie einfach munter drauflos klecksen. So wie den Jungen mit Down-Syndrom, der mit seiner Mutter hereingekommen ist und sofort nach einem Pinsel greift. Das ist Daniel, schießt es Malina durch den Kopf. Daniel, der damals Anfang Mai auf der Hüpfburg verunglückt ist. Es scheint ihm gut zu gehen, er lacht und brabbelt vor sich hin, Malina sieht seine Zunge und stellt fest, dass sie noch dran ist. Sie lächelt der Mutter zu; jetzt müsste Nele hier sein, denkt sie, die würde sich auch freuen. Viele Mädchen in ihrem Alter kommen herein, setzen sich eine Weile und reden mit den Musliminnen. Mit manchen versteht sich Malina auf Anhieb. Auch die türkischen Mitglieder ihrer Gruppe tauschen mit Nicht-Musliminnen Handynummern aus.

Besonders die Konvertitinnen werden oft angesprochen und nach den Gründen für ihren Übertritt zum Islam gefragt. Auch dazu beantworten sie geduldig alles, was die Leute wissen wollen. Die Reaktionen reichen von staunend über skeptisch oder verständnisvoll; zwei Mädchen, eine Frau und ein Junge berichten, ebenfalls mit dem Gedanken zu spielen, konvertieren zu wollen.

»So eine Gemeinde wie eure suche ich«, sagt jeder von ihnen unabhängig von den anderen. »Gut, dass ich euch gefunden habe. Man will ja nicht versehentlich an Hassprediger geraten.« Daraufhin reicht Hatice den Interessenten Informationsmaterial, das in Ruhe zu Hause studiert werden kann.

»So schnell müsste der Vormittag auch mal in der Schule vergehen«, sagt Malina schließlich zu Inga, als sie zusammen nach draußen gehen, um ein paar Minuten zu verschnaufen. Sie haben sich auf eine Bank gesetzt und richten ihre Gesichter in die Sonne, die heute noch einmal recht warm scheint. Kaum zu glauben, dass wir schon Herbst haben, denkt sie. Man merkt es vor allem an den kürzer werdenden Tagen und den kühlen Nächten.

»Das kann ich mir vorstellen«, hört sie eine Stimme hinter sich, im selben Moment hält ihr jemand von hinten die Augen zu. Ihre Mutter würde Malina unter hundert anderen Frauen sofort blind erkennen. Ihre Stimme und den Duft ihrer Handcreme. Malina nimmt Simones Hände in ihre, dreht sich um und strahlt sie an. Neben Simone steht Angela. Sogar deren Tochter Lisa ist dabei.

»Ihr seid hier!«, ruft Malina aus und blickt fassungslos von einer zur anderen. »Wie schön. Das hätte ich nie gedacht.«

»Wir wollten mal gucken«, meint Simone. »Eine bessere Gelegenheit gibt es ja nicht, um herauszufinden, was dich am Islam so fasziniert. In der Zeitung war ein Artikel über die Mutter einer jungen Konvertitin, die verzweifelt vor der Moschee stand, in der sich ihre Tochter aufhielt, und glaubte, sie würde dort gefangen gehalten. Da wollte ich mich nicht einreihen.«

»Musst du auch nicht«, lacht Malina und begrüßt auch Angela und Lisa. Lisa sieht sich mit großen Augen um und scheint kaum glauben zu können, dass Malina mit Kopftuch vor ihr steht und in diese Moschee gehört. Man lernt eben nie aus, denkt Malina amüsiert. Sie stellt ihnen Inga vor und sieht Simones erleichterten Blick; dann ist mein Kind hier wenigstens nicht alleine, sondern kann sich mit Mädchen anfreunden, die in einer ähnlichen Situation sind.

»Gehen wir rein, dann zeigen wir euch alles«, sagt Malina. Sie gehen zurück in die Moschee und Malina empfindet bereits ein wenig Stolz darüber, jetzt andere durch die Räume führen und vieles erklären zu können, nachdem sie vor kurzem selbst noch neu war und alles gezeigt bekommen musste. Gerade erklärt sie den dreien den Gebetsraum, als Hatice sie und Inga wieder in ihren Gruppenraum ruft. Malina nickt und wendet sich an Simone, um ihr zu sagen, wo sie sie finden kann, doch die baut sich bereits vor der Gruppenleiterin auf.

»Moment«, sagt sie und Malina hört, wie sehr sie um Beherrschung ringt. »Ich bin Malinas Mutter. Vermutlich wissen Sie nicht, wie schwer es für mich und unsere ganze Familie ist, dass meine Tochter zum Islam konvertiert ist, Kopftuch trägt und fast ihre gesamte Freizeit in der Moschee und mit anderen Musliminnen verbringt. Es hat mich einige Überwindung gekostet, heute hierher zu kommen. Jetzt werden Sie bitte nicht meine Tochter von mir weglotsen.«

»Oh, das wusste ich nicht«, antwortet Hatice. »Natürlich kann ich das verstehen und heiße Sie deshalb ganz besonders herzlich willkommen. Vielleicht darf ich Sie zusammen mit Malina weiter durch unser Haus führen? Dabei können Sie mir gern alle Fragen stellen, die Ihnen auf der Seele liegen.«

Einen Augenblick lang sieht Simone noch aus, als würde sie Hatice am liebsten ins Gesicht springen, bemüht sich jedoch um Fassung. Wir werden nicht die besten Freundinnen werden, sagt ihr Blick.

»Ich bin dabei«, sagt Simone.

Am späten Nachmittag, als der *Tag der offenen Moschee* beinahe beendet ist, kommen auch einige aus Malinas Klasse vorbei.

»Frau Krafft hat gesagt, dass wir am Mittwoch die Doppelstunde Ethik ausfallen lassen dürfen, wenn wir heute hier sind und ein Referat über den *Tag der offenen Moschee* halten«, sagt Enzo, der mit Jannik, Marvin, Laura, Jasmin und Viktoria gekommen ist. »Wo ist denn Nele? Wollte sie nicht auch kommen?«

»Luca fehlt ja auch«, sagt Laura. »Der castet wieder Sängerinnen für seine Band, das kann dauern. Was mit Nele ist, weiß ich nicht. Ehrlich gesagt glaube ich, sie ist nicht gerade wild darauf, ein Referat über den Islam zu halten.«

Malina muss lachen und zieht Enzo auf. »Die Moschee als Ort, um dich Nele zu nähern – da musst du dir schon etwas anderes einfallen lassen. Wenn du eine Chance bei ihr haben willst, bemühe dich um sie. Nele hat es verdient, dass du endlich mal ernsthaftes Interesse zeigst.«

Kurz darauf trifft Malina noch einmal fast der Schlag. Gerade räumt sie benutztes Teegeschirr in die Küche, als sie im Flur beinahe mit Lasse zusammenprallt. Nach der Ostseereise hat sie ihn nur selten zu Hause zu Gesicht bekommen und ist davon ausgegangen, dass sie selbst der Grund sei, weshalb er sich kaum noch blicken lässt. Jetzt sieht sie, dass sie sich geirrt hat. Lasse ist nicht allein gekommen, sondern hat ein Mädchen mitgebracht, hält seinen Arm um ihre Taille gelegt. Sie blickt Malina aus weiten, neugierigen und freundlichen Augen an und ist ihr sofort sympathisch.

»Ich bin Julia, Lasses Freundin«, sagt sie und gibt Malina die Hand. »Als er mir von dir erzählt hast, habe ich ihn gleich bearbeitet, heute hierher zu kommen. Ich bin evangelisch, aber andere Religionen interessieren mich total. Eure Moschee ist so beeindruckend.«

Malina lacht. »Das hast du geschafft? Meinen Bruder freiwillig in die Moschee zu lotsen? Dann muss es Liebe sein. Möchtet ihr was trinken?« Sie trägt rasch ihr Geschirr dorthin, wo sie es hintragen wollte, Julia und Lasse warten auf sie. Im Gruppenraum lässt sich Julia gleich auf eines der Sofas fallen und zieht Lasse neben sich. Malina und Inga bringen ihnen Saft, Blätterteigpasteten und Kekse und dann stellt Julia viele interessierte Fragen. Anfangs sieht Lasse noch aus, als ob er am liebsten türmen würde, doch mit der Zeit hört auch er immer geduldiger zu. Irgendwann sieht Julia auf die Uhr und erschrickt, weil sie noch viel mehr von der Moschee sehen wollte, diese aber gleich schließt.

»Dann bis bald«, sagt sie und umarmt Malina zum Abschied. »Und danke für den interessanten Nachmittag. Das wird mich alles noch lange beschäftigen.«

»Bloß nicht«, sagt Lasse und legt den Arm fest um Julias Schultern, zum ersten Mal, seit das Thema Islam zwischen ihm und Malina zur Sprache gekommen ist, grinst er.

»Wir sehen uns zu Hause«, sagt er an Malina gewandt. »Deinem *richtigen* Zuhause.«

»Das werdet ihr immer sein«, antwortet Malina. »Ist doch klar.«

Dann räumt sie mit Inga, Anna und den anderen aus der Mädchengruppe den Raum zu Ende auf.

Als Malina in ihre Straße einbiegt, spürt sie, wie müde sie nach dem langen Tag in der Moschee ist. Jetzt eine Dusche, dann das Nachtgebet und ins Bett, denkt sie. Bis zum Gebet sind noch fast zwei Stunden Zeit, ich muss aufpassen, dass ich nicht vorher schon einschlafe. Aus dem ersten Tiefschlaf geweckt zu werden ist besonders hart. Sie blickt an der Fassade ihres Hauses hoch und sieht, dass in Neles Zimmer noch Licht brennt. Der Tag war so gut, denkt sie. Der Islam tut mir so gut und auch die Menschen, die ich dadurch kennengelernt habe. Nur diese eine Wunde ist noch da. Meine Freundschaft mit Nele. Sie wird mir nicht um den Hals fallen, aber ich habe kapiert, dass ich es bin, die auf sie zugehen muss.

Simone kommt ihr entgegen, als sie in den Korridor tritt. »Du, das war interessant in eurer Moschee, ich habe viele Fotos gemacht«, sagt sie. »Kommst du kurz an den PC? Dann kann ich sie dir zeigen.«

»Später«, sagt Malina. »Ich muss erst was erledigen. Danach auf jeden Fall gerne.«

Sie geht in ihr Zimmer und zieht den langen blauen Rock aus, den sie heute getragen hat, ebenso die grobe Strickjacke. Dann kramt sie eine gut sitzende Jeans aus ihrem Schrank und zieht sie an, schlüpft in einen weiten, grauen, gemütlichen Sweater. Zum Schluss löst sie sämtliche Nadeln aus ihrem Kopftuch und legt es ab, faltet es ordentlich zusammen und legt es für morgen auf den Stuhl, auf dem sie abends immer ihre Kleider für den nächsten Tag ablegt. Dann geht sie ins Bad und bürstet ihr langen, blonden Haare durch, bis sie ihr seidig um die Schulter fallen, und trägt rosa schimmerndes Lipgloss auf. So kann ich auch aussehen, denkt sie und betrachtet sich lange im Spiegel. Wenn ich will. Jetzt will ich. Es ist kein Problem, mit meiner Freundin ohne Make-up und mit offenen Haaren zusammen zu sein. Es darf nur kein

Mann oder Junge ins Zimmer kommen. Dafür werden wir schon sorgen.

Sie tritt in den Hausflur und geht nach unten, ohne das Licht im Treppenhaus einzuschalten. Ihr Herz schlägt schneller, als sie den Finger auf den Klingelknopf legt, und schickt Stoßgebete zu Allah, dass nicht einer der Eltern die Tür öffnen möge.

Sie hört Schritte von innen. Sekunden später steht Nele vor ihr. Das Licht aus der Wohnung fällt auf Malinas Gesicht.

»Du?«, fragt Nele, und Malina ahnt, welche Flut an Fragen und Gedanken durch den Kopf ihrer Freundin rattern. »Du bist wieder da?«

»Ich war doch nie weg«, sagt Malina leise. »Darf ich reinkommen?«

Sie sieht das Misstrauen, das Zögern in Neles Gesicht. Sieht, dass es ganz, ganz langsam einem Ausdruck von Freude weicht. Verhaltener, vorsichtiger Freude, aber immerhin.

Nele tritt einen Schritt zurück und zieht die Tür ganz weit auf.

»Na komm«, sagt sie.

Mein besonderer Dank gilt:

Julia Hanfland, die als junge Islam-Konvertitin und Studentin der islamischen Theologie nicht müde wurde, mir im persönlichen Gespräch, per Mail und im Chat auf lebendige und äußerst kompetente Art unzählige Fragen zu beantworten.

Peter Kersten, der mich als Studienrat eines Berliner Gymnasiums auf die Wichtigkeit des Themas in der heutigen Wirklichkeit unserer Gesellschaft und ihrer jungen Menschen aufmerksam machte und somit den Anstoß zu diesem Buch gab.

Christine Fehér, August 2015

Nachwort

von Dr. Martin Mahmud Kellner

»Malina spürt, dass die Kluft zwischen den christliche, atheistischen und muslimischen Mitschülern zu schrumpfen beginnt, zum ersten Mal hören alle wirklich zu …«

Dieser Moment ist wohl einer der Schlüsselstellen in diesem vielschichtigen Roman: Christen, Atheisten und Muslime in einem Klassenraum, der als Symbol für eine ganze Gesellschaft gesehen werden kann. Die Tatsache, dass hier unterschiedliche Lebenskonzepte miteinander konfrontiert werden, sorgt für Spannung und ist keineswegs einfach. Doch man sieht auch, dass hier ein Prozess im Gange ist, der dynamisch, lebendig und keineswegs hoffnungslos ist.

Auf einer Ebene der hier erzählten Geschichte geht es um das Überbrücken von Kluften, welche teilweise tiefe historische Wurzeln haben, sich doch immer wieder neu auftun und in modernen Gesellschaften wechselnd gestalten, doch keineswegs an Brisanz verloren haben.

Bei diesem Überbrücken – dem Bauen von Brücken über Kluften – geht es im Sinne der oben zitierten Textstelle auch um Zuhören, um Lauschen und nicht zuletzt um das Er-Spüren des Unbekannten, welches dem Menschen neue Horizonte eröffnet.

Derartige Brücken zwischen NichtmuslimInnen und MuslimInnen in einem Land wie Deutschland sind dringend nötig: Laut einer im »Spiegel« veröffentlichten Studie halten derzeit 57 Prozent der nicht-islamischen Befragten den Islam für »sehr bedrohlich« oder »bedrohlich«. Besonders interessant daran ist, dass dieser Wert in den vergangenen zwei Jahren deutlich gestiegen ist. Über 60 Prozent antworteten auf die Frage, ob der Islam in die westliche Welt passe, mit »eher nicht« oder »gar nicht« – auch hier gab es eine signifikante Steigerung im Vergleichszeitraum.[1]

Nun könnte man zunächst einmal fragen, wie man denn die so populäre Gegenüberstellung Islam versus Westen überhaupt vornehmen kann – handelt es sich doch bei dem einen um ein religiöses Konzept, beim anderen hingegen um eine geographische Bezeichnung, die noch nicht einmal eine Region, sondern vielmehr eine vom Sprecher abhängige Himmelsrichtung angibt.

Es scheint aber klar, was gemeint ist. Der Westen steht für Freiheit, Menschenrechte, säkulares Denken, Fortschrittlichkeit, der Islam für Unfreiheit, Rückständigkeit und Fanatismus. Der vorliegende Roman stellt aber dieses scheinbar so einfache Konzept des Westens und des Islam geschickt in Frage. Einfache Kulturkonzepte geraten ins Wanken, wenn man sieht, wie weit zum Beispiel die Lebenskonzepte von Simone und Hanna auseinanderklaffen, aber auch, wie unterschiedlich verschiedene muslimische Lebenswirklichkeiten sind, und vor allem, dass hinter jeder dieser Kulturen

---

1 http://www.spiegel.de/politik/deutschland/islam-studie-muslime-integrieren-sich-deutsche-schotten-sich-ab-a-1011640.html (Letzter Aufruf 29.9.2015)

Individuen stehen, welche nicht nur einzigartig, sondern auch lebendig und damit beweglich sind.

Am deutlichsten wird die Unhaltbarkeit des konstruierten Gegensatzes »Islam versus Westen«, wenn die Heldin des Romans, Malina, ein »Kind des Westens«, schrittweise Brücken baut, in neue Realitäten hineinspürt und eine intensive geistige Transformation erfährt. Diese wird in dem Buch spannend geschildert und wird dadurch so authentisch, weil sie nicht gesteuert ist, weil keine sektenähnlichen Manipulationen stattfinden, ja sogar die Liebesbeziehung, welche der erste Anstoß für Malinas Beschäftigung mit dem Islam war, zu Ende geht, noch bevor sich Malina für den Islam entscheidet; obwohl Tarik sympathisch ist, freut man sich fast, dass er sich schon still aus der Geschichte verabschiedet, bevor diese zu ihrem Höhepunkt kommt.
Die unterschiedlichen Charaktertypen in ihrer Unterschiedlichkeit, aber auch in ihrer potentiellen Veränderlichkeit, die Wege des Lebens, in der sie zueinander gebracht werden und sich teilweise wieder trennen, die geistigen Impulse, die von jedem anders verarbeitet werden, all das zeigt die Vielschichtigkeit einer solchen Veränderung; die Virtuosität, mit der die verschiedenen Fäden in diesem Abschnitt von Malinas Leben dargestellt, nicht aber überinterpretiert werden, macht die Lektüre des Buches besonders spannend.

Ein und derselbe Umstand kann unterschiedlich interpretiert werden: So wird die Beziehung zu Tarik von manchen Menschen in Malinas Umfeld so verstanden, dass Malina durch blinde Verliebtheit in die Falle eines latent despotischen muslimischen Mannes geraten ist. Man könnte es aber auch im Sinne der islamischen Mystik so interpretieren, dass das Feuer einer kleinen Liebe zu einem großen Feuer der ewigen, absoluten Liebe zum Schöpfer geführt hat.

Neben diesen persönlichen, emotionalen Aspekten wird man in diesem Buch aber auch mit sehr grundsätzlichen, existenziellen Fragen konfrontiert, die – und auch das spürt man zwischen den Zeilen – im Leben vieler Menschen, die in Europa aufwachsen, sehr weit zurückgedrängt werden: Gibt es Gott? Hat der Mensch ein Recht darauf, sich auf Gott zu beziehen? Welche Wege gibt es, um Seelenheil zu finden? Wofür lohnt es sich zu leben? Was ist es wert, wirklich geliebt zu werden? Worin liegt Glück? Worin Freiheit? Kann der Mensch auf seinem Gebetsteppich Freiheit finden?

»Meine Insel, denkt Malina glücklich; für ein paar Minuten ist dies meine eigene kleine Gebetsinsel, hier kann mir niemand etwas anhaben, hier bin ich frei von den Anforderungen und Reizen der Welt da draußen, frei von Gruppendruck, von Leistungsansprüchen, von Mode, von Lärm, von Jungs, von Sexualität. Hier bin ich ganz ich selbst, auf diesem halben Quadratmeter gibt es nur Gott und mich. Sie versucht, sich zu sammeln und ihre Gedanken ganz auf Gott auszurichten, es fühlt sich gut an.«

Inseln von Glück und innerer Ruhe zu finden, ist wohl ein Ziel, nach dem Menschen in all ihrer Unterschiedlichkeit auf verschiedensten Wegen streben. Dass eine in Deutschland sozialisierte, intelligente und frei denkende Deutsche diese Insel im Islam finden kann, mag für viele überraschend sein, ist aber längst kein Einzelfall. Die Anzahl von Muslimen, welche zum Islam konvertieren, und auch jener, welche zwar muslimischen Familienhintergrund haben, sich aber dennoch völlig freiwillig und reflektiert zu dieser Religion bekennen, ist groß. Selten ist es aber, dass diese »andere Freiheit« in sensibler, nachvollziehbarer und spannender Weise erzählt wird. Genau dies ist diesem Buch gelungen, und es bleibt zu hoffen, dass es hilft, die Kluften innerhalb der Gesellschaft rund um das Thema Islam zu überbrücken.

Dr. Martin Mahmud Kellner ist wissenschaftlicher Mitarbeiter der Universität Osnabrück im Fachbereich Islamische Theologie.

Nachwort

von Sabine Stierle

In Malinas Alltag und Leben scheint Religion nicht oder zumindest nur als Antihaltung vorzukommen. Eingebunden in einen Klassen- und FreundInnenverband, mit den unterschiedlichsten Charakteren, begegnet ihr zwar Religion (Bastian, ihre Cousine, Nesrin), aber sie betrifft sie nicht persönlich. Sie hält sich für eine Atheistin. Erst durch ihre Schwärmerei für den Muslim Tarik fängt Malina an, sich nach etwas Größerem zu sehnen. Sie stellt ihr bisheriges Leben in Frage und sucht Antworten nach dem Sinn des Lebens. Behutsam begleitet die Autorin Christine Fehér ihre Protagonistin Malina auf der Suche nach Spiritualität, nach Religion. Dabei ermöglicht sie Malina nicht nur einen Einblick in die christliche Religion. Durch die Freundin Nesrin bekommt Malina einen tiefen Einblick in das Leben einer liberalen Muslimin. Gleichzeitig räumt Christine Fehér erzählerisch leichtfüßig mit einer Vielzahl von Vorurteilen auf.

Malinas Suche nach Freiheit und Tiefe in ihrem Leben ist die Triebfeder. Dabei sind es nicht die propagierten Glücksbringer wie beispielsweise die große Liebe, die ihr schließlich eine Insel des Friedens bringen. Es ist vielmehr ihr Zugang zu Gott.

Und dabei spielt es keine Rolle, welchen Glauben sie annimmt. Sie stellt fest, dass die drei großen Weltreligionen aus der selben Wurzel kommen. Während sich die Medien und TheologInnen durch Worte und Auslegungen auseinandersetzen, folgt Malina ihrem Gefühl – und entdeckt ungeahnte Freiheit und Autonomie in der Religion.

»Religion hilft einem sich zu besinnen, wer man ist und wo man eigentlich herkommt,« erklärt Malina ihrer Mutter.

Durch ihren sensiblen und genauen Blick auf Malinas Suche nach Gott leistet Christine Fehér einen wichtigen Beitrag in einer durch Vorurteile, Unkenntnis und Instrumentalisierungen verschleierten Diskussion um Religion im Allgemeinen und den Islam in Deutschland im Speziellen. Das Besondere daran ist, dass mit diesem Buch Jugendliche erreicht werden, denn gerade diese jungen Leute sind wie Malina auf der Suche nach dem Sinn in ihrem Leben. Traurig ist es, wenn sie den falschen Propheten in die Hände fallen. Toll ist es, wenn sie sich über dieses Buch darin bestärkt sehen, ihrem eigenen Weg zu folgen – ohne Vorurteile, ohne Mobbing, ohne den Glauben ihres Gegenübers herabzusetzen.

Pastorin Sabine Stierle lebt und arbeitet im mulitkulturellen und interreligiösen Berlin-Neukölln.

Quellenverzeichnis

»Der edle Qur'an und die Übersetzung seiner Bedeutungen in die deutsche Sprache«, Übersetzung: Scheich Abdullah As-Samit (F. Bubenheim) und Dr. Nadeem Elyas.

Mit Allahs Hilfe ist diese Auflage des Qur'an mit der Übersetzung seiner Bedeutungen vom König-Fahd-Komplex zum Druck vom Qur'an in al-Madina al-Munauwara unter Aufsicht des Ministeriums für Islamische Angelegenheiten, Stiftungen, Da-Wa und Rechtweisung im Königreich Saudi-Arabien herausgegeben worden. 1424 n. H./2003 n. Chr. (2. Auflage) (Recherche und Download möglich über http://www.islam.de/).

»Lutherbibel für dich, die Bibel nach der Übersetzung Martin Luthers, mit Apokryphen und Informationsseiten rund um die Bibel« © 2008 Deutsche Bibelgesellschaft, Stuttgart.

Erich Fried, Was es ist, aus: »Es ist was es ist.« © Verlag Klaus Wagenbach, Berlin, 1983.